KB097616

리베르탱고

리베르탱고

길유영 장편소설

고즈넉
이엔티

리베르탱고

1쇄 발행 2022년 10월 26일

지은이 길유영
펴낸이 배선아
편 집 박미애
디자인 엄인경
펴낸곳 고즈넉이엔티

출판등록 2017년 3월 13일 제2022-000078호
주소 서울시 중구 남대문로9길 24, 패스트파이브 시청1호점 904호, 1007호
대표전화 02-6269-8166 **팩스** 02-6166-9199
이메일 gozknockent@gozknock.com
홈페이지 www.gozknock.com
블로그 blog.naver.com/gozknock
페이스북 www.facebook.com/gozknock
인스타그램 www.instagram.com/gozknock

ⓒ 길유영, 2022
ISBN 979-11-6316-374-9   03810

내지이미지 Designed by Freepik

"보고 싶어요."

기다려.

내가 당신을 구하러 갈게.

차
례

가장 작은 곳

"날씨가 왜 이리 추워."

어젯밤에는 밤새도록 눈이 내렸다. 그런데다 영하 10도 아래로 기온이 떨어져 내내 쌓인 눈은 녹지 않고 고스란히 얼어붙었다. 그 바람에 아침 출근길은 너나 할 것 없이 한바탕 난리가 났고, 지각하는 사람도 부쩍 늘었다. 지민의 상사인 정 계장도 그랬다.

"지민 씨 빨리 왔네."

"겨우 지각만 면했어요."

사실이었다. 여느 때라면 10분 정도 일찍 도착하는 지민이었지만 오늘은 아슬아슬하게 지각만 면한 정도였다. 그러니 평소 아슬아슬하게 출근 데드라인에 들어서는 정 계장이 10분 늦어버린 것은 당연한 시간차 지각인 셈이었다.

"지민 씨, 저기, 회관 앞에 눈 좀 치우자."

"뭐 하려요."

컴퓨터 모니터를 들여다보는 지민의 대답은 그지없이 심드렁했다.

"어차피 오늘 대관 일정도 없고."

"하긴 그런가."

늘 이런 식이었다. 정 계장이 지민에게 지시하는 업무 가운데 절반 정도는, 하면 좋고 아니면 말고 하는 식의 미적지근한 일들이었다. 처음엔 그런 것도 모르고, 내던져진 공을 향해 내달리는 충직한 애완견처럼 여기저기 안 가리고 뛰어다녔다. 그러나 지금은 정 계장의 입에서 떨어지는 지시 두 개 중 하나는 그리 급하지도, 필요하지도 않은 것이라는 사실을 지민도 알았다. 굳이 할 필요가 없는 일에, 엉덩이 가볍게 재깍재깍 움직여 봐야 결국 자기만 손해인 법이었다.

그러나 이번 경우는 꼭 그렇지만은 않았다.

출근 시간이 한 시간쯤 지나 느지막하게 출근하던 관장이 회관 입구에 쌓인 눈을 밟고 미끄러져 엉덩방아를 찧고는 도대체 시설물 관리를 어떻게 하느냐고 역정을 낸 것이 문제였다. 덕분에 코앞에서 관장의 침벼락을 맞은 지민은 정 계장과 둘이서 부리나케 눈을 치워야 했다.

"그러게 내가 뭐랬어. 아까 눈 좀 치우랬지."

누가 관장님이 하필이면 거기서 미끄러질 걸 알았나요.

지민은 굳이 입을 열어 그 말을 하지는 않았다.

지민이 일하는 세현문화회관은 서울 강남에서 한 시간 반쯤 떨어진 경기도의 한 소도시에 자리 잡고 있었다.

이 문화회관은 그야말로 적당한 곳에 있었다. 여기서 말하는 적당하다 함은 딱히 주목을 받을 일도, 여러 사람의 입살을 탈 일도 없다는 의미다. 그리 크지는 않았으나 리모델링을 한 지 3년이 채 지나지 않아 시설은 깔끔하고 디자인도 좀 구태의연하기는 했지만 그만하면 세련된 편이었다. 세현문화회관의 새 단장은 3년쯤 전에 전 시장을 밀어내고 당선된 현 시장의 공약이었다. 물론 그의 공약에는 그 외에도 도서관 몇 개를 짓겠다는 것과 시립 교향악단을 만들겠다는 것도 있었다. 그 나머지 공약들이 과연 얼마나 지켜졌는지, 그것까지는 지민은 알지 못했다.

그리고 지민은, 1년쯤 전 이 회관의 행정직 직원으로 채용되었다.

이런저런 공무원 시험에 한 해 내내 연방 떨어지고 나니 이 벽진 동네의 문화회관 행정직도 그저 감사할 지경이었다. 그래서 여기밖에 자리가 나지 않는다 했을 때도 덥석, 두 번도 생각하지 않고 발령을 받아들였다.

처음에는 처량하기도 하고 자괴감이 들기도 했다. 애를 쓰며 버티고 있던 곳에서 밀려난 것만 같은 기분이 들어서. 그러나 근무를 시작하고 1년쯤 지난 지금은 그런 것 따위는 아무래도 좋았다. 정을 붙이고 살기 시작한 이 아담한 도시는 그리 나쁘지 않았다. 차도 적고, 사람도 적고, 화낼 일도 적었다. 아등바등할 일도, 머리를 싸매고 고민해야 할 일도, 애를 쓰고 기를 쓰며 매달려야 할 일도 드물었다. 쓸데없이 거창한 야심을 갖지만 않으면 여기서 이대로 죽은 듯이 사는 것도 그리 나쁘지는 않겠다는 생각이 들었다. 시간이 지날수록.

대신 다른 게 힘이 들었다. 시설의 규모에 비해 인력은 턱없이 모자랐고, 그래서 가끔은 혼자서 열심히 발품을 팔아야 하는 일도 생겼다. 그렇다고 그런 것까지 탓을 할 마음은 없었다. 이 벽진 문화회관은 1년에 몇 차례 지역 주민들의 이런저런 행사 대관을 빼고 나면 찾는 사람이 드물었다. 1년을 편하게 보내는 대신 몇 차례 한꺼번에 몰리는 일을 감당하는 일들까지 귀찮아한대서야 너무 양심이 없는 게 아니냐고, 지민은 생각했다.

"아, 추워라!"

제대로 된 제설 도구도 없이 빗자루로 얼어붙은 눈을 쓸어내고 나니 손이 빨갛게 얼었다.

엄살스레 따뜻한 사무실로 뛰어들어와 전기스토브에 손을

녹이며, 정 계장은 호들갑스럽게 중얼거렸다.

"동상 걸리겠네."

그 정도로 무슨요.

입 밖으로 밀려 나오려는 핀잔을 꿀걱 삼키며, 지민은 옷에 묻은 잔설을 툭툭 털어냈다. 물기에 축축해진 패딩 점퍼는 벗어 의자 등에 걸쳤다. 조금 있으면 사무실 안을 휘감아 도는 히터의 따뜻한 바람에 몸이 녹녹해질 것이다. 지민은 손에 입김을 불어 빨갛게 언 두 뺨을 감쌌다. 얼굴이 얼음장같이 찼다.

"아 참, 지민 씨. 대강당에 피아노 조율 좀 해야 되지 않나?"

"한 번 하긴 해야죠. 작년 여름 지나고 한 거 같으니까 지금쯤 해놔야 또 반년 정도 가죠. 조만간 쓸 일도 있고요."

자신이 하필 이곳으로 발령 난 데는 중학교 3학년 때까지 피아노를 쳤다는 사실도 조금은 영향을 주지 않았을까, 지민은 생각한 적이 있었다. 대강당에 있는 그 검은 그랜드 피아노는 아마 이 문화회관의 자산들 중 단일 품목으로는 가장 비싼 기물일 터였다. 그 기본적인 관리를 할 수 있다는 사실 하나만으로도 자신은 이 회관에 있을 자격이 충분하다고 여겼다.

"어차피 자주 쓰지도 않는데 굳이 반년에 한 번씩 조율할 필요가 있나. 조율비가 싸지도 않던데."

"비싼 피아노 소리 망가뜨리지 않으려면 조율비 아끼면 안돼요. 반년에 한 번이면 1년 잡아도 겨우 20만 원 왔다 갔다 하는 건데."

　개 발의 편자랄지 돼지 목의 진주목걸이랄지, 이 좋은 그랜드 피아노는 기껏해야 관내 학교들의 합창대회나 주부 노래교실의 반주용으로 쓰이는 것이 고작이니 저렇게 말할 법도 했다. 그러나 술 마시는 데는 하룻밤에 몇십만 원씩 써대면서 1년에 두 번 20만 원 남짓 쓰는 조율비는 아깝다는 정 계장의 말에 어째서인지 빈정이 상했다. 피아노라는 까다롭고 예민한 물건과의 인연이 있어서 더욱 그럴 것이다.

　삐익, 하고 귀에 거슬리는 팩스 음이 울렸다. 그러나 지민도 정 계장도, 누구도 그 팩스를 가지러 굳이 뛰어가지 않았다. 오늘 같은 날, 이 시간에 올 팩스 내용이란 어느 정도는 뻔했기 때문이었다.

　그러나 화장실 가려고 일어난 김에 확인한 팩스의 내용은 결코 뻔한 것이 아니었다.

　안녕하십니까? WMC 아티스츠입니다.

　폐사에서는 소속 아티스트인 첼리스트 이유진의 한국 연주회를 위해 귀 기관의 대관 여부를 문의하고자 합니다.

·1·
그해 겨울, 세현문화회관

요즘은 보이스 피싱 말고, 팩스 피싱이라는 것도 있냐?

정 계장이 그 팩스를 훑어보고 가장 먼저 한 말이었다. 지민 씨, 거기 아래 적힌 번호로 전화해봐. 분명히 돈을 달라는 둥, 뭐가 필요하다는 둥, 어디에 협찬을 해달라는 둥, 그런 말이나 할걸. 그러나 지민이 인터넷에 검색을 해본 결과, WMC 아티스츠라는 회사는 엄연히 존재하는 회사였고, 유명한 클래식 연주자들을 다수 매니지먼트하는 세계적인 기업이었다.

홈페이지 하단의 전화번호와 팩스에 박힌 문의 전화번호가 같은 것을, 지민은 휘둥그레진 눈으로 두 번 세 번 확인했다.

"세현문화회관 행정실입니다."

일단 전화를 했다. WMC 아티스츠 코리아입니다, 하고 상냥한 목소리로 전화를 받은 직원에게 자초지종을 설명하고 팩스로 온 공문의 번호를 불렀다.

잠시 기다려달라는 말과 함께 얼마간 침묵이 흐른 뒤, 전화기 건너편의 직원은 저희 회사에서 발송된 공문이 맞다고 확인해주었다. 전화를 끊고 잠시만 기다리시면 담당자가 전화를 드릴 거라는 안내도 덧붙였다.

그리고 담당자가 전화를 걸어오기 전까지의 몇 분간, 행정실은 발칵 뒤집혔다.

"뭐야, 이유진? 이유진? 그 이유진 말이야?"

우리나라 사람들은 남이 자신을 얼마나 인정해주는가에 목숨 거는 경향이 있는 것 같다고 지민은 늘 생각해왔다. 나라 안에서 건사하지 못해 버리다시피 입양을 보내고, 그런 사람들이 제 나라에서 훌륭하게 자라 뿌리를 내리면 굳이 한국계 운운하는 타이틀을 달아 국위를 선양한 대한의 아들딸인 양 들먹거리는 것은 언제 봐도 눈살이 찌푸려졌다. 그런 사람의 예라면 아마 열 손가락을 꼽아도 모자랄 정도였다. 그리고 예의 이유진은, 그 명단의 최신 업데이트쯤이 될 터였다.

이유진. 대한민국 부산 출생. 올해 스물일곱인지 여덟인지 먹은 이 청년은 이미 초등학교 저학년 때 한 유명 클래식 잡지가 주최하는 콩쿠르에서 반짝 우승했다. 당시에 저렇게 어린 애에게 우승을 줘도 되느냐 마느냐를 두고 심사위원들이 언성까지 높여가며 다툰 일화는 지금까지도 유명하다. 그 후로 그는 몇 군데 방송에 나가 1/2 사이즈의 첼로를 가지고 능숙하게 바흐의 무반주 첼로 모음곡 1번을 연주했다. 음악계는 물론이고 클래식 좀 듣는다는 대중들도 천재 소년의 탄생에 열광했고, 단숨에 한국의 가장 유명한 클래식 연주자의 뒤를 이을 재목으로 점쳐졌다.

문제는 거기서부터 시작되었다. 편을 가르고 라인을 짓는 데 익숙한 기성의 음악계는 이 소년을 달가워하지 않았다. 그 누구의 손을 타지 않고도 이미 완성된 천재 소년은 어느 쪽에서도 섣불리 제 편으로 데려가지 않는 뜨거운 감자가 되었다. 열살에 첫 콩쿠르 우승을 하고 난 뒤로 3년 동안이나 그는 더 이상 어떤 콩쿠르에서도 우승은커녕 입상도 하지 못했다. 그리고 어느 날, 소년의 어머니는 따로 연락한 기자와 나눈 인터뷰에서 이 나라는 이 아이를 감당할 수 없다고, 아이를 잘 키울 수 있는 나라로 보내겠다고 날 선 독설을 쏟아냈다.

인터뷰 기사에 대한 반응은 두 가지로 갈렸다. 맞는 말이라는 우호적인 쪽과 어디 얼마나 잘 되나 두고 보자는 냉소적인 쪽. 단연 후자 쪽의 반응이 거셌다. 소년은 굳은 얼굴을 한 채 제 키만 한 첼로 케이스를 움켜쥐고 도망치듯 한국을 떠났다. 그렇게 소년은 모두의 기억 속에서 잊혀지는 듯싶었다.

"네, 그 이유진 맞아요."

놀라운 반전이 일어나는 데는 그리 오랜 시간이 걸리지 않았다. 쓸쓸하게 한국을 떠났던 소년은 보란 듯이 그로부터 2년 동안 참가한 모든 국제 콩쿠르를 휩쓸었다. 세계 유수의 오케스트라와 협연을 시작하고, 내한 공연 한번 추진하려면 갖은 공을 들여야 하는 연주자들이 호평을 쏟아내자 국내의 여론도 바뀌기 시작했다.

자랑스러운 대한의 아들! 장한나의 뒤를 잇는 첼리스트! 언제 그랬냐는 듯 안면을 바꾼 여론은 소년을 향해 열렬히 추파를 던졌다. 그 무렵 음악이라는 세계의 한 언저리를 간신히 붙들고 있던 지민에게도, '이유진'이라는 이름은 쓸쓸하게 각인된 그런 종류의 기억이었다.

"아니, 그런데 이해가 안 되잖아."

정 계장은 고개를 절레절레 내저었다.

"이유진이 내한 공연을 하는데, 왜 여기서 하냐고."

사실 이 팩스의 가장 믿을 수 없는 부분은 바로 이 지점이었다. 왜 여기인가! 서울도 아닌 경기도의 한 위성 소도시, 그나마 대강당 수용 인원이 오백 석 조금 넘는 이 손바닥만 한 회관에서, 왜 이 클래식계의 기린아가 굳이 연주를 하겠다는 것인지.

"그거야 저도 모르죠."

지민은 시큰둥하게 대답했다.

"세종문화회관이랑 헷갈린 거 아닐까요."

"아, 그러려나?"

정 계장은 연신 눈을 깜박거리며 지민을 멀뚱멀뚱 쳐다보았다.

"차라리 그쪽이 말은 된다, 그치. 안 그래? 이름이 비슷하다 보니까."

말이 그렇다는 거지. 외국인도 아니고 엄연히 한국에 살다 나간 사람이 세종문화회관이랑 세현문화회관을 헷갈린다는 게 어디 말이나 되느냐는 말이 목구멍을 타고 올라왔다.

"이건 무슨, 레알 마드리드가 어디 조기축구회랑 친선게임 하자는 것도 아니고. 말이 안 되잖아. 도대체……."

"그거야 뭐 전화해서 뭐라고 하는지 들어보면 알겠죠."

그때 지민의 책상에서 전화벨이 울렸다.

화들짝 놀란 두 사람은 약속이나 한 듯 입을 다물었다. 지민은 괜히 마른침을 한 번 꿀꺽 삼키고, 수화기를 집어 들었다.

"세현문화회관 행정실입니다."

지민은 입을 다물었다. 네. 네. 네. 그렇군요. 네. 네. 알겠습니다. 연락 드릴게요.

그렇게 대답하고 전화를 끊는 지민을, 정 계장이 멀건 눈으로 쳐다보고 있었다.

"뭐래?"

"헷갈린 거 아닌가 봐요."

지민은 고개를 갸웃거렸다.

"이유진이, 딱 찍어서 말했대요. 여기서 연주회 하고 싶다고."

"왜?"

"모르죠, 그건."

"이게 무슨 일이라니."

정 계장은 넋이 나간 목소리로 허공에다 중얼거렸다.

"이유진이 오백 명 모아놓고 첼로를 한다고? 진짜?"

그 한 통의 팩스는 대강당 하나에 소강당 두 개, 전시실 하나가 전부인 이 손바닥만 한 문화회관을 발칵 뒤집어놓기에 충분한 것이었다.

대번에 관장실에서는 도대체 이 일을 어떻게 하면 좋을 것인가에 대한 긴급 회의가 열렸다. 물론 직급이 한참이나 낮은 지민은 그 회의에 참석하지 못했다. 굳이 그 자리에 들어가지 않아도, 지민은 그 자리에서 오갔을 말들을 넉넉히 짐작할 수 있었다.

권태에 겨운 표정을 하고, 지민은 인터넷에 '이유진'을 검색해보았다. 몇 건의 기사가 검색되었지만, 전부 최소 서너 달 전의 해외 연주회 내용이었다. 유럽의 어느 나라에서 연주회를 마친 후 그 나라의 왕실 만찬에 초청되었다는.

이런 사람이, 서울도 아닌 경기도 변두리의 오백 석 규모 강당에서 연주회를 한다는 기사가 터지면 어떤 난리가 일어날까. 직원석 표 같은 거 좀 나올까 모르겠는데, 장당 한 백만 원에는 팔아먹을 수 있지 않을까. 지민은 삐딱하게 웃었다.

"이유진이라······."

음악을 조금 하기는 했어도, 첼로 쪽은 그다지 잘 알지 못했다. 바이올린이라면 또 건너 건너 조금 아는 정도지만, 첼로 정도나 가버리면 거의 문외한이나 진배가 없었다. 도대체, 어떤 사람이길래 이 벽진 동네에 이런 파문을 불러온 것인지, 호기심이 일었다.

유튜브 같은 데 뭐 좀 있을까.

그러고 보니 이유진은 자신의 영상이나 음원을 인터넷에 잘 푸는 것으로도 유명했다. 이런저런 복잡한 권리관계가 걸려 있는 연주 실황은 빼고라도 자신의 연습실이나 집에서 핸드폰 같은 것으로 직접 찍은 소위 '연습 영상'이 유튜브에만 수십 개가 올라와 있었다. 그것들은 그의 열성적인 추종자들에 의해 각국의 언어로 자막이 입혀져 수십 번 공유되었다. 지민은 어렵지 않게 그런 영상들 중 몇 개를 찾아낼 수 있었다.

"연습 영상이 뭐야, 연습 영상이. 아이돌도 아니고."

요즘 아이돌 가수들은 무대 영상 이외에도 연습실에서 안무 연습을 하는 영상도 다 따로 찍어서 유튜브에 올린다는 것 정도는 지민도 알았다. 명색이 클래식 한다는 사람이 무게 없이 너무 나대는 거 아닌가. 지민은 그렇게 생각하며 검색에 걸려든 영상들 중 가장 조회수가 높은 것을 골라 재생했다.

카메라의 초점이 맞자 제일 먼저 보인 것은 이유진의 얼굴이었다. 머리를 금발도 아닌 백금발에 가깝게 탈색하고, 너덜너덜하게 찢어진 청바지 차림에 복잡한 영어 문장이 빽빽하게 적힌 후드 티를 뒤집어썼다. 카메라를 조정하고 마이크를 손끝으로 톡톡 두드려 테스트를 하는 그는 첼리스트라기보다는 팝스타나 아이돌 가수처럼 보였다. 헛기침을 몇 번 하는데 목소리는 몹시 낮았고, 탁했다.

안녕하세요, 이유진입니다. 오늘 연습할 곡은 아스토르 피아졸라의 '리베르탱고'인데요.

화면 속의 그는 유창한 영어로 말하고 있었지만, 별로 어렵지는 않은 말이라 굳이 자막을 보지 않아도 알아들을 수 있었다. 여기서 살 만큼 살다가 외국 나간 걸로 아는데, 발음이 좋네. 지민은 중얼거렸다.

제가 굉장히 좋아하는 곡인데.

그는 의자에 앉아 케이스를 열고, 첼로를 꺼냈다. 첼로의 길이는 바이올린의 두 배, 그렇지만 옆판의 너비는 네 배라고, 예전에 어디선가 들은 기억이 났다. 육중하게 느껴지는 크기인 첼로를, 유진은 가볍게 어깨에 걸치고 엔드핀을 조정하기 시작했다. 직접 본 적은 없지만 화면상의 그는 체격이 꽤 좋아 보였다.

첼로는 사람의 심장에 가장 가까운 악기라고 하죠. 이렇게, 연인을 껴안듯이, 안고 연주하는 악기니까요.

연인을 껴안듯이, 하는 부분에서 그는 풉, 하고 가벼운 웃음을 터뜨렸다. 그리고 정말로 연인에게나 하는 몸짓으로 첼로의 넥 부분을 껴안고 브리지 부분에 살짝 뺨을 댔다. 여느 클래식 연주자에게서는 보기 힘든 쇼맨십이었다.

첼로 연주곡 중에는 좋은 곡이 굉장히 많지만.

멘트를 하면서, 유진은 주섬주섬 엔드핀을 놓고 첼로의 위치를 잡았다.

이 곡을 연주하다 보면, 정말, 가슴이 막 두근거리는 게 느껴진다고나 할까, 뭐 그래서.

대충 첼로의 위치를 잡은 그는 활대를 잡고, 현 몇 군데를 문질러 음을 살폈다. 평소에 늘 맞추어놓기 때문인지 별도로 음을 맞추는 작업은 하지 않았다.

아무튼, 시작할게요.

왼발로 하나, 둘, 셋, 넷까지 바닥을 차고, 유진은 첼로를 켜기 시작했다.

'리베르탱고'라는 곡은, 워낙에 유명해서 지민도 알고 있는 곡이었다. 몇 년 전 한 유명한 드라마에서 결혼 후 자의 반 타의 반 첼로를 놓고 지내던 한 중년 여성이 급조된 시립 오케스트라 공연에서 독주자로 나서서 연주했던 바로 그 곡. 듣기에 따라 애수를 띠기도 하고 서글프기도 하면서, 또 묘하게 섹시하기도 한 멜로디는 귀에 익었다.

연인을 껴안듯이 안고 연주하는 악기.

그 멘트를 들었기 때문일까, 첼로를 연주하는 유진의 자세에서는 묘한 텐션 같은 것이 느껴졌다. 너덜너덜하게 찢어진 바지 틈으로, 곡의 완급에 따라 긴장했다 풀어지는 허벅지의 근육이 은근하게 비쳐 보였다. 핏줄이 불거진 손등과 팔뚝과 지그시 감은 눈과 멜로디에 몰두해 슬쩍 찌푸려진 미간까지. 그순간의 그는, 정말로 첼로와 사랑에 빠진 것 같아 보였다.

"묘하네."

지민은 저도 모르게 중얼거렸다.

유진의 리베르탱고는 다른 리베르탱고와는 음의 완급 자체가 좀 달랐다. 악보를 무시한다고 할 것까지는 아니지만, 악보에 충실하다고는 빈말로라도 할 수 없는 그런 연주였다. 물론그것은 악보를 숙지하다 못해 씹어 삼킨 후에나 할 수 있는 일종의 '재해석'이라는 것을, 한때나마 음악을 했던 지민도 대충은 알 수 있었다.

그런 생각을 하는 사이, 어느새 연주는 끝나 있었다.

지민은 검색창에 '리베르탱고'를 검색했다. 미샤 마이스키부터 요요마까지, 현존하는 거의 모든 첼리스트의 연주 영상이 검색되었다. 그중 하나를 골라 재생했다. 분명히 같은 멜로디였다. 그러나 그 색채는 완연히 달랐다. 유진의 연주보다 짙고, 쓸쓸하고, 서글펐다. 대신 조금 전 유진의 리베르탱고에서 느꼈던 끈적한 맛은 없었다.

3분, 4분 남짓한 곡은 금방 끝났다. 지민은 다른 연주를 찾아 재생했다. 이것도 마찬가지였다. 유진의 리베르탱고에서 듣던 농밀한 맛은 찾기가 어려웠다. 이게 이 사람의 스타일인가. 그것보다도, 원래 자신이 '리베르탱고'라는 곡에 대해 가지고 있던 서글프면서도 섹시한 곡이라는 이미지를 다른 곡에서는 의외로 찾기가 쉽지 않다는 사실에 지민은 조금 놀랐다.

"회의가 길어지나 보네."

정 계장이 관장실로 불려 올라간 지 벌써 한 시간이 지나고 있었다.

지민은 이어폰을 빼고 스피커를 켰다. 그리고 유진의 리베르탱고 영상을 다시 틀었다. 앞부분의 멘트는 그냥 스킵할까 하다가, 그냥 두었다.

안녕하세요, 이유진입니다. 오늘 연습할 곡은 아스토르 피아졸라의 '리베르탱고'인데요. 제가 굉장히 좋아하는 곡인데.

유진의 소위 '연습 영상'은 생각보다 꽤 많이 올라와 있었다. 이쯤 되면 회사 마케팅이라기보다는 본인의 취미라고 해도 이상해 보이지 않았다. 별로 인정하고 싶지는 않았지만 그 연습 영상은 진짜 공연 실황보다 훨씬 재미있긴 했다. 일단 연주하는 곡의 레퍼토리가 공연보다 훨씬 다양했고, 영상마다 바뀌는 옷이나 헤어스타일을 구경하는 재미도 쏠쏠했다.

머리 색깔도 자주 바뀌는 편이었다. 금발, 갈색, 심지어 진짜 아이돌 가수나 할 법한 핑크색 머리를 한 영상도 있었는데, 의외로 잘 어울려 지민은 알 수 없는 패배감에 입을 꾹 다물었다.

연주하는 곡의 레퍼토리로 말하자면, 오펜바흐의 '재클린의 눈물'이나 바흐의 무반주 첼로 모음곡 같은 고전적인 곡들도 있었지만, 예의 리베르탱고나 가면무도회 같은 첼로 연주로 듣기 쉽지만은 않은 곡들도 있었고, 가끔은 콜드플레이나 비틀즈의 곡들도 있었다. 콜드플레이의 'Viva La Vida' 같은 곡은 숫제 첼로로 멜로디를 타며 노래를 흥얼거리기도 했다.

이게 뭐야. 영상들을 쭈욱 다 본 지민의 가장 원초적인 소감은, 그랬다.

더 뒤져서 찾은 해리포터의 헤드위그 테마곡을 듣고 있을 무렵이었다.

문이 벌컥 열렸다. 아마도 노크 소리가 들렸던 것도 같지만 스피커 볼륨이 높아 미처 듣지 못했으리라. 아, 회의가 끝났나. 지민은 엉거주춤 자리에서 일어났다. 도대체 무슨 이야기를 하시느라 두 시간 가까이나……. 아마 그런 말을 하려고 했던 것 같다.

그러나 문 너머로 나타난 사람은 정 계장이 아니었다.

껑충하게 큰 키에 검정 후드 티를 뒤집어쓰고, 후드 티 주머니에 손을 푹 찌른 남자 하나가 성큼, 행정실 안으로 들어섰다. 용건도 밝히지 않은 채 그는 행정실 안을 휘휘 둘러보고 있었다. 머리를 덮어 가린 후드 사이로 은회색인지, 짙은 회색인지 그 비슷한 머리 터럭이 흘끗 보였다. 그 눈은, 분명 자신과 같은 다갈색임에도 불구하고 어딘가 슬쩍 회색이 섞인 듯 보이기도 했다.

"어, 어떻게 오셨어요?"

당황한 나머지 지민의 목소리는 떨려서 나왔다.

"아, 안녕하세요."

대답하는 남자의 목소리는 서글서글했고, 여유가 느껴지기까지 했다. 마치 주객이 바뀌기라도 한 것처럼 지민은 어색했다.

"제가 며칠 있다가, 여기 대관을 좀 할 건데."

"……."

"어떤 덴지 좀 보려고요."

지민은 고개를 뻣뻣이 들고 남자의 얼굴을 쳐다보았다.

"아니, 저기! 언제 대관 신청을 하셨는지는 모르겠는데 제가 알기로……."

그리고 순간, 지민은 저도 모르게 히익, 하고 숨넘어가는 소리를 냈다.

"저, 저기, 이유진 씨?"

"네."

남자는 무덤덤하다 못해 뻔뻔하게 대답했다.

"그게 제 이름이긴 한데요."

"……."

"혹시 회사에서 연락 안 왔어요?"

지민은 갑자기 눈꺼풀이 고장 나기라도 한 듯 연거푸 몇 번이나 눈을 깜박였다. 회사라니, 연락이라니, 그러니까 좀 전에 온 그 팩스를 말하는 건가. 아니 그 전에, 저 바쁜 양반이 이미 한국에 들어와 있기라도 했다는 얘긴가.

지민은 머릿속에서 한꺼번에 튀어나온 서너 가지나 되는 물음을 갈무리하느라 한참이나 우물거렸다.

"아, 저기, 그, 그게……."

그 와중에 지민은 얼른 마우스를 움직여 보고 있던 영상을 껐다. 뭐가 어찌 됐건, 조금 전까지 그의 연습 영상을 보고 있었다는 걸 별로 들키고 싶지 않아서였다.

"그…… 대관 요청 팩스가 오기는 했는데."

"무슨 문제 있어요?"

후드 티 주머니에 손을 찌른 채, 남자는 어깨를 짐짓 한 번 으쓱해 보였다.

"일정 문의도 드릴 겸 연락드린 건데 아직 답이 없으시다고."

"아, 저 그게⋯⋯."

식은땀을 흘리며 대답하다가, 지민은 더럭 오기가 치밀었다.

그러니까 오늘 아침부터 벌어진 이 소동은 모두 다 눈앞의 이 사람이 말도 안 되는 고집을 부렸기 때문에 벌어진 일인 것이다. 도대체 이게 말이나 되는가 하는 문제를 차치하고라도, 이 손바닥만 한 강당이 과연 이 사람을 버텨낼 수 있을 것인가 하는 문제에 대해 지민은 더 회의적이었다. 당장 대강당의 음향 시설부터가 그랬다. 기껏해야 관내 학교들의 합창대회 정도나 치르는 대강당의 음향 시설이 이런 사람의 눈에 찰 리가 없는데. 그렇다고 이 공연 하나를 치르자고 대강당을 몽땅 바꿀 수도 없는 일이었다.

그러니까 요컨대, 왜 군이 여기서 공연하려는 거냐는, 오늘 오전 내내 떠나지 않던 의문이 다시금 지민의 입안을 맴돌았다.

"그런데요."

지민은 몇 번 헛기침을 해 목을 돋우었다.

"이유진 씨 본인 맞으세요?"

"네?"

이런 질문이 나올 줄은 미처 생각하지 못했던 건지, 남자의 입에서 가벼운 헛웃음이 튀어나왔다.

"어, 뭐 막 잘생긴 얼굴이라고까지는 생각 안 하는데, 그래도 어디 가서 이유진 본인이냐 소리는 처음 듣는데."

짧은 말을 할 때는 그다지 표가 나지 않던 경상도 억양이 말이 길어지니 슬쩍 말꼬리 끝으로 묻어났다. 그러고 보니, 고향이 부산이라고 했던 기억이 났다. 외국 생활을 오래 해도, 한번 입에 밴 고향의 억양은 쉽게 떨어지지 않는 모양이었다.

"본인이 이유진 씨가 맞으시면."

지민은 가만히 숨을 한 번 몰아쉬었다.

"왜 여기서 공연을 하시려는 건데요?"

"예?"

굵은 눈썹이, 한쪽만 슬쩍 찌푸려졌다.

"아니, 여기 그러라고 있는 데 아니에요?"

"맞긴 맞는데요."

그러니까 정 계장이 뭐랬더라, 레알 마드리드가 동네 조기축구회랑 친선경기 하는 소리랬던가.

"진짜 이유진 씨라면, 서울 쪽에 더 크고 좋은 공연장도 많은데 거길 놔두고 굳이……."

"아, 그 말이에요?"

유진은 후드를 뒤로 쑥 넘겨 벗었다. 그 속으로, 보기에 따라 파름한 색조마저 도는 애쉬그레이로 염색한 머리칼이 드러났다. 그것만으로 그의 인상은 완전히 바뀌었다. 더불어 그는 조금 전까지 지민이 보고 있던 연습 영상 속의 그 이유진이 확실했다.

"내 맘인데."

그 단순명쾌한 대답에, 지민은 그만 말문이 막히고 말았다.

틀린 말은 아니었다. 대관자의 조건에 제한이 있는 것도 아니고, 대관하려는 행사에 문제가 있는 것도 아니다. 대관료를 지불하지 않고 공짜로 사용하겠다는 것도 아마 아닐 것이다. 그런 거라면야 일개 행정실 말단 직원인 지민이 그 대관에 대해 가타부타 토를 달 일은 없었다.

"설마 이유진한테는 절대 대관을 안 해주겠다든가. 아니면 해줄 수 없다든가. 그런 내부방침이 있는 건 아니겠죠."

"아니, 그럴 리가요."

지민은 애매하게 웃었다.

"그러니까 제 말은."

"시설 좀 보죠."

그 말 한마디만 던지고, 유진은 밖으로 나가버렸다. 대강당 출입 카드키를 챙기고, 지민은 허겁지겁 그의 뒤를 따라나섰다.

잠겨 있는 문을 열자, 컴컴한 실내로 바깥의 채광이 새어 들어왔다. 희뿌연 먼지가 그 사이로 희미하게 날렸다.

불을 켜지도 않았는데 유진은 저벅저벅 앞장서 안으로 들어갔다. 얼른 벽을 더듬어 조명 스위치를 올리자 확, 불이 들어왔다. 스위치를 있는 대로 다 눌러 불을 켜긴 했지만, 수용 인원이 고작 오백 명 남짓한 대강당은 작았고, 소슬했고, 초라했다. 반원형의 무대는 그랜드 피아노 하나와 사람 서른 명 정도가 서면 그득하게 찰 정도였고, 그 무대에서 불과 이삼 미터 남짓 떨어진 곳에서부터 시작되는 관객석 의자에 씌워진 짙은 빨간색 벨벳 커버는 오늘따라 유난히 촌스럽게 보였다.

유진은 무대 중간까지 걸어 나가 짐짓 어깨를 뒤로 젖히고 주위를 한번 쓰윽 끝에서 끝까지 둘러보았다.

아, 아, 아, 하고 일부러 소리를 내다가, 입 주위로 손나팔을 만들어 여, 보, 세, 요, 안, 녕, 하, 세, 요, 하고 한 글자씩 떼어서 크게 소리를 냈다. 관객석 제일 뒤편에 앉은 누군가에게 인사를 하듯이. 그 음성은 낮고 둔했으며 살짝 잠겨 탁하게 들리기도 했다.

"좋은데요."

빈정거리는 말인가, 생각했다. 그는 웃고 있었다. 그것은 조금 전 유튜브 영상에서 본, 한 곡의 연주를 끝마치고 격의 없이 웃는 그 얼굴과 하나도 다르지 않아서 지민은 저도 모르게 어깨를 으쓱거렸다.

"귀엽네요."

귀엽다니, 어디가.

지민은 제 표정이, 입꼬리가 어색하게 굳어지는 것을 느꼈다.

"예, 뭐. 워낙에 크고 좋은 데서만 공연하시니까."

"오백 석이 적어요?"

저만치 앞에서, 갑자기 홱 몸을 돌려 돌아보는 바람에 지민은 뜨끔 놀랐다.

"내가 켜는 첼로 들으려고 오백 명이나 되는 사람이 오는 거예요."

무대의 조명을 켜지 않아 관객석 위를 비추는 조명이, 비스듬하게 그의 얼굴을 더듬었다. 눈이 유달리 반짝거리고 있었다.

"요즘은 한 집에 보통 세 식구니까, 오백 명이면 170가구쯤 되잖아요. 그 정도면요, 작은 아파트 단지 하나예요. 거기 사는 사람들이 다 내 첼로 들으러 오는 거라고요."

지민은 말문이 막혔다. 오백 석 규모의 대강당. 이 공간을 그런 식으로 생각해본 적은 한 번도 없었다.

"그래도 솔직히, 이유진 씨 정도 되는 분이 설 만한 무대는 아닌데."

"카네기홀 수용 인원도 2800석 정도밖에 안 돼요. 규모만 놓고 보면 여기랑 뭐 그리 큰 차이도 없어요."

무대 한쪽 옆에는, 아까 정 계장과 조율 얘기를 했던 그랜드 피아노가 놓여 있었다. 유진은 그 피아노로 다가가 뚜껑을 열었다.

"어, 저기, 그 피아노 조율할 때가 지나서……"

소리가 엉망이에요.

그 말을 채 꺼내기도 전에, 유진은 긴 손가락으로 건반을 두드렸다. 반짝반짝 작은 별. 그런 멜로디였다. 정식으로 치는 것도 아니고 손가락 하나만 가지고 멜로디를 따라.

"음."

유진은 고개를 들고, 멀리 퍼져나가는 피아노의 잔음을 듣고 있었다.

"울림이 썩 좋진 않네요."

"예, 아무래도."

그러게 당신 같은 사람이 설 만한 무대가 아니라니까. 지민은 입속으로 중얼거렸다.

"여기는 음악 공연만 하려고 지은 시설도 아니고."

"썩 좋진 않다고 했지 나쁘다고는 안 했는데요."

조금 더 본격적으로, 유진은 오른손만 써서 간단한 멜로디라인을 하나 연주했다. 미레미레미시레도라. '엘리제를 위하여'의 도입부였다.

"대충 알겠네요."

허공으로 스며드는 피아노의 음색을, 마치 바람의 방향을 가늠하는 늑대처럼 고개를 쳐든 채 듣고 있던 유진이 중얼거렸다.

"높은음보다는 낮은음이 잘 울리는 곳이네요."

"……."

"첼로 음역대하고는 잘 맞겠어요."

어째서인지 맥이 풀렸다. 그러니까, 기어이 여기서 공연을 하겠다는 작정인가. 시설 좀 보러 왔다고 했을 때 직접 현실을 보고 나면 뭔가 마음이 바뀌어서 그냥 없었던 일로 하겠다고 할 수도 있겠거니 생각했다. 그런데 이 좁아터진 무대를 직접 보고도 그의 생각은 바뀌지 않은 모양이었다.

"저기, 이름이?"

"예? 아, 저는, 서지민인데요. 여기 행정실 직원이고."

"서지민 씨."

그 이름을 기억해놓기라도 하겠다는 듯 한 번 짤막하게 되뇌고, 그는 선뜻 손을 내밀었다.

"저는 첼로 하는 이유진입니다. 인사 늦었지요."

"……."

"공연은 되도록 빨리했으면 좋겠다고 생각하고 있거든요. 잘 부탁드릴게요."

그 손은 아마도, 지민이 지금껏 잡아본 모든 손들 중 가장 유명한 것일 터였다.

이왕 오셨는데 관장님이랑 인사라도 하고 얘기도 좀 하다가 가시는 게 어떻겠냐고 붙잡아보았지만 소용없었다. 유진은 실무 담당자님 얼굴 보고 이름 확인했으면 되었다고 했다. 그러고는 관장님은 저희 실장님한테 마크 부탁드리겠다는 말을 남기고는 바람같이 사라져버렸다.

차 가지고 오셨으면 주차 확인증 끊어드리겠다고 하자, 그는 웃는 낯으로 고개를 저으며 버스 타고 왔어요, 하는 실로 황당한 대답을 했다. 뒤통수를 망치로 얻어맞은 듯한 기분이었다. 손을 후드 티 주머니에 찌른 채 눈 쌓인 계단을 경중경중 뛰어 내려가는 그의 뒷모습을 지민은 한참이나 쳐다보았다.

"그래서?"

유진이 돌아가고 난 후로도 10분이나 더 지나서야 회의를 끝낸 정 계장이 내려왔다. 점심시간도 안 됐는데 벌써 오늘 하루 쓸 기력을 다 빨려버린 듯한 초췌한 모습이었다. 좀 전에 이유진 왔다 갔어요, 하고 시큰둥하게 한마디 꺼내자마자 그는 튀어나올 듯 눈을 커다랗게 뜨고 다그쳐 물었다.

"뭐? 이유진? 언제? 언제 왔는데?"

"좀 전에요."

"왜 왔대? 혼자 왔대? 뭐래? 와서 무슨 얘기 했는데? 한국엔 언제 왔대? 그런 말 없었는데?"

"아 좀 한 번에 하나씩만 묻죠."

퉁명스레 대꾸했지만 정 계장의 심정은 충분히 이해가 갔다.

지민은 저도 모르게 유진과 악수를 했던 자신의 오른손을 물끄러미 내려다보았다. 조금 전 스스럼없이 악수를 한 그 손이 세계에서 첼로를 제일 잘 켜는 사람의 손이라는 사실이 지금까지도 잘 실감이 나지 않았다.

"왜 왔대?"

"왜긴요. 시설 보러 왔다고."

"뭐?"

겨우 그 한마디만 듣고도 정 계장은 일주일 밀린 빨래를 욕조에 담가 놓은 것을 깜빡한 채 혼자 사는 방에 여자 친구를 끌고 들어온 노총각처럼 안절부절못한 표정을 했다.

"그래서 어쨌는데?"

"어쩌긴 뭘 어째요. 대강당 보여줬죠. 거기서 할 거잖아요."

"그걸 그렇게 대책도 없이 덥석 보여주면 어떡해."

"그럼 어떡해요. 대관할 사람이 대관 시설 보러 왔다는데 보지 말라고 그러나요."

"아니, 그래도 거기를 그냥 그렇게 막 보여주면."

정 계장은 책상에 고개를 파묻고 두 팔로 머리를 감쌌다. 왜 그러는지도 이해는 갔다. 무슨 말을 어떻게 해도, 세현문화회관 대강당은 향후 3년간의 공연 스케줄이 이미 다 나와 있다는 이유진에게 보여줄 만한 시설은 아니었다.

"그래서 보고 뭐래?"

정 계장은 기어들어가는 목소리로 되물었다.

"못 하겠대? 후지대? 구리대? 그러니까 이런 데서 왜 굳이 공연 같은 걸 하겠다고……."

"좋다던데요."

"뭐?"

"귀엽대요."

정 계장은 어이가 없다는 표정을 숨기지도 못하고 입을 쩍 벌렸다.

"지민 씨, '구린데요'를 '귀여운데요'로 잘못 들은 거 아니야?"

"아니요, 진짠데요. 마음에 든다던데요."

"환장하겠네."

정 계장은 다시 제풀에 죽는 소리를 냈다. 지민은 그런 그를 안쓰러운 표정으로 바라보았다. 그다지 놀랍지도 않은 일이었다. 정 계장에게 이번 일은 그냥 일종의 '횡액' 같은 것일 터였다. 일 년 중 가장 추운 지금은 문화회관 같은 시설의 비수기였다. 그냥 정해진 시간에 출근해 적당히 시간이나 때우다가 적당히 퇴근하면 되는 이런 시기에 느닷없이 뚝 떨어진 '이유진'이라는 폭탄이 평범한 공무원인 그에게 달가울 리 없었다.

"근데 사람 좀 이상하던데."

지민은 고개까지 갸웃하며 중얼거렸다.

"왜 더 크고 좋은 공연장 놔두고 이런 데서 공연하려고 그러냐니까, 저보고 그러더라고요. 오백 석이 적냐고요."

"그건 또 무슨 귀신 씨나락 까먹는 소리야?"

"요즘 보통 3인 가구니까, 오백 석이면 170가구고, 그러면 작은 아파트 단지 하나 규모인데, 그런 사람들이 다 자기 보러 오는 건데 그게 적은 거냐고."

그 말을 입에 올리자, 듣기만 할 때와는 또 다른 뉘앙스의 느낌이 났다. 그러게, 자신도 막연하게 그렇게 생각했던 것 같다. 워낙 크고 유명한 곳에서만 공연하는 사람이니까 이런 작고 초라한 공연장이 눈에 차기나 하겠느냐고. 170가구는 작은 아파트 단지 하나에 맞먹는 규모이고, 거기 사는 사람들이 다 내 첼로를 들으러 오는 거예요, 하고 말하던 그 목소리가 떠올라 지민은 지그시 입을 다물었다.

"그리고 뭐, 카네기홀도 2800석밖에 안 된다고."

"그것밖에 안 돼? 진짜야?"

"몰라요. 이유진이 그러던데."

"의외다. 난 한 2, 3만 석은 될 줄 알았지."

"그건 오버죠. 무슨 월드컵 경기장도 아니고요."

말은 그렇게 했다. 그러나 지민조차도 카네기홀의 규모가 생각보다 작다는 사실에 깜짝 놀라기는 했다. 그럼 수용 인원만 놓고 따지면 세종문화회관보다도 작다는 거잖아.

"근데 관장님은 뭐라세요?"

"뭐라긴. 노친네 완전 필 제대로 받았다."

정 계장은 땅이 꺼져라 한숨을 내쉬며 다시 두 팔로 머리를 감쌌다.

"이유진이 누군지도 모르면서 노친네 완전 신나가지구, 보도자료 써라 홍보자료 돌려라 기자를 부르네 마네 혼자 아주 신났어. 오늘 이유진 왔다 간 거 알면 혈압 올라 넘어가지나 않을까 몰라."

"직원석 표는 좀 나오려나요."

"왜, 지민 씨도 첼로 좋아해?"

"아니요, 웃돈 받고 팔아야죠. 이유진 같으면 장당 최소 백은 받을 건데."

"진짜야? 한 다섯 장 정도 뺄 수 있으려나?"

"다섯 장요? 될까요? 이거 소문나면요, 아마 계장님이랑 저는 다른 일 아무것도 못 하고 표 좀 구해달라는 전화 받느라 하루 다 갈 건데요."

"하긴 그렇겠다."

정 계장은 으아아아, 괴이한 소리를 내며 다시 책상에 고개를 처박았다.

"거 진짜 이상한 사람이네. 그 크고 좋은 공연장 다 놔두고 왜 여기 와서 난리래, 난리가. 누굴 잡으려고."

"그러니까요."

"그러고 보니 어디다 사인이라도 한 장 받아놓지."

아, 그럴걸 그랬나 하는 생각이 든 건, 그로부터도 수 초나 지난 후였다.

여섯 시가 지나 지민은 퇴근했다.

한바탕 난리가 날 것은 이미 피하기 어려워 보였다. WMC 아티스츠 코리아에서는 내일쯤 실무진 미팅을 가졌으면 좋겠다는 연락을 해왔다. 아마도 아까 유진이 말한, '실장님'이 오는 게 아닐까 하고 지민은 생각했다. '세계적인 첼리스트' 이유진이 이 외진 동네의 손바닥만 한 문화회관에서 공연을 한다는, 말도 안 되는 상황은 이제 점점 현실로 다가오고 있었다.

어우, 난 몰라. 회관을 나서며 지민은 투덜거렸다. 뭐가 어떻게 되든 이제 자신이 선택할 수 있는 일은 아무것도 없었다. 이어폰을 꽂고 눈이 쌓여 얼어붙기 시작한 회관 앞을 조심조심 걸어가며, 지민은 후드 티 주머니에 손을 찌른 채 긴 다리로 성큼성큼 계단을 내려가던 유진의 뒷모습을 떠올렸다.

지민에게는 몇 가지 철칙이 있었다. 칼퇴근을 하려고 아등바등하지는 않는 대신 절대로 집까지 일거리를 싸들고 오지 않는다는 거였다. 그러나 오늘은 도무지 그렇게 되지 않았다. 집으로 돌아와 늦은 저녁을 먹는 동안도 지민의 머릿속에는 유진과 그의 연주회 생각만 가득했다. 검정 후드 티의 등 한가운데 새겨져 있던 커다란 메이커 로고, 음이 조금 틀어진 그랜드 피아노로 짤막하게 치던 '엘리제를 위하여' 멜로디, 왜 여기서 공연을 하려는 거냐는 질문에 '내 맘인데' 하고 대답하던 목소리 같은 것들이.

침대에 누워 잠이 들기 전, 언제나 그렇듯 손에는 핸드폰이 들려 있었다. 만지작거리다가 '이유진'이라는 이름을 검색해볼 마음이 들었던 것은 아마도 이 일이 외부적으로 얼마나 진행되었나 확인해보고 싶었기 때문이었을 것이다. 그러나 아직까지, 세상은 잠잠했다. 포탈도, SNS도, 커뮤니티도 아직은 아무것도 모르는 듯했다. 하기야 뭔가 발표가 된대도 최소한 내일 담당자가 다녀가고 난 후에나 가능하지 않을까 하고 지민은 생각했다.

핸드폰을 끄고 눈을 감으려다가, 지민은 유튜브를 켰다. 리베르탱고의 멜로디가 문득 머릿속을 맴돌아, 한 번만 듣고 자자는 핑계를 대며 유튜브에서 '이유진'을 검색했다. 검색리스트의 가장 상단에 낯선 섬네일이 떠올라 있었다. 새 영상이었다.

"못 보던 거네."

하단의 업로드 날짜를 확인했다. 두어 시간 전이었다. 그러니까 세현문화회관에서의 공연이 확정된 이후, 그가 처음으로 찍어 올린 연습 영상인 셈이었다. 저도 모르게 긴장하며, 지민은 조심스레 영상을 터치했다.

안녕하세요, 이유진입니다.

영상 속 유진은 루즈한 흰 티셔츠에 오늘 본 그 애쉬그레이로 염색한 머리칼을 하고 있었다. 새삼스레 아까 낮에 본 그 사람이 저 이유진이 맞구나 싶은 생각이 들어 지민은 저도 모르게 오른손바닥을 내려다보았다.

오늘은 좋은 뉴스 한 가지를 먼저 말씀드릴까 해요.

오늘은 이미 세팅을 마치고 영상을 찍기 시작했는지 그의 첼로는 엔드핀으로 바닥에 잘 고정되어 있었다. 정말로 연인을 껴안듯 첼로의 몸통에 편안하게 팔을 감아 두른 채, 유진은 언제나처럼 화면을 향해 말을 건네고 있었다.

조만간, 공연이 있을 예정입니다.

그는 활짝 웃었다. 날카로운 인상이라는 느낌이 있었는데, 웃으니 완전히 달라 보였다. 의뭉스레 말을 해놓고, 그는 크고 긴 손으로 한참이나 스스로 박수를 쳤다. 참, 혼자서도 잘 노네. 지민은 저도 모르게 중얼거렸다.

어디서냐고요? 그건 비밀이고요.

유진은 익살스럽게 미간을 찌푸리더니 긴 손가락을 입술에 대고 쉿 하는 표정을 지어 보였다.

여기 댓글에 '우리 동네에서 한다는데요.' 하고 답글이라도 달아볼까. 지민은 피식 웃었다.

오늘 공연장에 다녀왔습니다. 규모가 별로 크지 않은, 작고

아담한 공연장이었어요. 그리고 무엇보다도, 담당하시는 직원분이 아주 귀여우셨어요.

담당하시는 직원분이라면, 그건 나를 두고 하는 말인가. So cute. 그 어구는 이럴 필요가 있나 싶을 만큼 뚜렷하게 지민의 귓가에 파고들었다. 뭐래. 어쩐지 낯이 간지러워 지민은 저도 모르게 관자놀이를 긁적였다.

제 연습 영상 중에 헤드위그 테마곡 커버가 있는데, 그걸 보고 계시더라고요. 그런데 제가 들어가니까 갑자기 아닌 척을 하시던데, 정말 귀여우셨어요.

"……."

그러니까, 아까 스피커를 켜놓은 채 영상을 보고 있었던 게 사단이었다. 유진이 들어오고 나서 영상을 끄기까지 약간의 시간차가 있었는데, 그는 아마도 그 소리만 듣고도 제 연주라는 걸 알아챈 모양이었다. 그러게 왜 이어폰은 빼가지구선. 지민은 입술을 잘근잘근 깨물었다.

그 귀여우신 직원분 이야기는 여기까지 하고요.

짝, 하고 손뼉을 한 번 치고 나서 그는 이마로 흘러내린 머리칼을 쓸어 넘겼다.

오늘 연주해볼 곡은, 비틀즈의 명곡 중에, 'I Wanna Hold Your Hand'입니다.

"오늘은 비틀즈구나."

그의 연습 영상 중에는 대중적인 곡도 많았고, 그중에는 비틀즈의 명곡도 몇 곡 있었다. 그렇지만 저 노래는 비틀즈 노래 중에서는 조금 벽지지 않나. 'Let It Be'나 'Hey Jude' 같은 곡도 있는데.

비틀즈 곡 중에는 좋은 곡이 매우 많지만, 이 곡은 몇 년 전 한 아이스 쇼에서, 한 피겨 아이스댄싱팀이 프로그램 음악으로 사용한 것을 듣고 좋아하게 되었어요.

"아!"

그 아이스댄싱이라면 지민도 기억이 났다. 그날 아이스 쇼의 주인공은 다른 선수였지만, 지민에게는 아마도 캐나다 선수들이었던 것으로 기억되는 그 팀의 프로그램이 가장 기억에 깊이 남았다. 그 노래가 너무나 마음에 들어서 찾아본 원곡은, 그러나 오히려 뭔가 붕붕 뜨는 듯한 느낌의 마냥 신나는 노래여서 조금 실망을 하기도 했다. 새삼 신기했다. 저런 사람과 나 사이에도 같은 기억이라는 것이 존재하는구나, 하는 생각에.

네, 아마 테사 버츄와 스캇 모이어였을 거예요.

지민의 말에 대답이라도 하듯, 유진은 그렇게 말했다.

그럼, 시작할게요.

고개를 돌려 몇 번 헛기침을 한 다음, 유진은 활을 잡았다. 활이 매끄럽게 현 위를 달리고, 둔탁한 첼로의 음이 정적을 깨뜨렸다. 고작 오늘 하루였지만 마음을 두고 들어본 첼로의 음색은 어딘가 유진의 말하는 음성과도 비슷한, 낮고 둔탁하면서도 요요한 음색이었다.

　지민은 가만히 눈을 감았다. 지금도 가끔 잊을 만하면 찾아보곤 하는 그 아이스댄싱 프로그램이 눈앞에 떠올랐다. 그렇게나 아름답고 애절한 프로그램을 연기하는 두 사람은, 그러나 철저하게 동료 이상도 이하도 아닌 관계라던가. 사람 일 참 알 수 없는 거라고 지민은 생각했다.

·2·

나의 엘리제를 위하여

다음 날, WMC 아티스츠에서 사람이 나왔다.

사무실 분위기는 뒤숭숭했고 어딘지 모르게 붕 떠 있었다. 정 계장은 딱히 하는 일도 없는 것 같으면서도 오전 내내 자리에 붙어있지 않고 자꾸만 어딘가를 들락날락했다. 그래서 방문객을 맞을 사람은 지민 혼자뿐이었다.

그녀는 언뜻 봤을 때 30대, 많이 보면 40대로도 보이는데, 키가 크고 태가 늘씬한 미인이었다. 있는 게 믹스 커피뿐이라며 웅얼거리는 지민에게 우리나라 믹스 커피가 얼마나 맛있는데요, 하고 생긋 웃어 보이더니 명함 케이스에서 명함 한 장을 꺼내 내밀었다.

WMC 아티스츠 코리아 민재희 실장.

지민은 명함에 박힌 직함을 한참 동안이나 물끄러미 들여다보았다.

"음, 혹시……."

커피 한 모금을 마시고 잠시 말을 고르던 그녀가 불쑥 물었다.

"유진이 말한, '귀여운 담당자분'이 지민 씨인가요?"

"네?"

"아!"

민 실장은 지민이 어제 영상을 챙겨본 것까지는 알지 못하는 모양인지 설명하듯 덧붙였다.

"유진이 어제 회관 담당자님이 굉장히 친절하시고, 귀여우셨다고."

"……."

"유진이 외국에 오래 살아서 한국에서는 잘 안 쓰는 표현을 쓰는 경우가 더러 있어요. 나름 호의를 가지고 한 말이니까 너무 기분 나쁘게는 생각하지 말아주세요."

아니요, 뭐 기분 나쁠 것까진 없었는데요. 그러나 지민은 그 말을 입 밖으로 꺼내지 못했다. 유진의 표현에 제 기분이 나빴는지 아닌지는 사실 별로 중요한 문제는 아닌 것 같아서.

"뭐 그것보다는……."

지민은 망설였다.

"사실 저희 회관 시설이 이유진 씨 같은 분이 공연하기에 적합한 규모는 아니거든요. 학생들 합창대회나 어르신들 노래 교실 정도나 하는 게 고작이고, 클래식 관련해서는 작년에 조그만 지역 콩쿠르 하나 한 게 전부라서."

"……."

"어제도 사실, 왜 여기서 공연을 하려고 하느냐고 물어봤는데."

"내 맘이다."

민 실장은 그렇게 한마디 하고는 피식 웃었다.

"그러죠?"

"네, 딱 그렇게만 말씀하시고는 아무 말도 안 하셔서."

"그랬을 거예요. 저도 왜 여기인지 한두 번 물어본 게 아닌데, 그때마다 저렇게밖에 대답을 안 해서."

묘한 실망감이 밀려들었다. 그러니까 이 사람 또한 그 이유를 모르는 것이다. 꼭 그래야만 하는 무슨 이유가 있기는 한 것일까. 지민은 새삼 회의감이 들었다.

"유진은 지금 앞으로 3년 이상 공연 스케줄이 전부 다 잡혀 있는 상태예요. 그 와중에 어렵게 한 달 정도, 쉬면서 재충전도 하라고 겸사겸사 스케줄을 비워 놓은 건데, 이렇게 덜컥."

민 실장이 발음하는 '유진'은 자신이 발음하는 유진의 이름과 좀 달랐다. 그러고 보니 유진이라는 이름은 영미권에도 발음이 같은 'Eugene'이라는 이름이 있으며, 외국에서는 그의 이름을 그렇게 표기하고 있었다.

"회관 측에서도 많이 난처하실 거라는 거 알아요. 그런데 저희도 당혹스럽기는 마찬가지라. 아무래도⋯⋯."

마침 정 계장이 문을 열고 들어왔다.

"아, 실장님. 올라가시죠. 관장님께서 기다리고 계십니다."

지민은 민 실장이 남긴 커피를 치우고 다시 책상으로 와서 앉았다.

막연하게나마 기대했다. 오늘 담당자를 만나 보면 이유를 알게 될지도 모를 거라고. 괜한 기대가 되고 말았다. 하긴 저 같은 일개 말단 직원이 그 이유를 안댔자 지금 상황이 달라지거나 할 리도 없겠지만, 그래도⋯⋯.

업무를 시작하려는 다시 벌컥 문이 열렸다. 어제처럼. 그리고 그 문 너머로, 이제는 조금은 익숙해진 얼굴이 불쑥 고개를 내밀었다.

"안녕하세요."

어제처럼 느닷없이 들이닥친 유진이었다. 지민은 엉거주춤, 어어 하는 소리를 내며 몸을 일으켰다.

"실장님은 관장실에⋯⋯."

"실장님은 저 여기 온 거 몰라요. 따로 온 건데."

"네?"

"오늘 자리는 원래 내가 낄 자리 아니라서. 몰래 온 거예요. 버스 타고."

버스? 헛웃음이 터졌다.

"오늘도 버스 타고 왔어요?"

"네."

유진은 의뭉스런 표정을 지었다. 유튜브 화면에서 언뜻언뜻 보았던 그 장난기가 얼굴에 묻어났다.

"버스 타는 거 재밌어요. 버스 안에서 음악 들으면서 바깥 보는 것도 좋고."

"누가 막 알아보거나 그러지 않아요?"

"에이, 날 누가 알아봐요. 무슨 연예인도 아니고."

그런가? 첼리스트 이유진은 유명하기는 해도, 방송이나 텔 레비전에 얼굴이 아주 많이 팔린 사람이라고는 할 수 없으니까. 서울이라면 몰라도, 이런 작은 도시에서 그를 알아보는 사람이 많지 않은 건 당연하기도 했다. 아니, 설령 알아본다 한들 그 이유진이 여기서 이러고 있을 거라고 누가 상상이나 하겠냐고 지민은 생각했다.

"지민 씨."

유진은 흘끗 뒤를 한 번 돌아보았다.

"좀 있으면 점심시간이죠? 같이 밥 먹으러 가요."

"예? 아, 아니 저 근데."

지민은 필사적으로 이 근처에 밥 먹으러 갈 만한 식당 리스트를 되짚었다. 그러나 그 중 어느 한 곳도 이 사람을 데리고 갈 만한 데는 아니었다.

"여기 근처에 밥 먹을 데가……."

"지민 씨는 매일 밥 어디서 먹는데요."

"아, 아니 저야 뭐, 대충 여기저기……."

"그럼 거기 가요."

유진은 태연하게 미소를 머금고 기다렸다. 모르긴 해도, 이곳에서 공연을 하겠다는 통보도 민 실장에게 저런 얼굴을 하고 했을 것이다. 안 된다고 딱 잘라 말하기 쉽지 않았겠다고 지민은 쯧, 혀를 찼다.

"설마 나 굶겨서 보낼 거 아니죠?"

성화에 못 이겨 지민은 일단 유진과 함께 회관 밖으로 나왔다. 거기서부터 이미 지뢰밭이었다. 도대체 이 사람을 데리고 어디 가서 뭘 먹어야 할지, 지민은 공포에 가까운 패닉에 사로잡혔다.

"어, 근데요. 여기 근처 진짜 맛있는 데 별로 없어요. 그냥 다 백반집 이런 거고."

"좋네요, 밥."

유진은 오히려 서글서글하게 그 말을 받아쳤다.

"밥 먹으러 가요. 밥. 면 말고 밥. 쌀 먹고 싶어요."

"……."

"외국 나가면 아무래도 밥을 잘 못 먹으니까요. 먹어도 한국 밥 같지 않고."

지민은 그렇겠구나 싶어 고개를 끄덕였다. 그런 거라면, 정말로 '밥'을 먹으러 가야 하나. 문화회관에서 그다지 멀지 않은 곳에 간판도 제대로 달려 있지 않은 백반집이 있었다. 문화회관이 리모델링 공사에 들어갔을 때 인부들이 가장 많이 찾던 곳이었다. 힘쓰는 사람들이 먹는 것 많이 가린다는 말이 있는데, 그게 아니라도 그 식당 밥은 근처에서 손에 꼽을 만큼 저렴하고 괜찮은 편이었다.

이 추운 날씨에 언제까지나 바깥에 서서 메뉴를 고민하고 있을 수만도 없는 노릇이었다.

메뉴 하나에 7천 원, 비싸 봐야 만 원도 안 하는 백반집이라 메뉴판 같은 것도 따로 없었다. 자리를 잡고 앉자마자 지민은 익숙하게 순두부찌개 하나와 제육볶음, 고등어구이를 주문했다. 주문한 메뉴가 조리되는 동안, 밥과 밑반찬들이 먼저 식탁 위에 차려졌다. 혹시나 식당 종업원이 유진을 알아볼지 모른다는 생각에 움찔해 목을 움츠렸지만, 아무래도 너무 나간 것 같아 슬그머니 어깨를 폈다. 실제로 그런 기미는 보이지도 않았다.

"에이!"

상대방의 긴장한 기색을 먼저 눈치챈 유진이 젓가락을 들어 상을 툭툭 쳤다. 그러더니 밑반찬들을 몇 점씩 덥석덥석 집어 먹기 시작했다. 콩나물무침, 달걀말이, 시금치나물, 소시지 부침 같은 것들.

"말했잖아요. 아무도 나 모른다니까."

"아니, 저기요."

"저기요!"

유진이 손을 번쩍 들고 서빙하는 아주머니를 불렀다. 이 사람이 뭘 어쩌려고. 지민의 얼굴이 대번 새파랗게 질렸다.

"이모, 저 아세요?"

"응?"

"저 어디서 보신 적 있어요?"

아주머니는 한참이나 고개를 갸웃거리며 유진의 얼굴을 살폈다. 그러다가 천천히 고개를 저었다.

"처음 보는 얼굴인데?"

"그쵸! 이모, 여기 소시지 좀만 더 갖다주세요. 열라 맛있다."

별 싱거운 사람 다 보겠다는 얼굴로 소시지 접시를 가져가는 아주머니를 보며 지민은 식은땀을 훔쳤다. 이 사람 도대체 왜 이렇게 조심성이 없지? 조금 전까지 같이 커피를 마시던 민 실장의 얼굴이 떠올랐다. 그분도 연봉이 얼마인지 모르겠지만 고생 많이 하시겠구나, 하는 생각이 절로 들었다.

제일 먼저 제육볶음이 나왔다. 이 집의 제육볶음은 달고 매운 것으로 유명했다. 지민은 떨떠름한 표정으로 권했다.

"드세요. 그럭저럭 먹을 만……은 할 거예요."

유진은 젓가락을 내려놓고 숟가락을 들더니 벌건 제육볶음을 국물째 듬뿍 퍼서 밥 위에 얹어 쓱쓱 비볐다. 그리고 커다랗게 떠서 한입에 넣었다.

지민은 숟가락 드는 것도 잊고 그의 입에서 떨어질 말을 기다렸다.

"맛있네요."

한참을 우물거리다 꿀꺽 삼키고, 유진은 그렇게 말했다.

"이거거든."

그는 제육볶음을 두 숟가락 정도 더 퍼서 밥 위에 얹었다. 저거 너무 맵지 않나? 그런 생각이 들 정도로 밥 색깔이 빨갛게 물들었다. 유진은 입맛을 스윽 다신 다음 본격적으로 제육 비빔 밥을 듬뿍 떠서 먹기 시작했다.

"외국 나가 있으면 진짜 괴로운 게 뭐냐면요, 딴 건 안 그런데 가끔씩 막 치킨이랑 매운 게 미친 듯이 먹고 싶을 때가 있어요."

"치킨이랑 매운 거요?"

"네, 치킨이랑 매운 거. 다른 거는 잘 모르겠는데, 그 두 개는 진짜, 와! 한 번씩 먹고 싶으면 혼자 막 미쳐요. 여자들 입덧하면 막 한겨울에 딸기 찾고 그런다 그러잖아요. 내가 딱 그게 어떤 건지 이해를 하잖아."

그러는 사이 순두부찌개와 고등어구이도 나왔다. 지민은 여전히 제 밥에 숟가락을 대는 것도 잊은 채 유진을 멍하니 바라보았다. 그는 찌개를 한 숟가락 떠먹고는 혼자 몸을 부르르 떨기까지 하며 감탄했다.

"매운 것도 보면, 진짜 별것도 아닌 게 막 땡겨요. 떡볶이, 짬뽕, 불닭 막 이런 거 있잖아요. 아, 제육볶음도 있다. 차라리 좀 비싼 음식이면 요즘은 어지간하면 한식 하는 레스토랑들 있으니까 그런 데 가면 되는데, 이런 건 진짜 꽂히면 약도 없거든요. 한 번씩 공연 앞두고 그런 거 먹고 싶으면 혼자 막 시름시름 앓아요."

유진은 먹던 밥을 내려놓고 고등어구이의 가시를 발라냈다. 외국에서 지내는 사람이라 젓가락질 같은 걸 잘 못할 거라 생각했는데 그저 편견이었다. 그는 젓가락만 들고도 곧잘 잔가시를 발라낼 줄 알았다. 도톰한 살덩어리를 뜯어내더니 한입 덥석 베어 물었다. 이야, 죽인다!

죽인다는 추임새까지 곁들여진 감탄사는 진심에서 우러나온 것 같았다. 지민은 이 사람을 데리고 어디로 밥을 먹으러 가야 할까 고민했던 게 무색했다.

"그러면 어떻게 하는데요?"

"민 실장님한테 막 칭얼거려요. 사다 달라고."

거기까지 말해놓고 유진은 픕 웃었다.

"민 실장님 봤어요?"

"네, 아까 먼저 오셔서 커피 한잔 드렸어요."

"민 실장님이 나 때문에 고생 진짜 많이 해요. 내가 평소에는 나름 성격이 좋은데요, 먹고 싶은 거 못 먹고 잠 오는데 못 자면 좀 흉폭해지거든요. 그래서 그런 거 먹고 싶다고 징징거리면 그거 구하러 다닌다고 혼자 생고생을 해요."

볼이 미어져라 욱여넣은 밥을 우물거리며, 유진은 지민의 밥그릇을 넘겨다보았다.

"근데 지민 씨는 밥 안 먹어요?"

그 밥을 입으로 먹었는지 코로 먹었는지, 그것도 아니면 그냥 통째 꿀꺽 삼킨 것인지 지민은 전혀 기억이 나지 않았다. 내가 식사를 하긴 한 걸까, 싶을 정도였다.

밥을 다 먹고 나니 어쩐 일로 서빙하는 아주머니가 식혜 두 잔을 갖다주었다. 총각이 하도 복스럽게 먹어서, 우리끼리 먹으려고 좀 떠놓은 건데 주는 거라며 생색을 냈다.

유진은 고맙습니다, 이모, 하는 말이 땅에 떨어지기도 전에 그릇에 담긴 식혜를 막걸리 마시듯 벌컥벌컥 들이켰다. 손등으로 입술을 쓰윽 훔치는 동작까지 하고는 그릇을 탁자 위에

탁 내려놓았다.

지민은 지갑에서 카드를 꺼냈다. 밥값은 메뉴 세 개를 합쳐봐야 2만 원 남짓했다. 그런데 이렇게 유명하고 돈 잘 버는 사람을 두고 내가 이 밥값을 내야 하나, 그런 생각이 문득 들었다. 물론 이것도 편견이었다. 유진은 패딩 주머니에 손을 푹 찌른 채 멀뚱멀뚱 쳐다보고만 있었다. 지민은 한숨을 한 번 폭 내쉬고는 순순히 카드를 꺼내 계산서 위에 얹었다.

백반집 입구에는 조그만 식당용 커피 자판기가 있다. 아무리 그래도 이유진이 자판기 커피를 먹진 않겠지, 하고 고개를 저었다. 지민의 예상은 이번에도 빗나갔다. 유진은 물어보지도 않고 대뜸 두 잔을 뽑아 한 잔을 건넸다. 어정쩡하게 고개를 숙이고 커피를 받아들면서도 영 어색했다. 지민은 도대체 이 남자의 반응은 자신의 예상대로 돌아가는 게 하나도 없다는 게 못마땅하기만 했다. 저도 모를 한숨이 이번엔 길게 나왔다.

점심시간은 아직도 30분 넘게 남았고, 빨리 회관으로 돌아가고 싶은 마음은 없었다. 두 사람은 길가 벤치에 잠깐 엉덩이를 붙이고 앉았다. 앙상한 가로수 가지 사이로 쏟아지는 오후 햇살이 벤치에 맥없이 걸려 있었다.

지민은 심란한 기분으로, 긴 다리를 쭉 뻗고 앉아 자판기 커피를 홀짝이는 유진을 물끄러미 쳐다보았다.

"이런 말 어떻게 들릴지 모르겠는데요."

지민의 입에 자판기 커피는 그저 텁텁한 맛일 뿐이었다. 예전엔 더러 마셨지만 지금은 입에 대지도 않았다. 그걸 이 사람은 너무 맛있어 음미하는 표정으로 입에 대었다가 떼었다가 하고 있는 것이다.

"생각하고는 되게 다른 분이신 거 같아요."

"다르고 말고 할 게 뭐 있어요."

유진은 씨익 웃었다.

"지민 씨는 저기 문화회관에서 일하는 게 직업이고, 나는 첼로 하는 게 직업이고. 그게 다인데."

"그건 그런데……."

"뭐 하나 다를 거 없어요. 사람 사는 거 다 똑같아요."

조금은 철이 없고 가벼워 보이던 인상이었는데, 갑자기 그게 전부 사라졌다. 대신 아무것도 미련 두지 않는 초연한 표정으로 먼 하늘을 올려다보는 첼리스트 이유진이 남아 있었다.

"그래도 꼭 그렇진 않죠. 아까 민 실장님이 그러시던데요. 앞으로 3년 정도 공연 스케줄 다 차 있다고."

"그건 맞아요."

유진은 선선히 고개를 끄덕였다.

"3년도 넘을 거예요, 지금 잡혀 있는 스케줄이. 지금 이 공연도 오래 시간 못 끌어요. 여기저기서 오라는 데가 많은 인생이거든요. 여름에 빡센 협연 스케줄도 하나 잡혀 있고요. 자그마치 베를린 필이에요. 그거 준비도 시작해야 되고.”

“아…….”

베를린 필. 이름만 들어도 정신이 번쩍 드는 것만 같았다. 베를린 필의 역사가, 백 년이랬던가 백오십 년이랬던가. 그런 전통과 역사를 가진 오케스트라와 협연을 한다는 건 웬만한 연주자에게도 굉장한 부담일 게 틀림없었다.

“협연은 아무래도 성가시긴 해요. 내 맘대로만 할 수가 없으니까. 나는, 지민 씨도 아는지 모르겠는데, 뭐든지 되게 막 내 맘대로 해버리는 스타일이거든요. 연주도 그렇고, 의상이나 공연 구성이나, 뭐 하여튼. 그런데 협연은 못 그러니까 힘도 많이 들고…….”

유진이 유명해진 데는 여러 가지 이유가 있었다. 물론 그중 가장 큰 이유는 그의 연주 실력이 워낙 뛰어나다는 것과 매 공연마다 보여주는 기존 곡에 대한 참신한 접근이었다. 그러나 그를 대중적으로 유명하게 만든 건 연주는 물론이고 일상에서도 틀에 얽매이지 않은 태도였다.

그는 공연마다 다양한 시도를 하는 것으로 유명했는데, 무대를 객석 한가운데 설치한다든가, 앵콜 곡으로 뉴 트롤스의 ‘Adagio’ 같은 곡을 연주한다든가, 하는 식의 파격을 공연마다 스스럼없이 선보이곤 했다. 그의 유별난 행보는 팬들에겐 찬사를 받기도 했지만 그만큼의 비난도 감수해야 했다. 그런 이

유진조차도 유서 깊은 오케스트라와 협연을 할 때만큼은 자신이 하고 싶은 대로만 하긴 어려운 모양이었다.

"어떤 곡인데요?"

"하이든."

커피를 마저 털어 넣고, 그는 종이컵 가장자리를 입에 문 채 우물거리며 대답했다.

"그러고 나면, 바흐 무반주 첼로 모음곡 독주 일정이 있고."

"……."

"바흐는요, 참 할수록 어려워요."

유진은 허공을 향해 중얼거렸다.

"어떤 느낌이냐면, 사람이 열 살 때는 학교에서 받아쓰기 시험 치는 게 스트레스잖아요."

"네."

"스무 살 되면, 학교 졸업하고 나서 취업은 될까 하는 게 스트레스잖아요."

"그렇죠,"

"서른 살 되면, 결혼해서, 뻔한 월급 가지고 애 키우고, 집 대출 갚고, 이런 게 스트레스잖아요."

"……."

"뭐 그런 거 비슷해요."

유진은 지민을 돌아보며 흐릿한 미소를 지었다.

"내가 첼로를 일곱 살 때부터 시작했는데, 열 살 때 어렵다 생각한 게 스물일곱 먹은 지금까지도 똑같아요. 똑같이 어려워요. 첼로를 20년을 했는데 그 어려운 게 하나도 안 줄어들어요. 바흐가 그래요. 아마 내가 마흔일곱이 돼도 바흐는 똑같이 어려울 거 같은, 그런 거."

무슨 말인지 알 것도 같고 모를 것도 같았다. 지민은 유진과는 비교도 할 수 없을 만큼 어린 나이에 피아노를 놓았다. 그러나 그 어린 나이에도, 지금의 유진이 말한 것과 비슷한 생각에 빠졌던 것 같기도 했다.

"그런데요……."

갑자기 무언가 위험하다는 생각이 들었다.

지금 이건 일종의 이벤트 같은 것이었다. 본래라면 이 작은 도시의 문화회관 행정실 말단 직원인 자신에게 이유진 같은 사람과 밥을 먹고, 커피를 마시고, 이야기를 나누는 기회 같은 건 있을 수가 없는 일이었다. 그러나 그 일은 엄연히 일어났고, 지민의 작고 얕은 세계는 이 말도 안 되는 일에 휘말려들어 요동치고 있었다.

그 동요가 너무 깊어지기 전에 현실로 돌아와야 했다.

"진짜, 왜, 하필 여기서 공연하시려는 건데요?"

유진은 바로 대답하지 않았다. 대신 그는 천천히 시선을 돌려 지민을 바라보았다.

"그런데요."

돌아보는 그의 검은 눈은 유난히 빛나고 있었다.

"그게 왜 궁금해요?"

지민은 찔끔했다.

사실 이 일이 생기기 전까지 이유진이 어떻게 생겼냐고 물었다면 그 얼굴을 바로 떠올리지 못했을 것이다. 텔레비전만 틀면 볼 수 있는 연예인도 아니고, 뉴스에 자주 오르내리는 유명인사도 아니었으니까. 정작 얼굴을 맞댄 그는 명성이 가진 아우라에 비해 평범했고, 소탈했으며, 알 수 없는 친근감이 느껴지기까지 했다. 그것은 어쩌면 워낙 잘 웃고 사소한 일에 쉽게 감동하는 사람으로 보였기 때문이 아닐까 싶었다.

그리고 그 모든 것을 순식간에 거두어버리고 무표정해진 유진은 '어려운 클래식 음악'을 하는 천재 특유의 범접하기 힘든 존재로 돌아갔다. 그러고는 더없이 서늘한 표정으로 자신을 쳐다보고 있었다.

"아니, 뭐……."

변명 아닌 변명을 하려는 목소리는 저절로 기어들었다.

"꼭 궁금하다기보다는……."

"궁금한 게 아니면."

시원하고 천진하게 웃던 얼굴이 거짓말처럼 굳어졌다. 웃음기가 빠져버린 그 얼굴은 엄숙했고, 싸늘하기까지 했다.

"불만인 건가."

경상도 사투리는 듣기에 따라 매우 활달한 말이기도 하지만 매우 차갑게 들리기도 하다는 것을 지민은 새삼 느꼈다. 뚝 떨어지는 그 음성은 더없이 야멸치게 끝이 잘렸다. 지민은 저도 모르게 꿀꺽 마른침을 삼켰다.

"내가 여기서 공연한다고 처음 말 꺼낸 후에 잘했다 하는 사람을 물론 한 명도 못 보기는 했는데."

"……."

"그중에 지민 씨가 제일 불만이 많은 거 같네요."

지민은 일부러 입술을 꾹 다물었다. 유진의 나이가 스물일곱이라면 저보다 겨우 두 살 많았다. 그러나 지금껏 겪어본 그 어떤 사람보다도 그는 날카롭고 매서운 면모를 가지고 있었다.

"어차피 공연하라고 지어놓은 시설 대관해서 공연하겠다는 게 도대체 뭐가 그렇게 불만인지는 모르겠는데."

"……."

"내가 그 회관에서 공연하는 게 무슨 불법도 아니고요."

"……."

"난 내 결정 물릴 생각 없으니까, 지민 씨도 좀 적당히 투덜대요."

지민은 고개를 모로 돌려 바닥으로 시선을 고정했다. 뺨이 다 화끈거렸다. 머쓱하고 무안한 감정이 얼굴을 달아오르게 했다. 그러나 그 감정은 불과 몇 초 만에 역정으로 변했다. 그러니까 아무리 생각해도 이 짜증은 결국 자신의 몫이었다. 동네 주민 행사에나 쓰는 이 손바닥만 한 강당을 소리 소문도 없이 비집고 들어온 저쪽이 아니라.

"말씀 좀 이상하게 하시네요."

지민은 퉁명스럽게 대꾸했다.

"솔직히, 네, 맞아요. 공연하라고 지어놓은 시설인 거 맞는데요, 이유진 씨 같은 거물이 마음대로 무턱대고 들어오라고 지은 시설은 아니거든요. 그래서 음향도 후지고요, 관객석도 좁아터졌고요."

거기까지 말해놓고 지민은 급하게 숨을 한 번 들이켰다. 이제부터가 본론이었다. 이런 말도 안 되는 일이 터진 순간부터 지금까지, 명치를 꽉꽉 누르고 있었지만 그 누구에게도 꺼내 보인 적이 없는 말들이었다.

"도대체, 끝에서 끝까지 다 털어도 오백 석 겨우 나오는 회관에서 공연하겠다는 심보가 뭐예요? 이거 보도자료 나가면 무슨 일 벌어질지 생각해본 적은 있어요? 대한민국에서 클래식 좀 듣는다 하는 사람들이 죄다 이 공연 한번 보겠다고 티켓팅하는 사이트 몰려들어서 서버 터트리고 난리를 쳐대겠죠. 표 못 구한 사람들은 웃돈에 웃돈에 웃돈을 주고서라도 그 표 한번 구해보겠다고 혈안이 되겠죠. 그래도 그중 대부분의 사람들은 표 구경도 한번 못 해볼 거고, 그런 사람들은 당신이 아니라 우리 회관을 욕할 거고요. 무슨 이런 데서 이유진 같은 사람 공연을 유치했냐고. 로비했냐, 뒷돈 썼냐, 빽 썼냐, 갖은소리가 다 나올 거고."

깊이 생각하지 않아도 뻔하게 예상되는 전개였다. 그런 상황이 벌어졌을 때 이유진이나 매니지먼트를 욕하는 사람이 많을까, 허접한 시설에 분에 넘치는 공연을 끌어온 회관 측을 욕하는 사람이 많을까. 단연 후자 쪽이다. 세계적인 스타를 욕하기보다는, 이런 일이 있기 전까지는 대한민국 어디에 붙어 있었는지도 몰랐던 회관 측을 욕하는 게 쉽고 편하니까.

"거기서 끝날까요? 시의원, 도의원, 국회의원, 재벌, 문화부 쪽 높으신 분들이 수십 통씩 전화해서 자기네들 표 빼놓으라고 사람을 들들 볶겠죠. 가뜩이나 오백 석밖에 안 되는 표, 억지로 억지로 빼놓는다고 쳐도요, 몇 장이나 빼놓을 수 있을까요? 그런데요, 그런 일에, 자기네는 손가락 하나 까딱 안 하면서 전화 한 통으로 표 빼내는 거 당연하게 생각하는 양반들한테 그런 핑계가 먹힐 거 같아요? 말 한마디 떨어지면 무조건 그대로 되는 게 당연한 줄 아는 그런 사람들이 이런 사정 봐주기나 할 거 같냐고요. 그 뒷감당 누가 한다? 내가 한다고! 이유진 씨가 아니고, 내가, 세현문화회관 행정실 말단 직원 서지민이 한다고요."

여기까지 내뱉듯이 쏘아붙이고, 지민은 숨을 고르느라 씩씩거렸다. 그래, 이거였다. 처음부터 이 상황이 짜증스럽고 불편했던 건 바로 이런 이유 때문이었다. 공연을 할 만한 회관이 여기밖에 없다면야 어쩔 수 없는 일이다. 그러나 그게 아니지 않나. 이유진에게는 여기보다 나은 선택지가 모르긴 해도 수백 개는 있을 터였다. 그런 걸 죄다 마다하고 굳이 이 회관에서 공연을 하겠다는 건, 이런 후폭풍을 정말 모르는 것이거나, 아니면 알고도 모른 체하는 것이거나, 둘 중 하나라고밖에는 생각할 수 없었다.

"이런 엄청난 일이 터졌는데, 도대체 무슨 심보냐! 그게 안 궁금한 사람이 있을까요?"

"아, 그러니까…… 그게 문제였어요?"

유진의 입가에 삐딱한 미소가 걸렸다.

"나는 뭐, 여기서 그래도 월급 받고 일하는 직원인 줄 알았는데. 자원봉사였어요? 그런 거면 내가 미안하고."

"이봐요."

"남의 돈 먹기가 쉬워요?"

그 목소리는 더 이상 공연장 담당자분이 매우 귀여우셨다고 말하며 웃음을 흘리던 그 목소리가 아니었다.

"그 정도 일도 하기 싫으면서 회관 직원이라고 말하고 다니는 거 안 부끄러워요?"

"말 다 했어요?"

"아니, 다 안 했어요."

차갑게 가라앉은 유진의 검은 눈이 지민의 얼굴에 한참을 머물렀다.

"인생 진짜 쉽게 사네요. 그렇게 안 봤는데."

인생 쉽게 산다니, 누가!

유진은 이만 갑니다, 하며 간단한 인사만 남기고 바로 택시를 타고 가버렸다. 아마도 서울에서 지내고 있을 텐데, 여기서 서울까지 택시를 타면 돈이 얼마야. 돈 많아 좋겠다고, 돈 잘 벌어 좋겠다고 지민은 불 꺼진 택시 캡이 저만치 멀리 사라지는 걸 보며 투덜거렸다.

인생 쉽게 산다니, 누가…….

새삼 억울해져 지민은 또 그 말을 중얼거렸다. 쉽게 사는 게 누군데. 자기야말로 아무런 걱정 없이 첼로나 열심히 연습하면 되잖아. 빚 갚을 걱정, 집세 걱정, 먹고 살 걱정, 그런 거 하나 안 해도 되잖아. 나라도 그런 걱정 없이 살면 첼로 그 정도는 하겠네.

그러게 피아노 같은 건 처음부터 시작하는 게 아니었다.

지금 생각해보면 피아노에 남다른 재능이 있었던 것도 아니었다. 그저 남들보다 조금 더 빨리, 조금 더 잘 치는 정도의 알량한 재주가 전부였던 게 아닐까. 취미로나 배워서 가끔 장기자랑할 일이 있을 때나 써먹으면 딱 맞을 정도. 남들에게서 '피아노 조금 친다'는 말을 들을 정도. 재능이라고 부르기에는 한참 모자라고 갈고 닦은 실력이라기엔 다소 어설픈. 그 경계는 너무나 아슬아슬했고, 불투명했다. 지민도, 지민의 부모님도, 모두가 속아 넘어갈 만큼.

그래도 건반을 두드리던 동안은 열심히 매달렸다. 대수로운 성과는 아니지만 입상도 몇 번이나 했다. 고만고만한 대회는 특별한 일 없으면 참가하곤 했는데, 한 콩쿠르의 지정곡이 라흐마니노프였던 것이 발단이었다.

손이 크기로 유명한 라흐마니노프는 그 곡을 쓸 때 세상에 손이 작은 피아니스트가 얼마나 많은지는 아예 무시한 것만 같았다. 또래 아이들보다 손이 작은 지민에게 그 곡은 몹시도 버거웠다. 손가락 사이를 찢는 수술이라도 받지 않는 이상 제대로 된 연주는 무리였다.

가뜩이나 애매한 재능에 고개를 갸웃거리기 시작한 지민에게 손이 작다는 사실은 꽤나 치명적인 약점으로 다가왔다. 그리고 하필이면 그런 고민을 하던 차에 그녀에게, 진학 상담을 하던 담임은 심각한 얼굴로 말했다. 선택 잘해야 돼. 여기서 예고 쪽으로 방향 잡으면, 정말 쇼부를 봐야 하는 거라고 엄포를 놓았다. 부모님이 너 뒷바라지하느라 고생하시는데, 예고까지 갔다가 그거 아니면? 그건 정말 속된 말로 피박에 광박까지 쓰는 거라고.

그날, 지민은 집으로 돌아와 엄마에게 피아노 이제 재미없어졌어, 하고 말했다. 피아노를 몇 년을 쳤는데, 그래도 한 번은 말리지 않을까 기대했다. 그러나 지금까지 해온 게 아까운데 다시 한번 생각해보라는 입에 발린 만류도 없었다. 그래, 피아노 쳐서 잘 되기가 어디 그리 쉽겠냐고, 잘 생각했다, 그냥 평범한 인문계 가서 지금부터라도 공부하자는 게 엄마의 반응이었다.

그 말을 듣고서야 지민은 그간 자신의 뒷바라지가 부모님에게 만만찮은 부담이었구나, 하고 깨달았다. 고등학교 2학년 무렵 아버지 사업이 급격히 기울기 시작했을 때는 피아노 진작 관두길 잘했다는 흰소리를 되레 엄마에게 할 수 있었다.

피아노를 놓아버리고 나자 지민의 인생은 급격히 무미건조해졌다. 그녀는 역설적으로 피아노를 그만두고 나서야 자신이 오직 피아노 하나만 보며 살고 있었다는 사실을 깨달았다. 의욕도 없이 나머지 학기들을 보내고 고등학교를 졸업한 후 등록금이 부담돼 대학은 일찌감치 포기했다. 피아노를 그만둔다고 할 때는 한 번 말리지도 않던 부모님이 여기서는 그녀를 말렸다. 남들 다 따는 대학 간판 너도 있어야 한다는 게 그 이유였다. 지민의 생각은 달랐다. 이미 그런 건 아무 의미도 없었다. 그녀는 꿈에 부푼 캠퍼스 라이프 대신 공시학원행을 택했다. 1년이 조금 넘는 시간 동안 일정이 맞는 공무원 시험이란 시험은 전부 응시한 끝에, 서울에서 한 시간 반이나 떨어진 이 작은 회관의 말단 행정실 직원 자리나마 차지할 수 있게 된 거였다.

　물론 그것만으로 안정된 삶이 보장되는 것은 전혀 아니었다. 지민은 가뜩이나 빠듯한 월급을 쪼개 아버지의 사업 실패로 생겨난 빚을 갚는 데 돈을 보태야 했고, 도저히 서울에서 출퇴근을 할 수 없어 얻은 원룸의 임대료를 내야 했으며, 먹고 사는 데 들어가는 돈은 언제나 최소한의 비용으로만 지출해야 했다. 그리고 나면 저축은 고사하고 적자나 나지 않으면 다행이었다.

　인생 쉽게 살다니, 누가.

　유진과 헤어져 지민은 일부러 잰걸음으로 회관까지 걸어왔다. 점심시간은 아직 10분도 넘게 남아 있었다. 사무실로 되돌아가기 싫어 서성거리다가, 지민은 대강당으로 걸음을 옮겼다.

　문을 열고, 불을 한두 개만 켜고 안으로 들어갔다. 무대 위에는 그저께 유진이 '반짝반짝 작은 별'을 쳤던 그랜드 피아노가 등을 돌린 사람처럼 우두커니 놓여 있었다.

　지민은 피아노 뚜껑을 열었다. 아무 건반이나 꾸욱 눌러보았다. 아무 건반이나 누른다고 한 것이 가온 다음이었다. 다시 아무렇게나 건반을 눌렀다. 도레도레 레미레미 미파미파 파솔파솔. 크게 음이 어긋난 데도 없는 거 같은데, 정 계장님 말마따나 조율은 좀 미룰까. 지민은 의미없이 중얼거렸다.

도도솔솔라라솔. 반짝반짝 작은 별. 유진이 쳤던 그 멜로디를, 괜히 따라 짚어 쳐보았다. 그걸로 모자라 '엘리제를 위하여'의 도입부도 따라 쳐보았다. 체르니 정도만 떼도 다룰 수 있는 곡이어서, 피아노를 놓은 지 십 년쯤 되었지만 치는 데 별 어려움은 없었다.

"잘난 척은."

인생 쉽게 살다니, 누가.

지민은 입술을 깨물었다. 그리고 쇼팽의 에튀드 12번, '혁명'을 치기 시작했다. 예전에 피아노를 칠 때 가장 좋아했던 곡이었다. 거의 십 년 만에 쳐보는 피아노였지만, 그래도 몸이 기억하고 있어서, 중간중간 삐걱거리나마 얼추 비슷하게 음을 짚을 수는 있었다.

그러나 지민은 앞부분을 조금 치다가 그만 손을 멈추었다. 갑자기 와르르 무너지는 기분이 들어 우울해졌다.

자려고 자리에 누웠다가, 지민은 핸드폰으로 유튜브를 켰다.

혹시나, 오늘도 뭐라도 찍어서 올렸으려나.

'이유진'이라는 이름으로 검색해본 상태는 어제와 같았다. 가장 위에 올라와 있는 건 어제 본 'I Wanna Hold Your Hand' 연습 영상이었다.

그 아래로 리베르탱고, 무반주 첼로 모음곡, 사라방드 등등의 동영상 리스트가 쭉 올라와 있었다. 새로 업데이트가 된 영상은 없었다.

내가 첼로를 일곱 살 때부터 시작했는데, 열 살 때 어렵다 생각한 게 스물일곱 먹은 지금까지도 똑같아요. 똑같이 어려워요. 첼로를 20년을 했는데 그 어려운 게 하나도 안 줄어들어요. 바흐가 그래요. 아마 내가 마흔일곱이 돼도 바흐는 똑같이 어려울 거 같은, 그런 거.

문득 유진의 말이 떠올랐다.

첼로를 20년을 했다…….

그 말의 무게가 가슴을 손가락으로 꾸욱 누르는 것 같았다. 이제 스물일곱 먹은 사람이 그중 20년 동안 첼로를 했다고 한다. 그렇다면, 그런 인생에서 첼로를 빼면 뭐 남는 게 있기는 할까. 어쩌면 아까 그 말도 그래서 할 수 있었던 건지도 모른다. 인생 진짜 쉽게 사네요.

어쩌면 그의 입장에서는, 뭔가에 최소한 20년 정도는 매달려봐야만 '인생 쉽지 않게 사는' 것인지도 모를 일이었다. 사람은 누구나, 제 기준에서 남을 재기 마련이므로.

"첼로 20년 하는 것도 뭐, 아무나 그게 되나."

다 집이 먹고살 만하니까 되는 거지. 우리 집 같은 데서 태어났으면 자기도 별수 없었을 거면서, 지민은 딱 소리가 나게 혀를 차고는 핸드폰을 끄고 머리맡에 아무렇게나 내려놓았다.

인생 쉽게 살다니, 누가……

·3·

피아노를 사랑했던 여자,
첼로가 사랑한 남자

유진의 세현문화회관 연주 공연 일정은 다음 주 금요일로 결정되었다.

캘린더를 보자 저도 모를 한숨이 나왔다. 어지간한 행사 하나를 치르기에도 빠듯한 일정이었다. 그런데 자그마치 이유진 독주회라니. 처음에는 향후 열흘 남짓, 야근을 밥 먹듯이 하게 생겼다는 생각에 머리가 지끈거렸다.

업무 내용을 자세히 확인해보니 회관 측에서 할 일은 별로 없었다. 티켓팅부터 보도자료, 팸투어, 기자회견까지 모두 WMC 아티스츠 측에서 알아서 하기로 했기 때문이었다.

회관에서 신경 써야 할 것은 시설 부분과 공연 당일 관객 관리 정도뿐이었다. 딱히 회관 측을 배려한 거라고 보긴 어려웠다. 그저 프로가 아마추어의 일 처리를 못미더워하는 느낌에 가까웠다.

업무 내용까지 다 확인하고 나자 어제 유진에게 낸 신경질이 조금은 머쓱해지기도 했다.

점심시간이 조금 지났을 즈음, 유진은 민 실장과 함께 회관으로 들어섰다.

오늘의 유진은 어제, 그제 보던 유진이 아니었다. 먹빛이 나는 슈트에 타이를 매지 않고, 귀걸이에 목걸이에 팔찌에 반지까지 빈틈없이 휘감았다. 번듯하게 잘 차려입은 것과 달리 표정만은 딱딱하게 굳어 있었다. 지민과 얼굴이 마주치자 꾸벅 고개를 숙여 보이고는 한 마디 인사말도 없이 지나쳐 갔다. 지민은 어쩐지 욕을 얻어먹은 것 같은 기분이 들었다.

산책이라도 나가는 사람처럼 가벼운 옷차림으로 왔던 어제와 달리, 오늘 그의 손에는 묵직해 보이는 첼로 케이스가 들려 있었다. 유진이 쓰는 첼로는 안드레아 과르네리(Andrea Guarneri)라는 이름으로 유명한, 1600년대 후반에 제작된 첼로였다. 유진이 스무 살이 되던 해 생일, 한 익명의 팬으로부터 선물 받았다는 이 첼로는, 가격이 수십억은 호가하는 것으로 알려져 있었다.

아무래도, 그는 자신과는 영 다른 세계에 살고 있는 사람인 게 맞았다.

그날, 유진은 대강당에서 음향 시험을 겸해 첼로를 연주했다. 몇 안 되는 회관의 모든 직원이 자리를 비우고 몰려나와 그 모습을 지켜봤다.

유진이 연주한 곡은 바흐의 무반주 첼로 모음곡 1번이었다. 어깨너머 들리는 말로, 유진은 다음 주 금요일 공연에서 바흐의 무반주 첼로 곡을 전부 연주할 모양이었다. 인터미션 시간을 빼고도 총 연주 시간만 세 시간에 육박하는 공연이 될 예정이었다. 여름에 베를린 필과의 협연 후에 무반주 첼로 모음곡 독주 일정도 있다고 그는 말했었다. 그 일정을 대비한, 일종의 예행연습 같은 것일까.

자리에 앉아 그는 엔드핀을 조정하고는 활을 현에 몇 번 그어 음을 확인했다. C현에 활을 댔을 때, 어딘가 묘한 소리가 났다. 정돈되지 않은 듯한, 둔탁하고 으르렁거리는 울림이었다. 그러나 유진은 그 현을 몇 번 더 문질러 음을 확인한 후, 곧바로 연주를 시작했다.

워낙 유명한 곡이라 곡의 멜로디를 따라가는 것은 그리 어렵지 않았다. 다만 그 곡을 연주하는 유진은 유튜브 영상 속 유진과 너무나 다른 사람 같아 적응이 되지 않았다.

프렐류드 부분을 한참 넋을 놓고 듣고 있는데 누가 뒤에서 어깨를 두드렸다. 흠칫 놀라 돌아보니, 민 실장이었다.

"지민 씨, 잠깐만."

입 모양으로 하는 말을 알아듣고 그녀는 모여선 사람들을 헤치고 민 실장을 따라 밖으로 나갔다.

"결국 이렇게 됐네요."

그녀는 머쓱하게 웃었다. 그 말에 담긴 뜻이 뭔지 알았으므로 지민도 어색한 웃음을 지었다.

"아무리 생각해도 이건 좀 아닌 거 같아서 끝까지 말렸는데, 요지부동이네요. 유진은 의외로 남들 다 부리는 까탈은 별로 없는 편인데 한번 작심한 일에 대해서는 고집이 굉장히 세요. 저로서도 어쩔 수가 없는 부분이네요."

"뭐 어차피 공연하라고 지어놓은 회관이긴 하니까요."

그 말은 바로 어제 유진이 했던 말이었다. 똑같이 따라 되뇌며, 지민은 알 수 없는 쓸쓸함에 입맛을 다셨다.

"여러 가지로 지민 씨가 힘든 점이 많을 거예요. 그 점에 대해서는 정말 미안하게 생각해요."

"아니요, 뭐."

지민은 떨떠름하게 대답했다.

"그러라고 월급 받고 일하는 거니까요."

그러고 보니 이 말도 어제 유진에게서 들은 말이었다.

정작 유진에게 신경질을 낸 것 말고는 다른 사람에겐 찍소리도 못하는 자신의 처지가 어쩐지 우습게 느껴졌다.

"유진이 한 말에 대해선 너무 기분 나쁘게 생각하지 말아주세요. 아무래도 우리 같은 사람들하고는 다른 세상에 사는 사람이니까. 무슨 악의가 있어서 한 말은 아닐 거예요."

"아니에요, 틀린 말도 아니고요."

그러니까 이 사람은 어제 유진과 자신 사이에 무슨 대화가 오갔는지, 무슨 일이 벌어졌는지 대충 다 알고 있는 모양이었다. 유진이 말하기라도 한 걸까. 그랬을 수도 있다고 지민은 생각했다. 자기가 할 공연의 시설 담당자가 공연에 그렇게 시큰둥한 태도를 보이니까 신경 쓰이기도 했겠지.

지민은 슬쩍 어깨를 돌려 뒤를 돌아보았다. 닫힌 문틈으로, 흐릿하게 첼로의 음률이 들렸다.

"그리고, 이거……."

민 실장은 들고 있던 클러치에서 봉투 하나를 꺼내 내밀었다. 그 봉투 속에는 반으로 접은 좌석 배치표가 들어 있었고, 중간쯤에서 오른쪽으로 치우친 곳에 다섯 개 좌석에 체크 표시가 되어 있었다.

"그 자리는, 제가 지민 씨 몫으로 빼놓을게요."

"아니, 저기……."

"친한 사람들한테 줘도 되고, 양도해도 돼요."

그 말에, 지민은 저도 모르게 머릿속으로 계산을 했다. 한 다섯 장 빼돌려서 장당 백만 원 받고 팔면 오백만 원이라는, 그 농담이 실제로 이루어질지도 몰랐다.

"더 많이 못 챙겨줘서 미안해요. 그런데 지민 씨도 알겠지만 자리가 오백 석밖에 안 되잖아요. 거기서 50석은 이미 관계자 석으로 빠졌고, 관장님이 한 30석 달라고 하셔서 드리고. 더 이상은 정말 무리네요."

그러니까 총 오백 석 중에 이미 80석이 빠졌다. 자신에게 온 게 다섯 석. 그렇다면 정 계장에게도 몇 석이 빠졌을 것이다. 실제로 티켓팅에 풀릴 좌석은, 이미 백 석 남짓 줄어버리고 말았다. 장당 백만 원으로도 표 구하기 쉽지 않겠다는 생각이 지민의 머리를 스쳤다.

"그렇지만."

"김영란법 이런 거는 걱정 안 해도 돼요."

민 실장은 웃었다.

"아무튼 이 난리 끝나기 전까지 잘 좀 부탁할게요."

음악 공연만 하는 곳이 아니다 보니 음향에 대한 배려가 아무래도 부족하다고 관장은 송구스러워하며 인사를 했다.

유진은 이 정도면 소규모 공연장치고는 음향이 상당히 훌륭한 편이며, 어떠한 환경에서든 좋은 소리를 끌어내는 것이 연주자의 본분이라는 대답을 했다.

둘이 이런 대화를 나누었다는 말을, 지민은 정 계장에게서 들었다.

별로 안 그럴 것 같아 보이는데, 입에 발린 소리도 은근히 잘하는 사람인 모양이라고 지민은 생각했다.

그리고 그날 세 시가 조금 지나, 드디어 첫 기사가 터졌다.

이유진, 오는 12일 세현문화회관에서 독주회

기사의 내용은 그게 다였다. 아직 자세한 취재는 이루어지지 않은 것이다. WMC 아티스츠에서 공식적으로 발표한 내용을 받아쓰는 정도밖에는 할 수 없다 보니 기사 내용은 제목을 조금 풀어 쓴 것에 지나지 않았다.

그러나 그 후폭풍은 무섭게 일었다.

대번 '세현문화회관'은 온갖 커뮤니티와 SNS를 도배했고, 그게 도대체 어디 붙어 있는 회관이냐는 질문 글이 쏟아졌다. 수용 가능 인원은 몇 명이냐, 티켓팅은 어떻게 하느냐, 티켓 가격은 얼마냐, 공연은 한 번밖에 안 하는 거냐……. 질문이 폭격처럼 쏟아졌다.

"아이고!"

저녁 여섯 시가 되자마자 전화를 돌려놓고, 정 계장은 턱을 책상에 댄 채 길게 엎드렸다. 책상에 엎드리지는 않았다지만 지민도 처지는 비슷했다. 미친 듯이 울려대는 전화벨 소리에 경기가 날 것 같았다.

"이게 무슨 난리라니."

"벌써 그러시면 어떡해요."

일단 그렇게 대꾸했다. 지민도 지치기는 마찬가지였지만.

앞뒤 싹둑 잘라먹고 대뜸 '거기서 이유진 독주회 한다는데 진짜예요?', '이유진 거기서 공연해요?', '이유진 맞아요?' 하는 믿을 수 없어서 확인하겠다는 투의 문의가 쏟아졌고, 오늘 오후 시간 내내 시달린 탓이었다.

"못해도 티켓팅 끝날 때까지는 계속 이러겠지?"

"티켓팅은 언제래요?"

"이번 주 금요일 밤이라나."

"그때까진 내내 이러겠네요."

쏟아지는 전화 문의를 응대하는 것은 귀찮기는 하지만 또 그럭저럭할 만했다. 그리 버거운 일은 아니었던 것이다. 문제는 그 전화를 응대하느라 정작 해야 할 일을 하지 못한다는 것이었다. 가뜩이나 촉박한 일정에, 오늘만 해도 오후 시간을 전화 받느라 통째로 날리고 말았다. 이래가지고야 이 공연 과연 무사히 치를 수 있기는 할까. 지민은 눈앞에 놓인 시설 관리대장을 만지작거렸다.

"지민 씨."

정 계장은 은근한 목소리로 지민을 불렀다.

"아까 민 실장이랑 무슨 얘기 했어?"

"아까요?"

"아까 이유진 첼로 켜고 있을 때 둘만 살짝 나가서 속닥속닥했잖아."

지민은 뭘 주우려는 포즈로 책상 밑으로 고개를 숙였다. 정 계장이 하려는 얘기가 뭘지 대충 짐작이 갔다. 그리고 그 요청에 어떤 식으로 대처할지는 잠깐 결정할 시간이 필요했다.

"별 얘기 안 했어요. 그냥 잘 부탁한다고요."

"겨우 그런 얘기 하자고 사람을 불러내?"

"제가 담당자잖아요. 이유진 때문에 제가 제일 피 보게 생겼으니까 그랬겠죠."

지민이 민 실장과 무슨 이야기를 했든, 그걸 정 계장이 신경 쓸 필요는 없었다. 그의 입에서 저런 말이 나오는 이유라면 한 가지밖에 없을 터였다. 지민은 자신의 예상이 맞아 들어간다면 무슨 말을 어떻게 해야 할지, 잠깐 고민했다.

"혹시……."

정 계장은 좀 더 은근하게 물었다.

"자리 좀 안 줘?"

"자리요?"

혀를 낼름 내밀고 싶은 것을 간신히 눌러 참았다. 저 말을 할 거라고, 지민은 이미 대충 예상하고 있었다.

"그런 말 없던데."

"진짜야?"

정 계장은 대번 곱지 않은 표정으로 지민을 흘겨보았다.

"그러지 말고 몇 석 얻은 거 있으면 나 두 자리만 주라."

"없어요, 진짜."

지민은 시치미를 뚝 떼고 천연덕스레 웃었다.

"총 좌석이 오백 석밖에 안 되는데 저까지 줄 자리가 어딨어요. 벌써 한 백 석 정도는 이리저리 빠진 모양이던데."

정 계장은 미심쩍은 표정으로 지민을 또 흘겨보았다.

"진짜야? 진짜 없어? 있으면 그러지 말고 적선 좀 해라. 나이참에 애들 엄마한테 점수 좀 따려고 그래."

"없어요, 진짜. 있으면 계장님 드리지 제가 들고 있어서 뭐하게요."

민 실장이 챙겨다준 표를 팔아 돈을 번다든가 하는 생각은 딱히 해본 적이 없었다. 그러나 자신의 몫으로 돌아오지도 않은 것을 그런 식으로 가로채려는 정 계장의 태도에는 은근히 짜증이 났다. 그리고 그에게 표 두 장을 양보한다고 해서 그 어떤 보답도 돌아오지는 않을 거라는 걸 그녀는 경험상 알았다. 그래서 더욱 그가 바라는 대로 해주기가 싫었다.

"제가 민 실장님한테 한번 여쭤는 볼게요."

지민은 착한 표정을 하고 그렇게 대답했다.

집으로 돌아가는 버스 안에서 지민은 핸드폰으로 '이유진'을 검색해보았다.

아직 제대로 된 보도자료가 돌지 않은 탓인지, 검색되는 기사의 건수는 늘었지만 내용은 거기서 거기였다. 이유진이 12일에 세현문화회관에서 내한 공연을 한다. 결국은 그 한 문장의 끝도 없는 반복이었다. 그러나 그중 단 하나, 처음 듣는 어느 인터넷 매체에, 조금 더 사족이 붙은 기사가 실려 있었다.

3년 만에 내한무대를 갖는 이유진이 예술의 전당이나 세종문화회관이 아닌 세현문화회관을 공연 장소로 선택한 이유에 대해서 명확하게 밝혀진 바는 없으나, 3년 만의 내한 무대를 고향에서 가지고자 하는 의도인 것으로 문화계 일각에서는 추측하고 있다.

"뭐래."

이유진 고향은 부산이거든요. 지민은 입속으로 중얼거렸다. 말투만 들어봐도 딱 경상도 출신인데, 여기가 무슨 고향이래.

유진은 한국에서 산 시간보다 외국에서 지낸 시간이 훨씬 길었다. 그러니 이 공연 기사를 쏟아낸 기자들 중 대부분은 그와 말 한마디 해본 적 없었을 것이다. 그러니 그가 경상도 사투리를 쓴다는 사실 자체를 모르는 사람도 많을 것이고.

새삼스런 생각이 들었다. 가족이나 민 실장, 그의 스태프들을 제외하고는, 자신이 그와 비교적 많은 대화를 나누어본 한국 사람이 아닐까 하는 생각이.

다음 날, 지민은 출근길에 회관 앞에서 기다리고 있던 기자 세 명을 맞닥뜨렸다.

그들은 명함부터 들이밀며 '여기서 이유진이 공연을 한다는데, 맞아요?' 다짜고짜 말을 걸어왔다. 시큰둥한 얼굴로 몰라요를 연발하며 지민은 그들을 지나쳐 회관 안으로 쏙 들어갔다.

사무실 안까지 따라 들어오면 어떡하나 걱정했지만 그 정도로 질기게 들러붙지는 않았다. 누가 봐도 말단 직원에 불과한 그녀에게서 얻어낼 수 있는 정보는 한계가 있다고 생각했을 것이다.

그러나 정 계장의 경우는 조금 심각했다. 사무실 문을 박차고 들어오는 그의 뒤로, 대여섯 명쯤 되는 기자들이 우르르 따라붙었다. 뭐라고 질문을 쏟아내는데, 한꺼번에 소리치느라 제대로 알아들을 수가 없었다. 그래도 질문의 첫 말은 다들 또렷하게 들렸다. 질문들은 하나같이 '이유진이'라는 말로 시작되고 있었다.

이 때아닌 아수라장은, 더 보다 못한 지민이 경비실에 전화를 해서 사람을 부르고 나서야 겨우 잠잠해졌다.

"환장하겠네, 진짜. 질렸으면 기자회견이라도 좀 하던지."

책상 위로 가방을 대충 내던지고 외투를 벗어 옷걸이에 걸며 정 계장은 대놓고 투덜거렸다.

"이유진이 왜 여기서 공연하겠다고 했는지 내가 그걸 어떻게 알아."

그러니까요. 지민도 속으로 고개를 끄덕거렸다.

그날의 말다툼 아닌 말다툼은 이제 잊고 말 법도 한데, 제법 여운이 길었다. 사실 말이야 바른 말이지, 이런 작은 회관을 공연장 취급조차 하지 않는 연주자들이 얼마나 많은가. 작년에 피아노 리사이틀 하나를 기획하다가 기획사와 피아니스트의 고압적인 태도에 온갖 정이 다 떨어져 포기해버리고 말았던 적이 있었다. 유진에 비하면 유명세라고는 쥐뿔도 없는 피아니스트였는데도. 그런 연주자에 비하면, 공연하라고 지어놓은 시설에서 공연하는 게 뭐가 문제냐는 유진의 태도는 지극히 상식적이지 않은가. 그로 인해 파생되는 이런저런 문제들은 차치하고라도.

그러는 와중에도 책상의 전화는 쉴 새 없이 울렸다.

"네, 세현문화회관 행정실입니다. 이유진 독주회요? WMC

아티스츠 쪽에 문의하시기 바랍니다. 아직 결정된 게 없어요."

그날도 전화 문의는 폭주 상태였다. 문화회관이 아니라 무슨 홈쇼핑 고객센터 직원이 된 기분이었다. 그나마 쏟아지는 내용들이 대동소이해서, 몇 가지는 대답하고 몇 가지는 WMC 아티스츠 쪽으로 떠넘겨버리면 된다는 게 그나마 다행이었다.

세현문화회관에 쏟아지는 관심은 식을 줄을 몰랐다. 아니, 점점 더 커지는 것 같았다. 이유진 이렇게까지 유명하고 잘나가는 사람이었나. 백반집에 앉아서 밥 먹고 있어도 아무도 못 알아보던데. 쏟아지는 전화와 문의에 하루종일 시달리며 지민은 문득 그런 생각을 했다.

문의는 전화로만 오는 게 아니었다. 세현문화회관 홈페이지 질문 게시판에는 이 홈페이지가 오픈한 이래 어제까지 작성된 글들을 모두 합친 것보다 더 많은 글이 이틀 사이 올라왔다. 전화를 받는 짬짬이, 올라온 글들에 대한 답변도 달아야 했다. 머리가 터져나갈 것 같았다.

시간이 어떻게 흘렀는지 모르는데 벌써 점심시간이 되었다. 정 계장은 밥 먹으러 나갈 기력도 없다며 시켜 먹지 않겠냐고 했지만 지민은 고개를 저었다. 달달한 커피 생각이 간절해서 안 되겠다는 핑계를 대고 회관을 빠져나왔다. 그 뒤통수에 대고 바닐라라떼를 외치는 정 계장은 얄미웠지만, 어차피 이런

저런 핑계를 대고 자리도 양보해주지 않을 생각이니 그 정도
는 참기로 했다.

지민이 밥을 먹으러 간 식당은 그저께 유진과 함께 갔던 백
반집이었다. 따로 고를 것도 없이 제육볶음을 주문했다. 언제
나처럼 음식은 빨리도 나왔다. 맵고 단 제육을 한 점 집어먹으
려니, 이 제육을 숟가락 채 퍼서 밥에다 얹어 쓱쓱 비벼 먹던
유진이 떠올랐다.

코에 송글송글 맺히던 땀, 외국에 있을 때 매운 게 먹고 싶
어서 혼자 시름시름 앓을 때가 많다던 그 말들. 그렇게까지 까
칠하게 굴 건 아니었을까. 묵묵히 혼자, 흰 멜라민 접시에 담
긴 제육볶음을 꾸역꾸역 집어먹으며 지민은 그런 생각을 했다.

밥을 다 먹고 계산을 하러 가니, 서빙을 하던 아주머니가 접
때 그 총각은 오늘 같이 안 왔냐고 아는 척을 했다. 글쎄요, 또
올 일이 있을지 모르겠네요. 잠깐 회관에 다니러 온 사람이라
서. 그렇게 대답하는데 입맛이 썼다.

지민이 스탬프를 찍는 카페는 백반집에서 십 분쯤 걸어 내려
가, 버스 정류장 가까운 곳에 있었다. 굳이 이 집의 커피를 자주
사 먹는 이유는 별다른 게 없었다. 근처 다른 카페들보다 커피
값이 5백 원 정도 싸기 때문이었다. 카페라떼 한 잔, 바닐라라
떼 한 잔을 주문하고, 커피가 나오기를 멍하니 기다리고 있을
때였다. 그러고 보니 자기 먹을 카페라떼보다 정 계장에게 사

다 줘야 할 바닐라라떼가 조금 더 비쌌다. 어쩐지 억울하다는 생각이 들었다. 그냥 바닐라라떼를 두 잔 살걸 그랬나.

"아이스 아메리카노 하나요."

이 추운 날씨에도 아이스 아메리카노를 마시나 하는 생각이 든 게 먼저였던지, 그 목소리가, 말투가 귀에 익어서였던지 지민은 반사적으로 고개를 획 돌렸다. 그리고 유진과 눈이 마주쳤다.

"어……."

반가운 기색을 하는 그를 잡아끌고, 일단 지민은 가게 밖으로 나왔다. 가게 밖이라고는 해도 겨우 처마에 친 차양 아래였지만. 기자들이 어디서 숨어 기다리고 있을지 모르니 멀리 나가는 것도 무리였다.

"여긴 왜?"

"왜기는요. 연습하러 왔지."

유진은 손에 든 첼로 케이스를 슬쩍 들어 보였다. 어제 본, 그 첼로 케이스와 같은 것이었다. 그러니까 저 속에 든 것이 그 수십억이나 한다는 400년도 넘은 안드레아 과르넬리 첼로인가 싶어 지민은 저도 모르게 꿀꺽 마른침을 삼켰다.

"어제 그거 한 곡 달랑 해보고 공연장 파악을 어떻게 다 해요."

"파악하고 말고 할 거나 있어요? 딱 봐도 후진데."

"그러니까 더 연습을 많이 해야지."

유진은 무덤덤하게 대답했다.

"지민 씨 나 별로 안 보고 싶어 하는 건 아는데요, 한계가 있는 공연장에서 좋은 소리를 내려면 그 공연장에 맞는 톤을 찾아야 돼요. 한 곡 가지고 그거 찾는 거 어렵없어요."

"그렇다고 이렇게 불쑥 오면 어떡해요."

공연과 딱히 상관도 없는 행정실 직원까지 붙들고 늘어지는 기자들이었다. 유진이 근처에 나타났다는 낌새를 채기만 해도 굶주린 개떼처럼 몰려들 게 뻔했다.

"지금 회관 근처에 기자들 쫙 깔렸는데."

"기자들이 왜요? 공연 날짜는 한참 남았는데."

"그러니까 내가 말했잖아요. 당신 같은 사람이 이런 변두리 문화회관에서 공연한다는 게 그게 말이 안 되는 거라니까."

가게 안쪽에서 커피 나왔습니다, 하는 직원의 목소리가 들렸다. 지민은 커피 캐리어를 받아 카페라떼와 바닐라라떼 그리고 아이스 아메리카노 한 잔을 차곡차곡 끼워 들고 나왔다.

"따라와요."

세현문화회관에는 '개구멍'이라고 불리는 뒷문이 있었다.

이 문화회관은 본래 이 자리에 있던 구 회관을 리모델링 및 증축해 지은 것이었다.

원래 있던 회관이 워낙 노후해 전기배선이며 소방시설까지

갖가지 문제가 불거져 몇 년간 거의 사용하지 않았는데 지금의 시장이 당선되면서 개축하여 개관한 것이다. 건물이 하도 낡아 거의 부수고 새로 짓는 수준의 대공사였다고, 지민도 들은 적이 있었다.

이 '뒷문'은 그 공사 당시에, 일일이 정문으로 돌아 자재를 나르기 귀찮았던 인부들이 자재를 나르는 겸 서둘러 다니려고 만들어놓은 임시 출입구였다. 본래는 공사가 마무리될 무렵 막았어야 하는 것을, 착오가 있었던지 아니면 다른 사정이 있었는지 그냥 놓아둔 채로 완공이 되어버린 것이다. 그렇게 생긴 터라 지금은 사용하지 않는데, 그 옆으로 쓰지 않는 책상이라든가 낡은 캐비닛들이 잔뜩 쌓여 있어 잘 보지 않으면 문이라는 걸 알기도 어려웠다.

지민은 주머니에서 열쇠를 꺼내 문을 열었다.

정문과는 정반대편이어서 행정실 앞을 통과하지 않고도 몇 걸음만 걸으면 대강당까지 갈 수 있었다. 대강당 안으로 들어가 문을 닫고 나서야 지민은 커다랗게 한숨을 내쉬었다.

유진은 홀린 듯한 눈으로 그런 지민을 물끄러미 쳐다보았다.

"아니!"

일단 목이 탔다. 유진에게 아이스 아메리카노를 주고, 제 몫으로 산 카페라떼 한 모금을 마신 다음 지민은 따지기라도 하듯 물었다.

"기자들 있을 거라는 생각은, 안 했어요?"

"보통은 인터뷰하는 시간이나 장소를 정해놓으니까. 연습하러 오는 길에 기자들 와 있을 거라고는 생각 못 했는데."

지민은 한소리하려다가 고개만 절레절레 내저었다. 유진은 아마도 우리나라의 '직업정신 투철한' 기자들을 별로 겪어보지 못했을 것이 틀림없었으므로. 그러게 당신이 '격에 맞는' 공연장만 골랐어도 피차 이 고생 안 했어도 됐을 게 아니냐! 그런 지청구가 다시 입 밖으로 밀려 나오려 했지만 이런 하나 마나 한 말은 이젠 그만할 때도 됐다고 지민은 질끈 입술을 깨물었다.

"오늘도 버스 타고 왔어요? 그렇게 큰 걸 들고?"

"오늘은 택시."

"돈 많네."

"나만 왔으면 버스 탔을 건데."

유진은 곁에 내려놓은 첼로 케이스를 흘끔 바라보았다.

"얘 땜에."

현악 콩쿠르 같은 것을 할 때 흔히 있는 일로, 연주자가 연주를 마치면 부모나 보호자들이 무대로 올라와 연주자가 아닌 악기를 가장 먼저 챙겨 나가는 경우가 있었다. 그만큼 악기들이 비싸고 예민하기 때문이었다. 지금 유진이 저 희귀한 첼로를 그렇게 말하는 것도 이해는 되었다.

"보통 택시는 못 믿겠어서 모범택시 불러서 타고 왔어요."

유진은 덧붙여 대답했다.

"비행기 타면, 자리 두 개 예약해서 얘도 옆자리에 놓고 가는데요."

"……."

"만약 사고라도 나면, 나는 죽어도 얘는 살려야 돼요. 첼로 켜는 사람이 죽으면 또 다른 사람 찾으면 되지만, 얘는 망가지면 답도 없거든."

무슨 그런 말을 하느냐고 자칫하면 발끈할 뻔했다.

유진이 사용하는 과르네리는 아니지만, 스트라디바리우스만 해도 바이올린 첼로 비올라 등등을 전부 합쳐 세상에 남아 있는 게 총 600여 개인데, 그중에서 실제로 연주가 가능한 건 50여 개에 불과하다는 말을 어디선가 들은 적이 있다. 과르네리도 아마 비슷할 것이고, 그렇다면 생각하기에 따라 사람보다 악기를 더 귀중하게 여길 수도 있을 것이다.

"아무리 그래도 그렇게까지."

"레이디 블런트라고 유명한 스트라디바리우스 바이올린이 있는데요, 그거 경매가가 170억인가 그랬어요. 얘도, 뭐 그 정도는 아니라도 그거 한 반값 정도는 나올 거예요."

유진은 턱짓으로 첼로 케이스를 가리키며 씨익 웃었다.

"그 정도면 내 목숨값보다 비싼 거 맞지."

"선물 받은 거랬죠, 그거."

"예, 스무 살 되던 생일에."

"그런 걸 선물로 주려면 그 사람도 되게 부자라야겠네요."

"그렇겠죠."

스무 살 되었다는 기념으로 수십억짜리 악기를 선물 받는 기분이란 건 어떤 걸까. 왠지 마냥 신나고 좋지만은 않을 것 같다는 생각이 들었다. 그런 기분은 너무나 평범한 자신의 인생에 대한 일종의 방어기제에서 생겨난 감정일지도 모르겠다. 그렇지만…… 아무리 생각해도 꼭 자신이 못나서 그렇게 보인다고만 할 수는 없었다. 일단 저런 무시무시한 것에 감히 손을 대 연주를 할 엄두가 나기는 할까. 연주는 고사하고 이러다가 망가뜨리지나 않을까, 걱정부터 될 것 같은데.

"하여튼 그렇게 까다로운 걸 들고 자꾸 바깥에 나다니니까 이런 일이 생기잖아요."

지민은 쯧, 소리가 나게 혀를 찼다.

"공연장 두 번이나 와봤잖아요. 그러면 감을 딱 잡아야지. 무슨 천재가 그래."

"그건……."

뭐라고 말을 하려다, 유진은 손을 내저으며 웃었다. 지민은 주머니에서 뒷문 열쇠를 꺼내 그에게 내밀었다.

"여기요."

"이걸 왜."

"오늘만 오고 말 거예요? 아니죠?"

사실 어느 정도는 그렇게 생각했다. 그 좋은 공연장을 전부 마다하고 이런 변두리 공연장을 선택한 이유는 아마도 천재 특유의 기벽일 거라고. 남들 안 하는 곳에서 공연하고 싶다는 기벽증 비슷한 것이거나, '격에 맞는' 것만을 고집하지 않는 자신을 과시하고 싶은 과시욕이거나, 뭐 그 비슷한 종류일 거라고. 그러나 공연장에 맞는 소리를 끌어내기 위해 그만큼 더 연습하고 노력해야 한다는 유진은, 어쩐지 좀 다른 사람인 것 같았다.

"그럼 번번이 이럴 거예요?"

"……."

"연습할 일 있으면 이걸로 들어와요. 안 오면 제일 좋고."

혼자 커피 캐리어 속에 남아 있는 정 계장의 바닐라라떼를 쳐다보며, 아무래도 바닐라라떼 두 잔을 살걸 그랬다고 지민은 다시 한번 후회했다.

오후 시간도 내내 쏟아지는 전화 문의와 게시판 질문 글에 시달리느라 지민은 눈코 뜰 새 없이 바빴다. 그래도 어제보다는 오늘이 조금 덜한 편이었다. WMC 아티스츠 쪽에서도 연신 후속 보도자료를 돌리고 있는 것 같았고, 사람들의 관심 또한 이 말도 안 되는 일에서 조금씩 다른 쪽으로 분산된 덕분이었다. 그래도 잊을 만하면 와락 울리는 전화벨에 심장이 덜컥덜컥 내려앉는 건 마찬가지였지만.

표를 청탁하는 전화는 생각보다 적었다. 아마도 관장 쪽으로 몰리고 있는 모양이었다. 조만간 관장이 자신이나 정 계장에게도 혹시 받은 표가 있으면 좀 달라는 말을 할지도 모르겠다고 지민은 지레짐작했다. 물론 그런 요구가 있으면 응할 생각은 전혀 없었다. 내가 뭐 하러. 지민은 공연히 그렇게 중얼거렸다.

"아, 맞다."

유진에게 대강당 사용시간표를 하나 복사해서 갖다줘야겠다고 지민은 생각했다. 이 문화회관은 그래도 근방에서는 제일 그럴듯한 문화시설이었기 때문에 거창한 대관까지는 아니더라도 몇몇 행사가 잡혀 있었다. 주인의 목숨값보다 비싸다는 첼로를 모시고 여기까지 왔다가 헛걸음을 한대서야, 그것도 영 딱한 노릇이었다. 지민은 공연이 있을 내주 금요일까지의 대강당 사용시간표를 한 부 출력했다.

복도로 나와 대강당 쪽으로 걸음을 옮겼다. 노크를 하려고 손을 드는 순간, 안에서 너무나 익숙한 멜로디가 흘러나왔다. 아니, 실은 음과 음이 이어진 멜로디를 채 듣기도 전이었다. 첫음에 이미 쿵, 하고 심장이 떨어졌다. 순간 온몸이 굳어버린 것만 같았다.

쇼팽의 야상곡 9-2번, E 플랫 메이저.

아직도 가끔 마음이 약해지는 날 듣고 있노라면 코끝이 찡해지는 그 멜로디였다. 귀에 익은 피아노가 아니라, 낮고 둔하고 그러면서도 애조 띤 첼로의 음색이라는 게 조금 다르긴 했지만.

이 곡을, 첼로로 연주할 수도 있나.

처음 피아노를 배우고 싶다고 생각했던 건 쇼팽의 곡을 듣고부터였다. 본격적으로 피아노를 시작하기 전 소일거리 삼아 다녔던 피아노 학원은, 때로는 지독하게 가기가 싫었다. 그러나 어느 날 지민은 예고 입시를 준비하던 학생이 치는 피아노의 영롱한 멜로디에 마음을 빼앗기고 말았다. 그리고 선생님에게 그 곡을 그 언니만큼 치려면 피아노를 얼마나 오래 치면 되느냐고 물었다. 그 곡은 쇼팽의 '즉흥 환상곡'이었다.

그렇게 지민의 마음속에 들어온 쇼팽은, 그녀가 열다섯 살 피아노를 그만두던 그 순간까지 멀리서 빛나는 아련한 등대 같은 것이었다. 피아노를 그만두고도 한동안, 쇼팽의 악보집만은 차마 버리지 못해 책꽂이 한구석에 꽂아두었던 기억이 아직까지도 선연했다.

"이 곡 은근히 까다로운데."

쇼팽의 녹턴 중에서도 가장 유명한 이 곡은, 그리 빠르지 않은 속도만 보고 만만하게 덤볐다가 의외로 당황하게 되는 그런 곡이었다. 특히나 마지막 코다 부분이, 빠르기도 하거니와 트릴이 화려해서 어지간한 기교로는 매끄럽게 연주하기가 쉽지 않았다. 그리고 어찌어찌 악보대로 연주할 수 있게 되었다 해도 앞부분의 서정적이면서도 서글프고, 우아한 멜로디를 얼마나 잘 연주할 수 있느냐 하는 건 또 다른 난제였다.

이 아름다운 곡을 가장 잘 담아낼 수 있는 악기는 피아노라고 늘 생각해왔는데 꼭 그렇지만은 않을 수도 있겠다는 걸, 문 하나를 사이에 두고 유진의 첼로를 듣고 있는 지금 이 순간 문득 들었다.

"천재 맞네."

지민은 그렇게 중얼거렸다.

곡이 다 끝나고, 잔음마저 사라질 때까지 기다렸다가 지민은 문을 두드리고 안으로 들어갔다. 잠시 눈을 감은 채 여음에 취해 있던 유진이 노크 소리에 놀라 고개를 돌렸다.

"이거요. 대강당 사용시간표예요."

지민은 반으로 접은 출력물을 유진에게 건네주었다.

"먼 데서 오는 건데, 왔다가 공연히 노래 교실 이런 거랑 시간표 겹치면 안 되잖아요."

유진은 담담한 얼굴로 고개를 끄덕였다.

지민은 종이에 인쇄된 사용시간표를 훑어보는 그의 얼굴을 물끄러미 쳐다보았다.

"근데 연습하러 와놓고 연습은 안 하고 딴 곡이나 하고 그래도 돼요?"

"들었어요?"

쳐다보며 웃는 얼굴은, 그래도 유튜브의 작은 화면 너머 보던 그것과 많이 비슷해져 있었다.

"원래 시험 가까우면 괜히 책상 정리하고 싶고 막 그렇잖아요. 나만 그런가."

하마터면 하긴 그렇죠, 하고 순순히 대답할 뻔했다.

"들어와서 듣지."

"이거 주려고 왔는데, 곡 막 시작하길래요."

지민은 저도 모르게 제 손을 내려다보았다. 그 곡, 아직도 칠 수 있을까.

"쇼팽이죠?"

"네."

"녹턴 9-2번 E 플랫 메이저."

그렇게까지 상세하게 아는 척할 생각은 없었다. 아니다, 아는 척이라기보다는 친한 적하고 싶어서 그랬는지도 모른다. 지금은 이렇게 하루하루 무미건조하게 채우며 살고 있지만, 나또한 한때나마 음악을 하던 사람이었다고, 그래서 당신의 그세계를 아주 조금이나마 이해할 수 있을지도 모른다고, 그런 말을 하고 싶었던 건지도.

"뭘 그렇게 봐요. 워낙 유명한 곡이잖아요."

흘끗 쳐다보는 시선이 부담스러워 지민은 퉁명스럽게 말해버렸다.

"변두리 문화회관 직원이라도 명색이 문화계 종사자예요. 그 정도는 알아요."

"그런 뜻은 아니고."

"피아노곡인 줄만 알았는데, 첼로 연주를 다 들어보네요."

"피아노곡 맞죠. 피아노에 어울리는 곡이고요."

유진은 늘어뜨렸던 활을 들고, 다시 도입부 한 소절을 가볍게 연주했다.

바로 앞에서 듣는 그의 첼로는 이어폰 너머로 듣던 것보다 훨씬 묵직했고, 짙었다. 아주 진한 목단으로 쓱쓱 그린 크로키 같은 그런 느낌이었다.

"그래도 워낙 멜로디가 예뻐서 첼로로 켜는 것도 좋아해요."

"좋네요."

지민은 중얼거렸다.

"피아노곡은 좀 여성적인데 첼로는 확실히 좀 남성적인 거 같기도 하고."

"좀 그런 거 있죠. 피아노는 비 오는 새벽 창문에 긋는 빗줄기 쳐다보는 그런 느낌이고, 첼로는 잠 안 오는 밤에 창문 열어 놓고 담배 한 대 피우는 느낌이고."

"네, 그런 거 좀 느꼈어요. 마지막 코다의 트릴 부분이……"

아차, 하고 지민은 입을 다물었다. 코다에, 트릴이라. 문화회관 행정실 말단 직원이 거기까지 아는 건 좀 오버가 아닐까. 평범한 사람이라면 어디까지가 보통의 아는 선인지, 그런 것이 통 짐작이 가지 않았다.

"혹시……."

유진의 눈이 천천히 지민의 흔들리는 눈동자를 향했다.

"음악 했어요, 지민 씨?"

어떤 망설임이 지민의 벌어진 입술 위에 머물렀다.

그때 피아노를 그만두지 않았다고 해도 자신이 유진만큼 대단한 사람이 되었을 거라고는 생각하지 않았다. 그저 타이밍의 문제였을 것이다. 집안이 넉넉했다면 조금은 늦게 왔을 그 순간이, 빠듯한 집안 형편과 자신의 작은 손 때문에 조금 더 빨리 찾아왔을 뿐이라고 지민은 받아들였다.

이 사람과 자신이 살아가는 평면은 지구와 달 만큼이나 멀었다. 지금은, 수십 년에 한 번씩 겨우 일어난다는 개기월식의 순간만큼이나 극적인 것이었다. 이런 타이밍이 아니면, 이렇게나 평범한 자신과 이유진 같은 사람이 같은 공간 안에서 같은 주제를 놓고 이야기하는 일이 과연 가능하기는 할까. 아마도 지금이 해가 달을 슥 스치고 지나가버리는 그런 순간일 것이다.

그러나…….

지민은 몇 번이고 눈을 깜빡였다.

이 사람에게 그런 걸 주절주절 늘어놓는다고 해서 뭐가 달라진다고. 어깨가 움츠러들었다. 제대로 된 전국 규모 콩쿠르 수상 경력 하나 없는 비루한 과거사 따위를 털어놓는다고 나는 무엇을 얻을 수 있을까. 도대체 무엇을 바라고, 나는 이 사람 앞에서 감히 '쇼팽'을 들먹인 것인가.

"동네 피아노 학원 조금 다닌 정도죠. 어릴 때 다 그 정도는 배우잖아요. 체르니 50번쯤 치다 말았어요."

지민은 결국 그렇게 대답하고 말았다.

"그리고 뭐, 코다니 트릴이니 하는 건 음악 수업만 조금 열심히 들어도 알 수 있는 거고."

"그래도 섭섭하네요."

유진은 아쉬운 듯 대답했다. 그 마음은 진짜인 듯 보였다. 적어도 지금만큼은.

"지민 씨하고 좀 친해질 수 있지 않을까 생각했는데."

"나랑 친해져서 뭐 하게요."

미소를 짓는 입술은 저도 모르게 삐딱해졌다.

"어차피 여기서 두 번 공연할 것도 아니잖아요."

"……."

"설마 또 이런 번잡한 짓을 다시 할 생각인 건 아니겠죠?"

또 화를 내지 않을까, 생각했다. 유진을 대하는 자신의 태도는 스스로 생각하기에도 어처구니없는 구석이 있었다. 이 세상에는 수많은 공연장이 있겠고 그곳에서 일하는 사람 또한 수 없이 많겠지만, 그중에서 이유진을 이런 식으로 함부로 대하는 사람이 과연 있기는 할까.

"꼭 그런 게 아니라도."

그러나 유진의 대꾸는 순순했고, 조금은 풀이 죽은 듯 들리기도 했다.

"음악 이야기 같은 거, 같이 할 수 있으면 좋겠다고 생각했는데."

"어휴, 누울 자리 봐가면서 다리를 뻗으셔야죠. 다리도 긴 분이."

그런 게, 무슨 의미가 있나요. 이제 와서.

이제는 보통 이하로 평범해져버린 나에게, 음악 따위가.

"말이야 바른말이지, 이유진 씨하고 음악 이야기를 해서 재미있을 수준인 사람은 세상에 그리 많지는 않겠죠."

지민은 숙였던 고개를 들고 말했다.

"나 같은 평범한 사람은 말할 것도 없고."

⚬⚬⚬

유진이 언제까지 남아 연습을 하다 돌아갔는지 지민은 알지 못했다. 정시 퇴근 시간을 한참 넘기고도 남은 일들을 마무리

하느라 시간이 어떻게 가는 줄 몰랐다. 이제 그만 들어가야겠다고 인사를 하고 회관을 나서려다, 혹시나 하고 들러본 대강당은 싸늘하게 비어 있었다.

첼로를 켤 때 앉았던 의자마저 원래 있던 자리로 얌전히 돌아가 있었다. 지민은 불이 꺼진 텅 빈 강당에 한참이나 서 있었다. 아무런 흔적도 남지 않은 공허한 그 공간에 오래 시선을 두었다. 나가려고 돌아서자 어쩐지 맥이 풀린 기분이었다. 지민은 일부러 서둘러 회관에서 나왔다.

해가 지고 밤이 내린 거리는 쌀쌀했다.

터덜터덜 버스 정류장으로 내려와, 냉기가 서린 의자에 주저앉아 버스를 기다렸다. 바깥에 얼마 서 있지도 않았는데 찬바람에 뺨이 빨갛게 얼었다. 지민은 어깨를 잔뜩 움츠리고 옷깃에 얼굴을 파묻었다.

그때였다. 느닷없이, 녹턴의 멜로디 한 소절이 떠오른 것은.

8분의 12박자, 안단테. 우아하게. 서정적으로. 섬세하게.

허밍에 얹힌 멜로디 라인을 따라 주머니 속에 넣은 손가락이 꼼지락거려 보이지 않는 건반 위를 짚었다. 미처 기억하고 있다는 사실조차 알지 못했는데, 아직도 자신의 손가락은 그 곡을 잊지 않고 있었다. 그 사실은 흐뭇하기도 하고 씁쓸하기도 했다.

지민은 핸드폰을 꺼냈다. 그리고 어머니에게 전화를 했다.

이곳으로 발령을 받게 되면서, 자의 반 타의 반 지민은 집에서 독립을 했다. 처음엔 드는 돈도 만만치 않고 해서 어지간하면 집에서 출퇴근을 해보려고 했지만 거리가 너무 멀어 얼마 버티지 못했다.

신호가 두어 번 울리고, 어머니가 전화를 받았다.

"응, 지민아."

"엄마."

핸드폰을 귀에 대고 고개를 내밀어 혹시 버스가 오지는 않는가 쳐다보았다. 택시들과 승용차들이 드문드문 지나가는 텅 빈 길 위로는, 아직까지 버스가 올 조짐은 보이지 않았다.

"웬일이야, 전화를 다 하고. 무슨 일 있니?"

"무슨 일은. 날씨 추운데 별일 없나 싶어서."

"여기야 뭐……. 너는 별일 없어? 밥은 잘 먹고 다니고?"

"응."

혹시 엄마는 알고 있을까, 내가 다니는 회관에서 세계적으로 유명한 첼리스트가 다음 주에 공연을 한다는 걸. 그러나 어머니는 그에 대해서는 아무 말도 없었다. 소식을 모르거나, 알아도 무슨 의미가 있나 생각하거나, 둘 중 하나일 터였다.

지민은 고개를 숙여, 보도블록 구석에 쌓여 있는 덜 녹은 눈을 신 끝으로 툭툭 찼다.

"엄마."

지민은 잠긴 목소리로 어머니를 불렀다.

"나 피아노 계속 쳤으면."

역사에 만약은 없다. 역사가 아니라, 평범한 인간의 평범한 삶에도 만약은 없다.

"뭐라도 됐을까?"

그래도 어째서인지 그 순간 지민은 그 질문에 대한 대답이 몹시도 궁금해졌다.

집으로 돌아와서도 한동안 망연자실했다. 옷을 갈아입을 생각도, 씻을 생각도 들지 않았다. 좁아터진 방 한구석에 놓인 침대에 입은 옷 그대로 활개를 펴고 누운 채, 지민은 아무것도 하지 않았다.

지민이는 확실히 소질이 있어요. 곡의 정서를 잘 짚어낸다고 할까요.

그때는 그게 굉장히 좋은 말인 줄 알았다.

정확한 연주는 열심히 연습하면 누구나 할 수 있는 거지만, 그 곡에 담긴 정서를 읽고 따라가는 건 천부적인 재능을 필요로 하는 부분이거든요. 지민이는 그런 점에서 남들보다 훨씬 뛰어나다고 할 수 있죠.

그것은 지민뿐만 아니라 지민의 부모님도 마찬가지였다. 안 되는 사람은 아무리 배우고 익혀도 안 되는 걸 지민이는 타고 났다지 않느냐고, 상담을 받고 돌아가는 길에 어머니도 아버지도 함박웃음을 웃었다. 조성진, 백건우, 서혜경 같은 피아니스트들의 이름이 들먹여지는 것을 지민은 내심 뿌듯한 마음으로 듣고 있었다.

그런 말 같은 건 차라리 듣지 않는 편이 나았다.

그것은 비단 요 며칠 새 자신이 참 쉽게도 놓아버린 그 음악을 가지고 저 하늘의 별만큼이나 높이 올라간 사람을 바로 눈앞에서 본 탓만은 아니었다. 하나에 몰두하던 시간은, 그 대상이 사라지는 순간 아무짝에도 쓸모없어지게 마련이라는 사실을 새삼스럽게 깨달은 것이다. 피아노를 한 번만 다시 쳐보고 싶었다. 과연 내가 그 곡을 제대로 기억하고 있는지 확인하고 싶었다. 이 손가락이 움직이는 대로 건반을 누르면, 그 멜로디가 정말 내 손에서 다시 살아날지 궁금했다. 최소한 그러기라도 하다면, 조금은 덜 억울할 것 같았다.

내가 피아노에 쏟아부은 그 시간은, 도대체 무엇이었을까.

방황의 시간조차 오래 가지지 못하는 것은 몇 시간 후로 다가온 내일의 일상 때문이었다.

느릿느릿 움직여 샤워를 하고 나와 침대에 누웠다가, 지민은 문득 핸드폰을 켰다. 오늘 하루 자신의 리듬을 온통 휘저어놓은 그 녹턴을 한 번은 마저 듣고 자고 싶었다.

유튜브에 들어가 검색창을 터치하면서, 자신이 지난 며칠간 온통 유진에 관한 것들만 검색했다는 걸 깨닫고 쓴웃음을 머금었다.

별것은 없으려니 짐작하면서도, 지민은 히스토리에 남아 있는 검색어 '이유진'을 눌러보았다. 그리고 검색리스트의 최상단에서, 지민은 못 보던 섬네일을 발견했다. 요 앞 영상 업로드가 이틀인가 전이었는데, 참 부지런하네.

말은 그렇게 하면서도, 지민은 섬네일을 눌러 영상을 재생했다.

안녕하세요, 이유진입니다.

오늘의 유진은 옆선에 줄 세 개가 들어가는 디자인으로 유명한 한 스포츠 브랜드의 트레이닝복 차림이었다. 이젠 하다 하다 저런 옷차림으로도 첼로를 켜냐. 참 대단하다 싶었다. 트레이닝복 차림의 유진은 첼리스트라기보다는 격한 운동 종목의 유망주처럼도 보였다.

공연 소식, 들으셨나요? 이번에는 좀 작고 아담한 곳에서 공연을 진행하게 되었습니다. 작은 공연장에는 크고 웅장한 공연장과는 다른 매력이 있으니까요.

혹시나, 왜 어울리지 않게 세현문화회관에서 공연을 하게 되었는지 설명해주려나 귀를 기울였으나, 그는 이번에도 에두른 말로 대답을 피해 갔다. 어쩐지 김이 새는 느낌에 지민은 공연히 혀를 찼다.

오늘 연주해볼 곡은, 쇼팽의 녹턴 중에서 *9-2번 E 플랫 메이저입니다. 아름다운 곡이죠. 아마 쇼팽의 녹턴 중에서 가장 유명한 곡이 아닐까 싶은데요.*

"……."

지민은 잠시 멍해졌다. 그러니까, 하필 이 곡을…….

이쯤에서 영상을 끄고, 원래 들으려던 피아노곡을 들을까 하다가 지민은 계속 보기로 했다. 오늘 자기 전에 유튜브에 들어온 것이 이 곡을 듣기 위해서였잖아. 그럼 된 거지.

이 곡은 원래는 피아노곡으로 유명한데.

거기까지 말해놓고, 그는 전에 없이 더 말을 잇지 못하고 한참을 우물거렸다. 카메라를 피해 고개를 떨어뜨린 그의 표정은 작은 핸드폰 액정으로도 뚜렷이 알아볼 수 있을 만큼 침울해 보였다.

음, 사실은요.

유진은 어깨에 걸친 첼로 위로 두른 손을 짐짓 위로 펴 보였다.

제가 첼로를 처음 시작한 게 일곱 살 때였어요. 지금 제가 스물일곱 살이니까요. 첼로를 20년 동안 해온 셈인데.

20년, twenty years를 다소 과장스레 발음하면서 유진은 장난스레 미간을 찌푸려 보였다.

110

같은 일을 20년 동안 하다 보면 일종의 투시력 같은 게 생기거든요. 네, 슈퍼맨의 투시력 비슷하게 말이죠.

투시력이라는 단어에 어째서인지 뒤통수가 찌릿거렸다. 아까 그 얘긴가. 하기야 그런 게 생기지 않을 리 없었다. 아주 오래전에 어설프게 피아노 좀 치다가 놓은 것만으로도, 지민은 회관 합창대회에 반주를 하러 오는 연주자의 실력을 대충 어림잡을 수 있었다. 그런데 27년 인생 중 20년 동안 첼로를 했다는 유진의 눈에 아까의 그 어설픈 변명이 과연 제대로 먹혔을 것인지, 지민은 새삼 입술을 깨물었다.

사람 하나를 만났는데요, 제가 보기엔 아무래도 음악을 하던 사람인 것 같은데, 절대 그렇지 않다고 하네요. 그냥 저랑 같이 얘기하기가 싫은 건가, 싶기도 하고.

"아니, 그게!"

저도 모르게 한마디 하려다 말고, 지민은 고개를 내저으며 입을 다물었다. 나는 그냥, 괜히 거기서 더 불필요한 삽질을 하고 싶지 않았을 뿐이었는데.

어쨌든. Anyway.

유진은 입술을 굳게 다물고 고개를 끄덕였다. 옆에 내려두었던 활을 집어 들고, 현을 몇 번 그어 음을 확인했다. 낮게 울리는 C현에서 나는 묘한 공명음은 듣기에 따라서는 굉장히 귀에 거슬렸는데, 그럼에도 불구하고 그는 그 울리는 음을 잘 몰아 연주 속에 섞어 넣곤 했다.

*이 곡은 그 사람을 위해서 연주해보려고 합니다. 그분 아마
이 곡을 굉장히 좋아했던 것 같았어요. 이 곡을 좋아하는 사람
이라면 아마도 피아노를 쳤을 것 같고, 이 곡을 칠 수 있을 정
도라면 그래도 피아노를 꽤 오래, 열심히 치지 않았을까 생각
되거든요.*

유진은 첼로의 브리지를 두어 번 손끝으로 쓰다듬고, 활을
들어 현에 대었다.

시작할게요.

그렇게 유진은, 다시 녹턴을 연주하기 시작했다.

그 음색은, 강당의 문 너머 듣던 것과는 또 미묘하게 달랐다.
굵고 둔하던 낮의 연주와는 다르게, 조금은 가늘고 부드러운,
다정하고 상냥한 음색이 지민의 귓전에 맴돌았다.

다른 사람은 몰라도 지민은 알 수 있었다. 코다와 트릴은 조
용해졌고, 조심스러워졌으며 그러면서도 아름다웠다. 오늘 낮
의 그 연주와 지금의 연주는 분명히 다르다는 것을. 그리고 지
금의 이 연주는 오로지 자신을 위한 것이라는 것을.

"천재 맞네."

지민은 그렇게 중얼거렸다.

·4·
한밤중의 라 캄파넬라

유진의 독주회에 대한 기사는 조금씩 디테일이 붙기 시작했다.

오늘 뜬 기사에는 3년 만에 고국을 찾은 이 젊은 첼리스트가 예술의 전당이나 세종문화회관 같은 '구태의연한' 공연 시설이 아닌 한 소도시 문화회관을 선택한 이유를 짚었다. 클래식 음악이 빠지기 쉬운 선민의식에서 벗어나 대중에게 더 가까이 다가가기 위한 노력의 일환이라는, 아무리 봐도 꿈보다 좋은 해몽이 사실인 양 달려 있었다.

"지민 씨, 이거 진짜야?"

기사에서 몇 토막을 소리 내 읽던 정 계장이 피식 웃으며 지민을 불렀다.

기사가 나고 며칠 지나면서 전화 문의도, 게시판 문의도 많이 잦아들었다. 그래도 여전히 평소보다 훨씬 많다는 건 변함 없지만.

"모르죠, 그거야."

지민은 시큰둥한 표정으로 어깨를 움츠렸다.

"저 같은 사람이 이유진 같은 천재의 속내를 어떻게 알겠 어요."

그분 아마 이 곡을 굉장히 좋아했던 것 같았어요. 이 곡을 좋 아하는 사람이라면 아마도 피아노를 쳤을 것 같고, 이 곡을 칠 수 있을 정도라면 그래도 피아노를 꽤 오래, 열심히 치지 않았 을까 생각되거든요.

쇼팽의 피아노곡은 대중적으로도 인기가 높다. 문제의 녹턴 9-2 E 플랫 메이저나 '이별의 곡'이라는 제목으로 유명한 에 튀드 10-3 E 메이저, 즉흥 환상곡 같은 곡을 듣고, '그 곡을 치 기 위해' 피아노에 입문하는 사람도 적지 않다. 그러나 곡을 제 대로 해석해서 연주하고, 대회씩이나 나가기 위해서는 꽤 긴 시간을 필요로 한다. 그는 아마도 자신의 몇 마디 말에서 그런 것을 읽었는지도 모르겠다고 지민은 생각했다.

"근데 이유진 천재인 건 맞아?"

그건 또 무슨 소리냐고 되묻는 듯한 지민의 시선을 받으며, 정 계장은 변명하듯 덧붙였다.

"지민 씨도 소싯적에 피아노 좀 쳤다며. 음악한 사람은 딱 보면 알지 않아? 진짜 천잰지 아니면 언플인지."

"천재가 아니면요."

지민은 웃었다.

"언플도 언플 나름이죠. 택도 아닌 걸 언플해서 띄우는 데는 한계가 있잖아요. 천재도 아닌 사람이 많지도 않은 나이에 그렇게까지 유명해질 수가 있을까요?"

"뭐 그렇긴 한데."

정 계장은 샐쭉하게 입을 다물었다.

"나도 이유진 이유진 이름만 듣다가 이번에 기사랑 좀 찾아봤는데, 사람이 좀 묘하던데. 좀 뭐랄까, 약간 요즘 애들 말로, 관종? 그런 끼가 좀 있다고 해야 하나, 그런 느낌이던데. 연주 실력보다는 그런 걸로 더 유명한 사람인 거 아니야?"

유진은 여러 가지 면에서 특이한 첼리스트였다. 자신의 연습 장면을 일일이 유튜브에 찍어서 올리는 것부터, 록밴드나 유명한 팝 가수의 콘서트장에 심심치 않게 모습을 드러내는 것, 클래식 연주자가 아니라 아이돌 같은 패션으로 공항이나 리허설에 나타나는 것……. 다소 파격적인 행보에 대해서는 자유롭고 신선해서 좋다는 이들도 있고, 격식과 전통을 존중할 줄 모른다는 이들도 있었다. 이들이 뒤엉켜 설전을 벌이기도 했다. 그런 취향이나 태도를 노골적으로 드러내는 게 옳으냐 그르냐는 차치하고라도, 이유진이라는 첼리스트는 지금까지 존재하지 않았던 타입의 연주자라는 사실에는 모든 사람이 동의했다.

"그런 면이 없지 않아 있긴 한데요."

그 부분에 대해 자신의 생각이 어떤지는 지민 스스로도 몰랐다. 처음 그의 유튜브 영상을 검색해보고 느낀 감정은 그다지 호의적이었다고 보긴 어려웠다. 그러나 지난 밤, 피아노에 쏟은 몇 년이 아니라 25년 인생 전체가 부정당한 것 같은 패배감에 사로잡혔던 그녀를 구원해준 것 또한 그의 첼로였다. 지민은 가만히 고개를 갸웃거렸다. 어느 한쪽이라고, 딱 잘라 말하기 쉽지 않은 사람이었다.

"천재 맞긴 맞는 거 같더라고요."

그래도 이렇게는 말할 수 있을 것 같았다.

퇴근하고 집에 돌아와 샤워를 하고 나오니 시간은 어느덧 아홉 시가 가까워져 있었다. 즐겨 마시지도 않는 맥주 생각이 났다. 들어올 때 하나 사 들고 올걸 그랬나. 버릇처럼 텔레비전을 켰다. 볼 만한 프로그램이 없었다. 지민은 심드렁한 표정으로 리모컨을 눌러 채널을 하나하나 넘겼다.

지잉! 책상 위에 던져둔 핸드폰에서 둔한 진동음이 울렸다. 핸드폰 액정에 낯선 번호가 떠올라 있었다.

"뭐야, 이 시간에."

지민은 미간을 찌푸리고 번호를 노려보았다.

이 시간에 나한테 전화를 걸 만한 사람이 누가 있던가. 일단 어머니나 아버지는 아니었다. 그리고 몇 개 남지도 않은 핸드폰 연락처에 저장된 이름도 아니었다. 오랫동안 연락이 끊겼다가 이 시간에 연락하는 사람이 있다면 경험상 별로 좋은 용건일 리 없었다.

한참을 망설이다가, 지민은 전화를 받았다.

"여보세요?"

"어, 지민 씨. 이유진인데요."

이유진?

지민은 저도 모르게 자리에서 벌떡 일어났다.

"문이 잠긴 거 같은데."

"예?"

울컥, 지민의 언성이 높아졌다.

"그게 무슨 소린데요. 지금 어디……."

"연습 좀 하다가 머리가 좀 아파가지고 잠깐 졸았거든요. 으슬으슬 한기도 들고, 갈까 싶어서 나왔더니."

하핫, 하고 어색하게 웃는 소리가 들렸다.

"열라 캄캄해요."

"환장하겠네."

저도 모르게 정 계장의 입버릇을 따라하며, 지민은 얼굴을 몇 번 쓸어내렸다.

"사람이 얼마나 둔하면 밖에서 문 잠그는 것도 모르고."

"어, 내가 좀 둔해요. 전에는 프랑스에 공연하러 가다가 비행기 난기류 만나서 한 30분을 흔들렸는데 그것도 모르고 계속 잔 적도 있어요. 그래서 민 실장님이 사람 가죽 쓴 곰 새끼 아니냐고."

"열쇠 줬잖아요. 그건 어쨌어요?"

"미안해요. 안 가지고 나왔어요. 열쇠 같은 거 안 갖고 다녀 버릇해서."

연방 입 밖으로 들먹이는 말 몇 마디를 씹어 삼키고 지민은 고개를 절레절레 내저었다.

문이 잠겼다는 말은 난방도 꺼졌다는 말이고, 이 추운 날씨에 난방이 꺼진 회관이 얼마나 추울지는 짐작도 가지 않았다. 그런 데 갇혀 있는 주제에, 이 대책 없이 해맑은 목소리는 도대체 뭐란 말인가. 이런 게 세상이 다 자기편이라고 믿을 수 있는 천재의 특권 같은 걸까.

"어떡하죠."

"어떡하긴 뭘 어떡해요."

지민은 대번에 퉁명스럽게 대답했다.

"좀 있어 봐요."

거 진짜 손 많이 가는 사람이네, 하고 지민은 샐쭉한 얼굴을 했다.

이미 깊은 밤에 접어든 바깥은 생각보다 훨씬 더 추웠다. 버스에서 내려 회관으로 가는 길을 오르는 내내, 지민은 투덜거렸다.

도대체 사람이 얼마나 둔하면 밖에서 문 잠그는 것도 모르고 잘 수가 있지. 첼로 연습하러 오는 거라더니 자러 오기라도 하는 건가. 그런 거면 대관료 말고 숙박비를 추가로 내놓던가. 아 씨, 이유진 진짜 유명하면 다고 천재면 다냐. 확 기자들한테 꼰질러버릴까 보다.

그렇게 투덜거리면서도 지민은 회관 앞 편의점에서 뜨거운 캔 커피 두 개를 사서 점퍼 주머니에 쑤셔 넣었다.

문을 열고 들어간 회관 안은 섬뜩하리만큼 어둡고 조용했다.

핸드폰 플래시로 발 앞을 겨우 비춰가며 지민은 안쪽으로 걸음을 옮겼다. 난방이 죄다 꺼져버려 실내라도 춥고 싸늘했다. 지금 시간이 얼추 아홉 시 반이 지났으니, 이 사람은 최소한 이 추운 곳에 한 시간 이상 혼자 있었던 셈이 된다.

이러다가 감기라도 걸리면 어쩌자는 거지! 공연이 겨우 일주일 남짓 남았는데 콧물 훌쩍거리면서 첼로 켤 작정인가. 거기까지 생각하니 머리가 다 생으로 지끈거렸다.

유진은 대강당 안 무대에 있었다.

문 여는 소리가 들렸을 텐데도 그는 이쪽을 돌아보지 않았다. 의자에 가만히 그림자처럼 앉아 있었다. 첼로에 팔을 기댄 채 저만치 관객석 어딘가를 바라보는 그의 실루엣은 여유롭고 편안해 보이기까지 했다. 안으로 한 발을 디디자 그제야 이쪽을 향해 손을 흔드는 그가 흘끗 보였다. 처지도 모른 채 마냥 태평스런 모습에 어이가 없어 대번 곱지 않은 말이 튀어 나갔다.

"미쳤죠."

성큼 한 발을 더 떼며 지민이 쏘아붙였다.

"지금 밖에 날씨가 몇 도인 줄 알아요? 영하 12도예요. 그런데 여기서 뭐 하고 있는 건데요."

"일부러 그런 건 아닌데."

"그러니까! 무슨 잠이 얼마나 깊이 들면 밖에서 문 잠그는 것도 모르고 자요? 이런 식으로 할 거면 숙박비 내놔요. 이유진 씨 와서 자라고 만든 회관 아니에요."

그렇게 한 마디 쏘아붙이고 나자 조금 기세가 수그러들었다.

지민은 주머니 속에서 캔 커피를 꺼내 내밀었다. 유진은 선뜻 손을 내밀어 캔 커피를 받았다. 커다란 손바닥 안에서 뜨거운 캔을 굴리며, 그는 더없이 행복한 표정을 지었다.

"근데 내 핸드폰 번호는 어떻게 알았어요?"

"거기 적혀 있던데. CCTV 관리 책임자."

"눈도 밝네."

분명 회관 입구에는 이 시설은 이만저만한 이유로 CCTV 녹화를 실시하고 있으며 그에 대한 문의 사항은 직원 서지민에게 문의하라는 안내와 더불어 자신의 핸드폰 번호가 적혀 있기는 했다. 그러나 그 번호를 이런 용도로 써먹는 사람이 있을 거라고는, 지민은 미처 생각해보지 못했다.

자신이라면 어떻게 했을까 생각해보았다. 나라면, 이 추운 날씨에 회관에 혼자 갇혔다는 걸 알았을 때 그 안내문을 보고 전화 걸 생각을 해낼 수 있었을까.

"민 실장님 걱정 안 해요?"

"하겠죠."

유진은 느긋하게 대답했다.

"아마 한 30분 지나서까지도 연락 없으면 전화를 하거나 사람을 풀겠죠."

"그냥 먼저 전화 한 통 해주면 굳이 안 그래도 되지 않을까요?"

"놔둬요."

유진은 피식 웃었다.

"그 양반은 그걸로 월급 받는 사람인데요. 적당히 일거리 만들어주기도 해야죠."

그 말투 끝에는 묘하게도 뾰족한 가시가 삐져나와 있었다. 그것은 일전의, 자신에게 '인생 참 쉽게 산다'며 쏘아붙이던 것과는 또 다른, 순전한 적의 비슷한 것이 녹아 있는 느낌이었다. 지민은 고개를 돌려 한참이나 유진을 바라보았다.

"와!"

유진은 손을 뻗어 지민의 덜 넘어간 머리칼을 만졌다. 그 길다란 손이 얼어붙은 자신의 머리칼 끝을 더듬어 만지는 순간 지민은 그만 움찔했다. 물러서지도 못하고 그 자리에 굳어버렸다.

"밖에 진짜 춥나 봐요. 지민 씨 머리 얼었다."

"이게 다 누구 때문인데."

"미안해요. 잘못했어요. 다시는 안 그럴게요."

거기까지 말해놓고 유진은 웃음을 터뜨렸다.

"이것만 마시고 나가요."

왼손이 첼로에 걸쳐져 있어서, 커피를 따줘야 하나 생각했다. 그러나 유진은 왼손으로 활을 옮겨 쥔 후 오른손만으로 능숙하게 캔 커피를 따서 한 모금 마셨다. 그의 입에서 하얗게 입김이 배어 나오고 있었다.

"다음 번에는 유진 씨가 맛있는 것 좀 사요."

괜히 지민은 그렇게 말했다.

"저번에 밥도 내가 사고. 오늘 커피도 내가 사고. 뭐야, 돈도 많은 사람이 이런 변두리 문화회관 말단 직원을 그렇게 뜯어먹으면 좋아요?"

유진은 다시 웃음을 터뜨렸다. 아무리 봐도 밉지 않은 얼굴이어서 지민은 저도 모르게 고개를 저었다.

두 사람은 한동안 말없이 캔 커피만 몇 모금 홀짝거리며 들이켰다.

"사실은."

유진은 운을 떼어놓고, 툭 던지듯 말했다.

"문 잠그는 거 알고 있었어요."

지민은 입을 다물었다. 사실은 그편이 훨씬 이해하기 쉬웠다. 그리고 어째서인지 민 실장 얘기가 나오면 조금은 날 선 듯한 태도도 그래야 아귀가 맞는 듯이 느껴졌다. 이 황당한 고립은 그가 '선택'한 것이었다.

"근데 나가기가 싫었어. 그래서 사람 없는 척했어요."

왜냐고 묻고 싶었다. 그렇게 물어봤자, 그는 제대로 된 대답을 해줄 것 같지 않았다. 그래서 지민은 잠시 망설였다.

"지민 씨."

지민이 주저하는 사이, 오히려 유진이 말을 걸어왔다.

"옛날에 피아노 쳤었죠?"

"……."

"그게 뭐 어쨌다는 게 아니에요. 음악 해서, 나같이 끝까지 오는 사람이 많겠어요, 이런 이유 저런 이유로 중간에 그만두는 사람이 많겠어요."

"……."

"난 그냥 궁금해서 물어보는 거예요. 분명히 피아노 쳤던 사람 같은데 죽어도 아니라고 하니까."

내 맘인데. 그렇게 대답해볼까. 자기가 그랬듯이. 그러나 그런 생각과는 달리 지민은 순순히 대답해버리고 말았다.

"어렸을 때 잠깐."

"쇼팽도 쳤었어요?"

"네."

"그럼 꽤 오래 쳤겠네."

유진은 들었던 캔 커피를 바닥에 내려놓고, 오른쪽에 있는 그랜드 피아노 쪽으로 손을 뻗어 보였다. 가서 앉으라는 듯이.

"쳐봐요, 들어줄게."

"뭐라는 거예요."

지민은 피식 웃었다.

"나더러 이유진 앞에서 피아노를 치라고요? 나 사서 쪽 파는 취미 없는데."

"쪽이 왜 팔려요. 내가 피아노 치는 사람도 아니고. 그리고 내가 피아노 치는 사람이래도, 왜 쪽이 팔리는데."

"말 되게 쉽게 하네요. 계속 느끼던 건데."

당신은 그렇겠지. 누구 앞에서 무슨 짓을 해도 웃음거리가 되지 않는다는 일종의 확신이 있겠지. 그러나 그와는 다른 세상에 살고 있는 자신에게 그런 확신 같은 게 있을 리 없었다.

"유진 씨는 로스트로포비치 앞에서 첼로 켜라면 할 수 있어요?"

"못 할 건 또 뭔데요."

유진의 대답은 지민의 그것과는 달랐다.

"나 저번에 피아노 치는 거 봤잖아요. 그 정도예요. 나야말로 체르니 몇 번 그 정도밖에 피아노 못 쳐요. 피아노에 관해서는, 지민 씨가 나보다 나을 거예요."

"……."

"그러니까 한 번만 쳐주세요."

지민은 지긋이 입술을 깨물었다. 내키지 않았다. 피아노를 놓은 세월이 벌써 십 년이었다. 그런 사람에게 갑자기 피아노라니. 수작으로밖에 보이지 않았다. 그러나 한편으로, 지민은 며칠째 가슴 속을 끓고 있던 피아노를 치고 싶다는 욕구에 정면으로 맞닥뜨렸다. 한때 자신의 모든 것이었던.

"웃지 말아요."

지민은 단단히 주의를 주듯 말했다.

"웃으면 죽여버릴 거야."

뭐가 어떻게 된 건지도 모른 채 피아노 뚜껑을 열었다.

그런데 무슨 곡을 어떻게 치라는 말인가. 일이 이 지경까지 흘러오게 만든 곡은 쇼팽의 녹턴이었다. 그러나 그 곡을 치고 싶지는 않았다. 유진의 첼로로 이미 한 번 들은 곡이었다. 자신의 피아노가 그 첼로보다 나을 것 같지 않았다.

불현듯 지민의 머릿속에 어떤 순간이 떠올랐다. 지금 이 순간이 오기 전, 그래도 가장 피아노에 쏟은 시간들이 아쉬워졌던 그 순간. 눈으로 화면을 쫓으며, 저도 모르게 허벅지 위에 올린 손가락을 선율에 따라 움직였던 마지막 기억. 지민은 커다랗게 숨을 한 번 들이쉬었다. 그 옛날, 콩쿠르에 나가 첫 음을 낼 때처럼.

쇼팽의 왈츠 7번 C# 마이너, 64-2. 4분의 3박자. 템포 귀스토(tempo giusto). 정확한 박자로.

그 곡의 시작은 퍽이나 느리고 쓸쓸했다. 쇼팽이 세상을 떠나기 2년 전에 작곡한 곡이라서 그런 걸까. 지민은 늘 이 곡의 도입부에서, 스산한 바람이 부는 가을의 텅 빈 거리를 떠올리곤 했다.

이 곡은 어쨌든 왈츠였다. 도입부가 느리다 한들 끝까지 그럴 수는 없었다. 한참을 연주한 후, 서서히 음표의 보폭이 빨라지는 구간이 있었다.

피우 모소(piu mosso). 좀 더 빠르게.

쇼팽을 피아노의 시인이라고 했던가. 쇼팽에게 그런 별칭이 붙은 이유가 있다면, 아마 이런 순간 때문일 거라고 지민은 생각했다. 처연한가 싶으면 놀랄 만큼 명랑해지고, 밝은가 싶으면 순식간에 서글퍼지는 이런 순간순간들이. 그러나 결국 지민은 몇 마디 겨우 연주하다가 그만 손을 멈추었다. 슬슬 건반을 따라가는 손이 버거워졌다. 이 이상은 무리였다. 아무렇게나 내 짚은 건반이, 둔하고 탁한 소리를 내며 길게 울렸다.

"말할 수 없는 비밀."

손이 멎은 지민의 귀에 들린 것은, 쇼팽의 왈츠 7번이라는 곡의 공식적인 이름이 아니라, 그 곡에 얽힌 지민의 추억이었다.

"그 영화에 나왔던 곡이죠."

"네."

이 사람도, 봤구나. 그 영화를.

두 명의 남학생이 마주 댄 피아노 앞에 앉아 서로의 피아노 실력을 겨루던 그 장면에서, 오늘 지민이 치다가 만 이 곡은 두 번째 나왔다. 그리고 그 부분에서, 지민은 저도 모르게 멜로디를 따라 손가락을 움직이고 있는 자신을 발견했었다.

하필이면 왜 유진의 앞에서 치기 시작한 곡이 그 곡이었을까. 피아노를 치던 자신을 더 이상은 내보이고 싶지 않다는, '말할 수 없는 비밀'로 남겨놓고 싶기 때문이었을까.

"지민 씨 쇼팽 정말 좋아하는가 봐요."

"피아노 치는 사람 치고 쇼팽 싫어하는 사람이 있을까요."

지민은 정말 쇼팽을 좋아했다. 그 맑고 청순하며, 연약한 듯하면서도 강단 있는 멜로디를 좋아했다. 그리고 그 시절의 잔상은 피아노에서 멀어진 지금도 이런 식으로 남아 있었다.

"계속 쳐봐요."

"못 하겠어요."

지민은 어색하게 일그러지는 자신의 표정을 느꼈다.

"이 뒤로 손이 안 따라가네."

속도의 문제가 아니었다. 쇼팽의 곡은, 물론 어느 피아노곡이나 다 그렇지만 그 음과 음 사이를 얼마나 부드럽고 아름답게 연결하는가가 중요했다. 지금 그런 게 가능할지, 지민은 자신이 없었다. 음 하나를 짚는 순간 다음에 올 음이 두려워졌다. 크게 틀린 음 없이 이만큼이나마 연주를 해낸 게 대단하게 느껴질 정도로.

한참을 기다려도 지민이 피아노를 잇지 않자, 유진은 왼손으로 첼로의 넥을 잡았다. 활로 현을 몇 번 고르고, 그는 지민이 멈춘 그 부분부터 연주를 시작했다.

현과 현을 넘나드는 활의 움직임은 민첩했고, 잽쌌다. 지민은 저도 모르게 멍하니, 자신의 배턴을 받아 달리는 듯한 유진의 첼로를 듣고 있었다.

피우 렌토(piu lento). 한 박자 느리게.

한참을 내달리던 선율이 잠시 숨을 고르는 사이, 첼로는 어느새 제 페이스를 찾고, 노련하게 음률 위를 노닐고 있었다. 어서 따라오라고 재촉하기라도 하듯.

그리고 지민은 무엇엔가 홀린 듯 다시 피아노를 치기 시작했다. 물론 그 피아노는, 주연의 자리를 첼로에게 양보한, 조연 정도의 선율이기는 했지만.

익숙하지 않은 연주였다. 중간중간 위태하게 박자를 놓칠 뻔도 하고, 건너뛴 음도 생겼다. 그러나 첼로는 집요하게 피아노의 손을 놓지 않고 한 발 한 발 앞으로 나갔다.

그 음률은 마치 나이 차이가 한참 나는 신사에게 이끌려 서투르게 왈츠를 추는 첫 무도회에 나온 소녀의 스텝 같았다. 하기야 쇼팽의 왈츠는 예술성과 기교에 지나치게 집착한 나머지 실제로 거기에 맞춰 춤을 출 수는 없는 곡이라고 들은 것 같았다.

곡의 마지막 음이 끝나는 순간, 두 사람 중 누구도 입을 열지 않았다.

지민의 이마에는 땀이 흥건하게 맺혔다. 비틀거렸고 휘청거렸지만, 어쨌든 곡은 무사히 끝났다. 서투르게, 상대의 발을 밟고 추는 왈츠처럼. 그리고 그 춤의 완결에, 한 손을 가슴에 대고 상대에게 인사를 하듯이.

강당 안은 오래전부터 그랬던 것처럼 고요해졌다.

"지민 씨."

짙고 깊은 어둠을 깬 것은, 낮고 탁한 유진의 목소리였다.

"피아노 왜 그만뒀는지 물어봐도 돼요?"

얼른 대답을 할 수 없었다. 별것 아니라고 생각했는데, 아니 설령 별것이었더라도 이제는 아니게 되었다고 생각했는데, 여전히 그렇지만은 않은 모양이었다.

"반칙인데."

강당 안이 어두워서, 희미하게 떨리는 입꼬리를 보이지 않아도 되는 게 다행이라고 지민은 생각했다.

"자기는 내가 물어보는 거 하나도 대답 안 해주면서."

손을 뻗어 아무렇게나 피아노 건반을 눌렀다. 착 가라앉은 강당 안의 공기 속을, 명료한 음 하나가 조용히 퍼져나갔다.

"좋아요."

유진은 대답했다.

"나도 지민 씨 물어보는 거 한 가지 대답할게요. 왜 여기서 공연하냐 하는 것만 빼고."

"그런 게 어딨어요."

"그건 안 돼요."

유진의 대답 또한 완강했다.

"진짜 안 돼요."

역시나 내 맘인데, 같은 건 핑계에 불과했다. 이 사람에게는 무언가 이유가 있는 것이다. 크고 좋은 공연장이 아니라 작은 공연장을 선택한 이유가 아니라, 굳이 이곳이어야만 했던 어떤 이유가.

"그러니까 그냥, 아무 이유 없이, 그런 건 아니라는 말이네요."

유진은 대답하지 않았다. 그 침묵으로 이미 대답은 충분했다.

"좋아요, 뭐. 인심 한 번 썼다."

지민은 하하, 일부러 호탕하게 웃었다.

말을 꺼내기 전, 그녀는 커다랗게 숨을 한 번 들이쉬었다. 이 이야기는, 지금까지 그 누구에게도 한 적이 없는 거였다. 심지어 부모님에게조차도.

"선택받지 못해서요. 피아노한테."

"……."

"나는 피아노를 좋아했는데, 피아노는 나를 별로 좋아하지 않더라고요."

유진은 허허롭게 웃었다. 어딘가 힘이 빠진 듯한 그 웃음소리는 한참이나 잔잔하게 강당 안을 울렸다.

"무슨 말을 하든, 다 받아쳐줄 수 있는데."

"……."

"그렇게 말하니까, 진짜 아무 말도 못 하겠네요."

그 말을 듣고 지민도 씁쓸하게 웃어주었다. 역시나 그는 그 한마디로 단박에 지민이 하려던 말을 알아들은 모양이었다. 자기는 첼로에게 선택받은 주제에. 피아노에게 선택받지 못한 지민이 하려던 말을.

"뭐 표면적인 이유는 두 가지였어요."

지민은 자신의 손바닥을 내려다보았다.

"내가 손이 좀 작거든요. 유진 씨도 알겠지만 손 작으면 피아노 치기 힘들잖아요. 그리고 그 무렵에 집 형편도 좀 어려워지기도 했고."

"……."

"근데 그건 다 핑계예요."

손이 피아노를 치기에 적당할 만큼 컸더라도, 집안 형편이 때마침 어려워지지 않았더라도, 언젠가 그 고민을 해야 하는 순간은 바라지 않는 새벽처럼 닥쳐왔을 것이다. 피아노를 놓은 지 근 십 년이 지나 겨우 깨달은 사실은 그것 하나였다. 아니, 어쩌면 그건 자신이 끝까지 붙들지 못한 피아노에 대한 일종의 신포도 기제 같은 것인지도 모를 일이었지만.

"제일 큰 이유는 아까 말한 그거예요. 피아노한테 선택받지 못했다는 거. 그 모든 걸 무릅쓰고 계속 피아노를 칠 이유를 찾아내지 못했다는 거."

이상한 일이었다. 유진을 만난 후 지금까지, 그 어떤 순간보다도 자신이 한때나마 음악을 하던 사람이었다는 걸 강하게 실감했다. 이런 불충분한 말로 자신을 설명할 수 있다는 사실이. 그리고 그 말을 알아들을 수 있는 사람이 있다는 사실이. 비록 하늘과 땅만큼 다를지라도, 한때나마 내가 이 사람과 같은 길을 가고 있었구나 하는 사실이.

"슬픈 얘기네."

"할 수 없죠."

지민은 담담하게 남 일처럼 말했다.

"세상에 피아노한테 선택받고 싶어 하는 사람은 너무 많고 나는 그냥 그중의 하나였을 뿐이니까."

그 말이 끝난 후로도, 또 한동안 침묵이 흘렀다.

헤어진 연인에게 아무런 미련이 남아 있지 않음을 발견하는 순간은 언제나 씁쓸하다. 포기란, 때로는 남아 있는 그 어떤 미련보다도 쓰고, 떫고, 아리게 마련이므로.

"자, 그럼……."

유튜브에서 흔히 보았듯, 유진은 크고 긴 손으로 짝, 하고 한 번 손뼉을 쳤다. '여기까지'라고, 강당 안에 흐르는 그 무거운 공기를 끊어내기라도 하듯이.

"지민 씨가 나한테 궁금한 건 뭔데요."

이상했다. 머릿속이 하얗게 휘발되어버렸다. 가장 궁금한 건 '왜 여기서 공연하려는 것이냐'였지만, 그게 아니라도 이 사람에게 개인적으로 궁금한 게 몇 가지 있었던 것 같은데.

정작 판을 깔아놓으니 아무것도 생각이 나지 않았다. 그래서 지민은 다분히 엉뚱한 걸 물어보고 말았다.

"행복해요?"

잠깐의 침묵. 두 번째로 유진은 허를 찔린 듯 허허거렸다.

"진짜 반칙이다. 그렇게 어려운 걸 물어봐요?"

"그럼 왜 여기서 공연하는가 말해주든지."

"그건 안 돼요. 진짜로."

불쑥 오기가 치밀었다. 무슨 이유가 정말로 있기는 있는 모양인데, 어떻게든 그 이유를 알아내고 싶다는 욕구가 목구멍을 간질거렸다. 그런 지민의 마음을 아는지 모르는지, 유진은 한참이나 첼로의 브리지를 만지작거리며 생각에 잠겨 있었다.

"행복하냐고."

어둠에 익숙해진 눈에, 한팔에 첼로를 껴안은 그의 실루엣이 선명하게 보였다.

"모르겠어요."

그 대답은 어느 피아노 소나타의 첫 음처럼 짧고 명료하게 지민의 귓전을 울렸다.

이런 상황이 아니었다면 지민은 그 말이 채 끝나기 전에 잔뜩 빈정거리는 대답을 해주었을지도 몰랐다. 빚 갚을 걱정, 먹고살 걱정, 그런 것을 안 해도 된다는 게 얼마나 복 받은 인생인지 알고는 있느냐고. 뭐라 해도 세상은 내가 아니라 전적으로 그의 편이라고.

지민은 아무 말도 하지 못했다. 아마도 '피아노에 선택받지 못했다'는 말로 자신이 피아노를 그만둔 이유를 설명할 때 유진이 보인 반응과 비슷한 것일 터다.

"말했죠. 난 일곱 살 때 첼로를 시작해서, 지금까지 20년 동안 첼로를 했어요."

20년. 긴 시간이다. 그의 말마따나 슈퍼맨이 가진 투시력이 생길 수도 있는 시간. 멀리 갈 것도 없었다. 자신만 해도 십 년도 다 채우지 못한 피아노에 대한 미련과 회한을 아직까지도 가지고 살고 있으니까. 그런데 눈앞의 이 사람은, 그 두 배도 훨씬 넘는 시간을 첼로에 바친 것이다. 그리고 그가 살아가는 날이 길어지면 길어질수록 그 시간은 따라서 똑같이 길어질 것이고.

"그리고 그 20년 동안 난 첼로 말고는 다른 걸 아무것도 못 해봤어요."

당연하다면 당연한 사실은, 어느 날 문득 깨달은 계절처럼, 지민의 머리 위로 차갑게 떨어졌다.

"친구도 없고."

"……."

"애인도 없고."

"……."

"그냥, 아무것도 없어요. 얘밖에."

지민이 기억하기로, 이유진이 한국을 떠난 건 열두 살인가 열세 살 그쯤이었다. 그 어린 나이에 한국을 떠난 그가, 외국에서 어떤 생활을 하며 살았는지 알 수는 없었다. 그러나 세상에는 굳이 듣지 않아도 미루어 짐작할 수 있는 일들이 존재한다. 유진의 일 또한 그랬다.

"그래도 그 첼로 비싸잖아요."

그래서 그렇게 대답했다. 괜히 따라 심각해지고 싶지 않아서. 가라앉기 시작한 유진의 흐름을 따라가고 싶지 않아서.

"비싸죠. 그런데요."

유진은 으음, 소리를 한 번 내고 말을 이었다.

"얘가 만들어진 때가 대충 1600년대 후반이라고 그러거든요. 장희빈이 있던 시절이에요. 얘는 그때 태어나서 지금까지 살고 있는 거예요."

"……"

"그리고 관리만 잘하면 내가 나이 들어 죽고 난 후에도 다른 주인을 찾아갈 거고요."

유진은 흘끗, 눈을 돌려 왼팔로 껴안은 첼로를 돌아보았다.

"그쯤 되면 내가 얘 주인이라고 하는 게 맞겠어요, 얘가 내 주인이라고 하는 게 맞겠어요."

미처 거기까지는 생각해보지 못했다. 만들어진 지 4백 년이 넘은, 수십억짜리 첼로. 지난번 유진은 비행기 사고 같은 게 나면 자기는 죽어도 이 첼로는 살려야 한다고 농담 비슷하게 말한 적이 있었다. 그 말은 어쩌면 농담이 아닐지도 몰랐다.

물론 유진이 첼로를 그만두는 일 같은 건 일어나지 않을 것이다. 그러나 자신의 인생이 하나로 가득 차 있다는 건, 그건 꼭 좋기만 할까. 그걸 빼고 난 나머지가 아무것도 없다는 사실은, 그건 꼭 좋기만 할까. 지민은 단정해 대답을 내릴 자신이 없었다.

그 곡은, 아마도 라 캄파넬라가 아니었을까.

비가 오고 그친 다음 날, 나뭇잎을 타고 구르는 빗방울 같은 음색이라고 원래부터 생각했다. 그리고 지금도 그랬다. 그 곡은 아름답기도 했거니와 짓궂기도 했고, 재기발랄하기도 했다.

그러나 이 곡은 십 년 가까이 피아노를 쉰 지민이 치기에는 상당히 어려운 곡이었다.

본래 파가니니의 바이올린 곡을 리스트가 편곡해서 만든 곡이었고, 본래 바이올린을 위해 작곡된 곡이니만큼 음과 음 사이를 재빠르고 유연하게 도약하며 연주해야 했다. 그런 움직임은 지민에게는 무리였다. 건반 위를 오가는 손가락의 속도는 점점 떨어졌고, 짚어내는 멜로디는 둔해졌다.

못 해요.

결국 지민은, 다시 건반에서 손을 떼었다.

못 하겠어요.

피아노 의자에 앉은 지민의 어깨너머로 손이 앞으로 넘어와 피아노 건반을 짚었다. 그리고 지민의 연주가 끊어진 그 부분부터 연주를 시작했다. 셔츠의 소매를 잡아당겨 끌어올린 그 손목에는 몇 가지 다른 종류의 체인으로 만들어진 팔찌가 각각 서너 개씩 걸려 있었다. 손의 움직임에 따라 조명을 받은 그 팔찌는 유난히 반짝거리며 빛났다.

아니, 뭐 피아노 잘 못친다더니.

유진은 그 말에 대답하지 않았다.

그는 손이 컸고, 움직임이 부드러웠다. 그가 치는 라 캄파넬라는 놀랄 만큼 깔끔하고, 단정했다. 그의 첼로는 유난히 여유롭고 느긋해서 피아노도 그렇지 않을까 생각했지만, 그의 피아노는 첼로와는 달리 매우 박자가 정확했고 흔들림이 적었다.

그는 그렇게 지민의 어깨너머로 다소 불편하게 손을 뻗어, 그 쉽지 않은 라 캄파넬라를 치고 있었다.

지민은 멀미를 할 것 같은 기분으로, 건반을 두드리는 유진의 길고 마디진 손가락을 물끄러미 바라보고 있었다.

연주하기 쉽지 않은 곡이었다. 곡이 진행됨에 따라 유진의 숨은 점점 가빠졌다. 귓가에 들리는 숨소리는 서서히 달아오르고 있었다. 들먹이는 목덜미, 가슴팍이 뚜렷하게 뒷덜미로 느껴졌다. 건반을 짚는 그 손등 위로는 파란 핏줄이 돋아나 있었다. 저도 모르게 얼굴이 붉어졌다.

한참 연주에 몰두해 있는 사람을 방해하고 싶지는 않았지만, 온몸이 말단부터 차근차근 굳어져오는 감각은 낯설고 어색해

뒷덜미가 뻣뻣하게 굳어졌다.

그리고 유진의 턱을 타고 흐른 땀이, 뚝 하고 지민의 뺨 위로 떨어졌다.

"……."

뜨끔하게 놀라 눈을 떴다. 꿈이었다.

지민은 저도 모르게 이불 속에 고개를 파묻고 앓는 소리를 냈다. 더듬거리며 들여다본 핸드폰 액정에는 새벽 다섯 시가 조금 넘은 시간이 떠올라 있었다.

"뭐야 진짜……."

지민은 팔을 들어 눈을 덮었다. 이런 애매한 시간에 잠이 깨는 건 정말이지 최악이었다. 어차피 한 시간 반쯤 후에는 일어나야 할 것이었기에.

지민은 맥이 풀린 손길로 핸드폰을 내려놓고 이불을 머리 위까지 뒤집어썼다. 그러나 귓전에 울리는 라 캄파넬라의 멜로디가 쉽사리 지워지지 않아 지민은 끙끙거리며 옆으로 돌아누워 둥글게 몸을 말았다.

이유진이랑 합 한 번 맞춰본 게 그렇게 좋았냐.

지민은 입속으로 빈정거리듯 중얼거렸다.

·5·

Shall We

결국 지민은 지각을 했다. 5분 정도였지만.

다행히 정 계장이 출근하기 전이었다. 지민은 혀를 한 번 낼름 내밀고는, 아무 일도 없는 척 자리에 앉아 컴퓨터를 켰다.

기다렸다는 듯 전화벨이 울렸다. 역시나 공연 문의 전화였다.

티켓팅은 기사 나간 대로 오늘 밤에 하고요, 저희 회관은 티켓팅에 직접 관계하지 않고 있습니다, 하는 정해진 멘트를 하고 지민은 전화를 끊었다. 그러고 보니 오늘이 티켓팅하는 날이었다. 자신에게 배분된 표 다섯 장을 어떻게 쓸 건지, 미처 생각해두지 못했다는 게 문득 떠올랐다.

메일을 확인하고, 밤새 홈페이지 게시판에 올라온 질문 글들을 체크하며 지민은 저도 모르게 라 캄파넬라의 멜로디를 흥얼거리고 있었다. 제법 발뒤꿈치를 까딱거려 박자를 맞추면서.

그날, 유진은 회관에 오지 않았다. 유진 대신 나타난 건 민 실장이었다.

　그녀는 언제나처럼 사람 좋은 미소를 머금고 반갑게 인사를 해왔다. 지민은 언제나처럼 믹스 커피 한 잔을 민 실장에게 건넸다. 민 실장은 한 모금 홀짝 마시고는 역시 한국 믹스 커피가 제맛이라며 소리 내 웃었다.

　"가끔 외국에 나가 있다 보면 이게 그렇게 먹고 싶을 때가 있어요. 이 텁텁하고 달짝지근한 맛이."

　"실장님은 믹스 커피신가 봐요."

　지민은 웃었다.

　"유진 씨는 떡볶이, 불닭 그런 거 한 번씩 먹고 싶어서 죽는다던데."

　민 실장은 흘끔, 지민을 쳐다보았다.

　"유진이 그런 이야기도 해요?"

　"네, 매운 것도 좀 비싼 게 땡기면 레스토랑 가서 먹으면 되는데, 싸고 별것 아닌 게 잘 땡겨서 구하기도 힘들다고요. 그래서 실장님이 매번 고생하신다던데."

　"의외네요."

　민 실장은 지그시 입술을 다물고, 마시던 커피를 앞에 내려놓았다.

　"제가 유진 담당이 된 게 유진이 스무 살 때부터였으니까

7년 정도 됐는데, 유진이 그런 이야기 다른 사람한테 하는 건 처음 보네요."

그 말에는 불쾌하게 여기는 듯한 뉘앙스가 뚜렷하게 느껴졌다. 괜한 말을 꺼낸 건가 싶어 눈치를 살피듯 고개를 들어 민 실장을 바라보았다. 그녀는 그런 게 아니라는 듯 손을 내저었다.

"그렇게 심각한 표정 지을 건 없어요. 좀 의외라서 놀란 거니까."

지민은 말 잘 듣는 아이처럼 고개를 끄덕였다. 그래도 그녀가 말한 것처럼 그저 의외라서 놀란 정도로 치부하고 말기엔 개운치가 않았다. 내가 뭔가 말실수라도 한 걸까. 지민은 천천히 다시 한번 자신이 방금 한 말을 곱씹어보았다.

"사실 오늘 이렇게 찾아온 건, 지민 씨한테 부탁이 있어서예요."

"부탁요? 저한테요?"

"네."

민 실장은 내려놓았던 커피를 다시 집어 들고 한 모금 마셨다. 그러나 서두를 떼어놓고도 한참이나 머뭇거리며 선뜻 말을 꺼내지 못했다.

"사실 이런 말을 해야 되나 말아야 되나 계속 고민했는데."

그녀는 커피 잔에 묻은 립스틱 자국을 손끝으로 문지르며 말했다.

"좀 전의 그 얘길 들으니, 해야겠다는 확신이 드네요."

지민은 직감했다. 그녀는 별로 내키지 않는 말을 하러 오늘 이곳에 온 것이다. 저도 모르게 허리에 바짝 힘이 들어갔다.

"유진, 요새 거의 매일 회관에 연습하러 오고 있죠?"

"네."

"그거……."

민 실장은 일부러 빤히 지민과 눈을 맞추었다.

"지민 씨가 오지 말라고 해줘요."

"네?"

"다른 뜻은 없어요."

그녀는 천천히 고개를 저었다.

"유진은, 지민 씨도 짐작하겠지만 본인이 연습하는 공간이 따로 있어요. 이런 말 좀 그런데, 여기보다 훨씬 시설도 좋고 교통편도 좋아요. 일단 여긴 너무 멀잖아요."

"그렇지만……."

지민은 멍하니 눈을 깜빡였다.

"유진 씨는 여기 놀러 오는 게 아니라 본인의 첼로 소리가 여기서 어떻게 들리는지를 확인하러 오는 건데요."

말을 하면서도 지민은 슬그머니 화가 났다. 이 사람이 하는 일은 유진을 도와주는 게 아니었나. 그런데 연주자가 자신이 연주할 공간에 가장 잘 맞는 소리를 찾는 걸 못 하게 하려는 건 도대체 무슨 의도일까.

"보셔서 아시겠지만 저희 강당이 시설이 썩 좋다고 하긴 어려워요. 유진 씨 같은 분이 공연할 만한 곳은 아니니까요. 근데 저번에 들으셨잖아요. 어디에서 연주를 하든, 그 공간에 가장 잘 맞는 소리를 끌어내는 게 연주자가 할 일이라고요."

지민은 잠깐 입을 다물었다가, 덧붙였다.

"강당에 제일 잘 맞는 소리를 찾으러 온다는 사람한테 오지 말라는 말을 어떻게 해요."

"요즘 날씨가 많이 춥죠."

민 실장은 아무런 감정도 섞이지 않은 목소리로 지민의 말에 답했다.

"이런 날씨에, 서울에서 여기까지 매일 나다니느라 감기라도 걸리게 되면, 그게 더 큰일이 아닐까 싶은데."

"……."

"그리고."

그녀는 커피잔을 내려놓고, 빤히 지민을 또 쳐다보았다.

"어제 유진이 여기 몇 시간 갇혀 있었다던데, 맞나요?"

"그건……."

"이 일을 문제 삼으면, 회관에도 좋을 일이 없을 텐데요."

이번엔 지민이 민 실장을 정면으로 바라보았다.

이 사람은 그 일을 어떻게 알고 있는 것일까. 유진에게서 들었을까. 그랬을 것 같지는 않았다. 그럼 알아내는 다른 수단을 가지고 있다는 뜻이 되는 걸까. 그러고 보면 민 실장이 두 사람 사이에 일어난 일을 이미 알고 있었던 것은 이번이 처음은 아니었다. 어차피 이 일로 월급 받는데 적당한 일거리는 줘야지 하고 내뱉듯이 말하던 유진의 목소리가 떠올랐다. 그때 말투에 가시가 섞여 있다고 느꼈다. 어쩌면 이 사람의 이런 면모를 잘 알고 있었기에 그런 반응을 보인 게 아닐까.

"무슨 말씀이신지는 알겠는데요."

지민은 굳어지는 표정을 가다듬었다.

"그런 말을 하시려면 유진 씨가 여기서 공연하겠다는 것부터 말리셨어야죠."

"지민 씨."

"유진 씨가 알아서 안 오겠다고 하면 모를까."

말했죠. 난 일곱 살 때 첼로를 시작해서, 지금까지 20년 동안 첼로를 했어요. 그리고 그 20년 동안, 난 첼로 말고는 다른 걸 아무것도 못 해봤어요.

친구도 없고, 애인도 없고, 그냥, 아무것도 없어요. 얘밖에.

"저는 오지 말라는 말은 못 해요, 실장님."

이래가지고야 어차피 주말을 지켜 쉬기는 다 틀렸다, 그러니 오늘은 간만에 칼퇴나 하자고 정 계장은 말했다. 그것참 듣던 중 반가운 소리였다. 내일은 아예 외부 청소용역업체를 불러 대강당을 대대적으로 청소할 예정이었다. 그 감독을 하기 위해서라도 지민은 출근해야 했다.

"그러고 보니까 지민 씨, 공연 전에 피아노 조율은 안 해도 되나?"

"피아노 쓸 일이 없는데요."

"그런가?"

"연주할 곡이 무반주 첼로 모음곡이잖아요. 굳이 피아노 쓸 일은 없죠."

그리고 제가 쳐보니까 조율 지금 당장 안 해도 되긴 하겠더라고요. 마지막 말은 그냥 꿀꺽 목구멍 속으로 삼켰다.

"그래, 뭐. 안 그래도 정신없는데 일거리 굳이 늘릴 건 또 뭐야."

정 계장은 가끔 얄미운 짓을 한다는 걸 제외하면 그다지 나쁘지 않은 상사였다. 일단 사서 일 만드는 구석이 거의 없는 사람이기 때문이었다. 이번 이유진 독주회는 자신보다 그에게 더 큰 곤욕일 것이 틀림없다는 생각에 지민은 피식 웃었다.

"그럼 내일 봐. 나 먼저 간다."

"네, 들어가세요."

컴퓨터를 끄고, 지민이 마지막으로 회관을 나왔다.

일에 하루 종일 파묻혀 지내느라 잠시 잊고 있던 민 실장이

146

떠올랐다. 제법 온건한 말투로 거절했다고 생각했는데, 그녀는 눈에 띄게 불쾌해하는 기색을 내비쳤다. 나이도 어리고 만만해 얕보고 꺼낸 말이었을 텐데, 일언지하에 거절당한 것이 못내 빈정 상했던 모양이었다. 그녀는 일 그런 식으로 하는 거 아니라는 싸늘한 한마디를 남기고 나가버렸다.

뭐, 어쩌라고.

지민은 저도 모르게 어깨를 으쓱거렸다. 제 발로 찾아오는 사람을, 못 들어오게 입구에 자물쇠라도 채우란 얘긴가.

그러고 보니, 오늘 결국 유진은 오지 않았다. 민 실장이 못 오게 막은 것일까. 그런 거라면, 앞으로도 공연 리허설 전까지는 오지 못하려나.

유진이 들락거리던 며칠간은 그지없이 신경 쓰이고 더러는 귀찮기까지 했는데 이제 막상 못 본다 생각하니 어째 서운했다. 하필이면 그 캄캄한 대강당 안에서, 이제 바닥까지 떨어진 자신의 피아노를 보여줘버리고 난 후여서일까.

지민은 주머니에서 핸드폰을 꺼냈다.

첼로님

유진의 번호는 그런 이름으로 저장되어 있었다. 첼로면 첼로지 첼로님은 뭐냐고, 지민은 괜스레 피식거렸다. 그러나 그

번호를 저장할 만한 이름으로 그 말밖에 떠오르지 않았던 것도 사실이었다.

지민은 유진의 번호를 눌러, 문자 한 통을 보냈다.

— 오늘은 연습하러 안 와요?

— 엇 지민 씨다

답장은 어처구니없을 만큼 빨리 왔다. 뭐가 이러냐고, 지민은 또 풋, 웃었다. 저기, 명색이 천재면 좀 도도하게 굴어야 하는 거 아니냐고 물어보고 싶어졌다.

— 왜요? 안 보니 보고 싶어요?

— 차단할게요

— 아잉

"뭐래."

지민은 그만 참지 못하고 파, 웃음을 터뜨렸다. 덩치는 산만한 사람이 이게 무슨 닭살 돋는 짓이냐고, 지민은 한참이나 엄살스레 제 팔뚝을 문질렀다.

그러고 보니 이 사람 문자 칠 때는 사투리 안 쓰는구나. 표준말을 쓰는 유진은, 어쩐지 그가 아닌 것처럼 낯설었다.

— 커피 마시러 올래요? 내가 살게요.

지민은 한참이나 눈을 깜박이며 메시지를 뚫어져라 쳐다보았다. 커피 마시러 오라니, 어디로? 지민은 반사적으로 주위를 한 번 두리번거렸다.

— 어디로요?

— 나 있는 데

— 그러니까, 지금 어디 있는데요

— 호텔요. 서울에

— 그니까 지금 나더러 커피 한 잔 마시러 서울까지 가라고요? 이 시간에?

— 택시 타면 한 시간 정도면 와요

— 나 돈 없어요

내가 무슨 돈이 있어서 서울까지 택시를 타고 가. 지민은 고개를 절레절레 내저었다. 역시나 나랑은 다른 세상에 사는 인간인 게 맞다고 중얼거렸다. 여기서 서울까지 택시라니. 요금이 얼마나 나올지 짐작도 가지 않았다. 거기까지 갈 택시비면 모르긴 해도 한 달 치 커피값을 하고도 남을 것이다.

— 이 호텔 커피 맛있어요

— 맛있어봤자 커피가 거기서 거기지

— 거기서 거기 아니라니까. 진짜 맛있어요. 커피에 막 금가루도 뿌려가지고 나와요

됐거든요. 어디서 이빨도 안 들어갈 구라를. 지민은 그런 문자를 치려다 문득 손을 멈추었다.

커피가 맛있다니. 커피가 맛이 있으면 얼마나 있을 것이며, 맛이 없으면 또 얼마나 없을 것인가. 이 사람은 아마 세계 곳

곳을 다니며 별의별 커피를 다 마셔봤을 것이다. 그러니 그 호텔 라운지에서 마실 수 있는 커피 정도가 그에게 특별할 리는 별로 없었다.

어쩌면 이 사람은, 지금 그냥 외로운 건지도 모른다.

― 금가루 진짜 뿌려줘요?

― 진짜예요. 나도 신기해가지고 막 사진도 찍어놓고 그랬어요.

― 안 뿌려주면

지민은 저도 모르게 뺨 언저리를 긁적거렸다. 이미 자신의 마음이 그를 만나러 서울로 가는 쪽으로 움직이고 있는 것을 그녀는 느끼고 있었다. 지금 서울을 가면, 집에는 언제 온다는 것이며, 내일 출근은 또 어떻게 하겠다는 거냐고! 그러나 이젠 어쩔 수가 없었다.

― 이유진 씨 고소할 거야, 내가.

유진이 머문다는 호텔은 서울 시청과 가까운 곳에 있었다. 국빈이나 유명한 스타들이 방문하면 많이 묵는다는, 지민도 위치까지 알고 있는 호텔이었다. 근처를 지나면서 본 적은 있어도, 들어가본 적은 한 번도 없었다.

유진은 커다란 유리창 너머로 어둠이 내린 하늘 아래 엊그제 내린 잔설이 희끗하게 쌓인 산자락과 도시의 야경이 내려다보이는 창가 자리에 앉아 있었다. 풍경은 창밖의 실제라기보다는 액자 속에 그려진 비현실적인 그림 같았다. 비스듬히 몸을 틀어 창밖을 내다보는 그의 얼굴에 흐릿한 상념이 스며 있어 지민은 잠시 거리를 두고 바라보았다.

"왔어요?"

인기척을 느낀 유진이 돌아보았다. 그 짧은 순간, 지민은 마치 종이 위에 떨어진 잉크가 스며들 듯 그의 얼굴로 미소가 번져가는 극적인 순간을 가만히 지켜보았다. 그리고 생각했다. 오길 잘했다고.

"택시비 5만 원도 넘게 나온 거 알아요?"

지민은 마치 버릇처럼, 그런 퉁명스러운 말부터 꺼내놓고 말았다. 오길 잘했다는 생각을 하는 자신이 덜컥 무서워져서.

"돈이 5만 원이면 회관 앞 카페에서 한 달 동안 커피 사 먹을 수 있는 돈이거든요?"

"그래요?"

"어디 봐요. 진짜 금가루 뿌린 커피 주나. 안 주기만 해봐, 아주."

"큰일 났네. 나 진짜 고소당하는 거예요?"

"거짓말이었어요?"

"믿었어요, 그 말을?"

"이 사람 진짜 안 되겠네!"

짐짓 으름장을 놓으며 지민은 테이블 너머로 눈을 흘겼다.

미리 주문을 해놓았는지 잠시 후 커피와 조각 케이크 한 접시가 나왔다. 아무런 무늬도 없는 크림색 접시에 놓인 케이크 위에는 아닌 게 아니라 손톱만큼의 금가루가 뿌려져 있었다. 고개를 들이밀고 금가루를 노려보는 지민을 지켜보다가 유진은 웃음을 터트렸다.

"커피 말고 케이크에 금가루 뿌려주는 걸로 어떻게 좀 안 될까요? 나 고소 당하면 여러 가지로 피곤해지는데."

"얘기가 다르잖아요, 얘기가."

"일단 한 입 먹어보고 얘기해요. 여기 얼그레이 케이크 맛있어요."

지민은 짐짓 입을 삐죽거리며 포크로 케이크를 조금 떠서 입 속으로 넣었다. 사실 이 케이크가 처음 테이블 위에 놓여지는 그 순간부터 지민은 이 케이크가 맛있을 거라는 걸 알았다. 그리고 과연 그랬다. 지민은 저도 모르게 오, 하는 탄성을 터트렸다. 조금 전까지, 반쯤은 장난이나마 화를 내고 있었다는 사실조차 잊고.

"맛있죠? 맛있다니까. 나 원래 아침에 뭐 잘 못 먹는데 이건 매일 아침마다 룸서비스 시켜가면서까지 한 조각씩 먹어요. 맛있어서."

그 반응이 만족스러운지 유진도 흐뭇한 얼굴로 케이크를 먹기 시작했다.

"케이크 맛있으니까 고소는 좀 없던 걸로 합시다. 한 조각으로 안 되겠으면 한 조각 더 사줄게요. 지민 씨 고소한다는 게 얼마나 무서운 말인지 알긴 해요? 그런 말 함부로 하고 다니면 안 돼요. 큰일 나요."

그 케이크는 대단히 맛있기는 했지만 양이 많지는 않았다. 조그만 접시에 담긴 케이크는 금세 사라졌다. 한 조각만 더 먹었으면 하는 생각이 간절했다. 심지어 유진이 더 먹겠냐고 거들기까지 했다. 그렇지만 차마 그럴 수는 없는 일이어서 지민은 고개를 젓고는 커피 한 모금으로 아쉬운 미각을 달랬다.

빈 접시를 옆으로 치우더니 유진은 태블릿 PC를 꺼내놓고 안경까지 꺼내 썼다. 그러고는 더없이 진지한 표정으로 화면을 들여다보았다. 그런 모습은 또 처음 보는 거라 지민은 덩달아 진지한 얼굴이 되었다.

"뭐 해요?"

"좀 있다가 티켓팅하잖아요."

"아니!"

지민은 어이없어 입을 헤, 벌렸다.

"지금 본인 공연 티켓팅하려고 그러고 있는 거예요?"

"네."

"유진 씨 팬들은 유진 씨 이러는 거 알아요?"

"알면 큰일 나죠. 모양 빠지게."

누가 먼저랄 것도 없이 두 사람은 실없어하는 웃음을 터뜨렸다.

지민은 흘끗 눈을 돌려 시계를 보았다. 티켓팅 오픈 시간이 8시랬으니까, 이제 한 30분쯤 남아 있었다.

"근데 공연 내내 여기서 지내는 거예요? 집엔 안 가고?"

"나 집 없는데."

"예?"

"집 없다고요. 몰라요? 내 별명 중에 '집 없는 천사'도 있는데."

"아."

한참 만에야 지민은 고개를 끄덕였다.

"외국에 주로 있으니까, 한국엔 굳이 집이 있을 필요가 없는 거군요."

"그렇기도 하고요."

"그렇지만 가족들이 살 집이라도 있어야 되지 않아요?"

유진은 유럽부터 아시아까지 세계 곳곳을 누비며 스케줄을 소화해야 한다. 그러나 그 스케줄에 가족까지 동행하는 것도 아닐 테니 최소한 가족이 살 집이라도 필요할 텐데. 호텔이 아무리 편하다 한들 가족이 사는 집만 하겠느냐고 지민은 생각했다.

"집이 없다는 말은."

유진의 대답은 예상을 벗어난 각도에서 나왔다.

"가족이 없다는 말도 돼요."

"그게 무슨 말이에요. 부모님 계시잖아요."

"우리 부모님 이혼했어요. 나 한국 떠날 때."

유진은 심드렁하게 웃었다.

"두 분이 나 때문에 많이 싸웠어요. 나 첼로 시키는 문제로. 엄마는 애한테 소질이 있으니까 어떻게든 계속 시켜야 된다는 쪽이었고, 아빠는 그렇게 첼로만 시켜서 애 인생 망가지면 그 책임을 어떻게 지려고 그러냐고 하고. 그렇게 싸우다가 결국 이혼했어요. 엄마는 나 데리고 한국 뜨고, 아빠는 여기 남고."

물어서는 안 되는 걸 물은 것 같아 지민은 당황스레 눈동자를 굴렸다. 조금만 생각하면 납득하지 못할 일도 아니었다. 유진이 처음으로 콩쿠르에 우승한 것이 열 살 때. 그로부터 3년 간, 그는 어떤 대회에서도 입상조차 하지 못했다. 그 시간이 그와 가족에게 어떤 시간이었을지 짐작하는 것은 그리 어렵지 않았다.

"아빠는 몇 년 전에 재혼하셨다고 들었어요. 그 후로는 연락 안 해요. 어떤 분이랑 재혼했는지 모르겠는데 그분이 날 좋아할 리도 없고. 엄마는 미국에 계시는데 얼굴 본 지 한 반년은 된 거 같네요."

그런 말을 하면서도 유진은 퍽이나 무덤덤했다.

"그러다 보니, 한국 오면 있을 데가 없어요. 그러니까 여기 있고."

무슨 말을 하려다 말고 지민은 입을 다물었다. 어쩌면 그래서였을까. 지민 씨하고 좀 친해질 수 있지 않을까 생각했는데. 그 말 뒤에 섞여 울리던 그 쓸쓸한 울림은, 친구도 없고, 애인도 없다던 그 말은 자신이 생각한 것 이상으로 진짜, 진실일지도 몰랐다.

"말했잖아요. 내 인생은 첼로 빼면 아무것도 없다고요."

그 말이 가진 함의에 비해 목소리는 턱없이 밝았고, 명랑하기까지 했다. 그것은 자신의 길이 여기밖에 없다는 쓸쓸함이 아니라, 내게는 이게 전부라는 명쾌한 사실에 대한 공지 같은 느낌이었다. 그래서 지민은 섣불리 그 말을 하는 유진을 연민할 수가 없었다. 어쩌면 처음부터 유진이 의도한 것은 그런 것이었을지도 모르는 일이었지만.

"내가 왜 지민 씨가 피아노를 쳤던 사람인지, 그렇게 궁금해했느냐면."

유진은 옆에 놓인 커피 한 모금을 마시고 말을 이었다.

"어떻게 그럴 수 있는가, 그게 궁금해서."

"뭘 어떻게 그래요."

지민은 일부러 거북스럽다는 표정을 했다.

"그냥 계속 칠 형편 안 되니까 다른 길 찾은 거지."

"말 진짜 쉽게 하네요."

유진은 피식 웃었다.

"사람이 물에 빠졌어요. 그래서 숨을 못 쉬어요. 그렇다고 공기 대신 물 마시면, 살아져요?"

그게 무슨 말이냐고 물으려다가, 지민은 아무 말도 하지 못했다. 무슨 말을 하려고 그런 말을 꺼낸 것인지 알 것 같아서였다.

"열다섯 살 때 난 내 인생의 반 동안 첼로를 했어요. 스무 살 때 난 내 인생의 3분의 2 동안 첼로를 했고요. 내가 지금 스물일곱 살인데 나는 지금 내 인생의 4분의 3 동안 첼로를 하고 있어요."

절반에서 3분의 2 그리고 4분의 3. 유진이 나이를 먹어갈수록 첼로를 하는 시간도 따라서 길어질 것이다. 그리고 그 시간이 길어질수록 유진은 점점 그 시간에서 벗어나기 어려워질 것이다.

"내가 나이를 먹어가는 동안 첼로를 한 시간은 계속 늘어나겠죠. 그 시간을 빼버린 내 인생은 점점 더 아무것도 아니게 될 거고요."

문득 내가 첼로의 주인인지 혹은 첼로가 내 주인인지 모르겠다던 말이 떠올랐다. 그때는 단지 그게 첼로의 연식과 가치

만을 놓고 하는 말이라고 짐작했다. 그러나 꼭 그런 뜻만은 아닐 것 같다고 지민은 생각했다. 요컨대 그것은, 인간이 자신의 인생 가운데 얼마만큼을 한 가지에 쏟아붓고 있느냐 하는 것에 대한 문제였다.

"그게 어떤 건지 지민 씨는 알겠어요?"

유진은 지민을 물끄러미 바라보았다.

"내가 진짜, 조금만 용기 있었으면 첼로 그만뒀을 거예요. 그런데 나한테는 그런 용기가 없었어요."

"……."

"그래서, 궁금했어요. 어떻게 하면 그럴 수가 있는지. 음악 같은 거 다 그만두고, 선뜻 다른 걸 찾아 나설 용기가 났는지."

"그건……."

말을 잇지 못했다.

지금껏 그녀는 늘 그렇게 대답해왔다. 아니에요, 별로 힘들지 않았어요. 포기하는 게 힘들 만큼 피아노를 열심히 쳤던 것도 아니고.

피아노 그만둔 거 아쉽지 않으냐는 엄마의 물음에, 이 회관에 발령받아 처음 내려와서 만난 정 계장의 물음에, 그녀는 늘 그렇게 대답했다. 별것 아니었다고. 아무것도 아니었다고. 애초에 나는, 피아노를 버리는 게 힘들 만큼 피아노를 사랑해본적이 없다고.

정말로 그건 사실이었을까.

"쉽지는 않았어요."

지민은 제 입술을 비집고 나온 다음 말에 스스로 흠칫 놀랐다.

"잘 치고 싶었어요, 피아노. 정말로. 그래서 내 나름대로는 할 수 있는 걸 다 했어요. 하지만 그런 것들이 아무 소용 없다는 걸 알았을 때 내가 선택할 수 있는 건 한 가지밖에 없었어요. 물에 빠진 사람이 숨을 못 쉰다고 물을 마시면 물론 죽지만, 손발에 쥐가 나서 헤엄을 칠 수 없으면 그냥 물에 빠져 죽는 수밖에 없는 것처럼."

그녀에게는 다른 선택의 여지가 없었다. 비겁한 말일지도 모르지만, 그렇다고 여겼다.

"유진 씨는 조금만 용기가 있었으면 첼로를 그만뒀을 거라고 말하는데."

지민은 유진을 돌아보았다.

"나는, 음, 다른 방법이 한 가지라도 있었다면 어떻게든 피아노를 더 쳐보려고 했을 거예요."

"……."

"그런데 현실은 그게 아니니까. 그래서 쉽게 그만둔 척하는 거예요. 그래야 덜 비참하니까. 마음이 덜 아프니까. 그냥 그럴 수밖에 없었고 다른 방법은 없었다고, 스스로를 열심히 설득하는 거예요. 아니, 속이는 것에 가깝다고 해야 하나."

유진은 가만히 지민을 보고 있었다. 눈과 눈이 마주친 수 초의 시간은, 수 시간이나 되는 것처럼 길게 느껴졌다. 그리고 그 적막의 끝에서 유진은 비로소 천천히 고개를 끄덕였다.

"그렇구나."

그 음성은 단순했고 명쾌했으며, 듣기에 따라 처음으로 나눗셈을 성공한 어린아이의 목소리처럼 들리기도 했다.

"고마워요."

"뭐가요."

"쉽지 않았다 해줘서."

유진은 좀 더 편안하게 웃었다.

"누구나 할 수 있는 일인데 내가 용기가 없어서 여기 이러고 있는 게 아니고, 지민 씨한테도 그만큼 어려운 일이었다는 거."

"그걸 뭐 그렇게 어렵게 얘기해요."

지민은 억지로 웃었다.

"나한테 어려운 일이나 마나, 유진 씨는 이미 어려운 일을 하고 있잖아요."

"……."

"우리 회관이 좀 후지고 작긴 한데요, 그래도 어지간한 첼리스트가 공연한다고 하면 이 난리 안 나요."

유진은 어색하게 웃다가 흘끔 고개를 돌려 시계를 보았다. 시간은 어느새 7시 50분을 넘어가고 있었다. 티켓팅 시간까지는 10

분이 채 남지 않았다.

"지민 씨, 공연 표는 있어요?"

"왜요?"

지민은 공연히 허공을 쳐다보았다.

"없다 그러면, 나 표 주게?"

민 실장에게 표를 다섯 장이나 얻었다는 걸 굳이 지금 밝힐 필요는 없을 것 같았다. 그리고 유진이 뭘 어떻게 하려는지 궁금하기도 했다.

"민 실장님한테서 표 좀 안 받았어요?"

유진은 의뭉스런 지민의 속을 다 꿰뚫어본다는 듯 그렇게 물었다. 지민은 얼른 대답을 하지 못했다.

"그건 그냥 남 주든지 하고, 내가 지민 씨 표 한 장 만들어 줄게요."

유진은 티켓팅 사이트에 로그인을 하고 가볍게 손목을 털어 풀었다. 그의 태도는 연주를 앞두었을 때만큼이나 진지해서 지민은 누가 간지럽힐 때 나는 웃음을 터뜨렸다.

"이 표는 남 주지 말고, 꼭 지민 씨가 보러와야 돼요."

도대체 그런 게 어떻게 가능한지는 모르겠으나 유진은 정말로 8시에 오픈된 자신의 공연 예매 페이지에 접속해 10만 원짜리 S석 하나를 예매해냈다. 그 자리는 아마도 관계자석을 제외하고는 가장 좋은 자리 축에 들 것 같았다.

"어이없네."

지민은 유진이 으쓱대며 보여주는 결제 완료화면을 멍한 얼굴로 쳐다보았다.

"유진 씨 생각보다 별로 인기 없나 보다."

"에이, 그건 아니지."

유진은 보란 듯이 예매 페이지를 한 번 새로고침했다. 8시 5분이 채 안 된 시간이었지만 좌석은 전석 매진이었다.

지민은 저도 모르게 어깨를 움츠리며 혀를 낼름 내밀었다. 하긴 실제로 풀린 좌석은 4백석 남짓이었을 것이고, 그 자리가 5분 넘게 남아 있을 리 없었다.

"내가 원래 손으로 하는 건 뭐든지 잘해요. 나름 금손이랄까."

티켓팅까지 갈 필요도 없이 악기 하나를 그렇게나 잘 다뤄서 세계적으로 이름이 날 정도면 이미 금손이라고, 지민은 그런 말을 하려다가 말았다.

"내가 티켓까지 잡아서 줬으니까 보러 와야 돼요. 알았죠."

그렇게 말해놓고 유진은 다시 커피 한 모금을 마시며 지민을 빤히 쳐다보았다.

"민 실장님이 표 몇 장이나 줬어요?"

"다섯 장요."

"꼴랑? 어디쯤?"

"이쪽."

지민은 예매 페이지에 떠 있는 좌석 배치도에서 민 실장이 체크해준 자리 언저리를 손가락으로 그어 보였다.

"여기 같으면 7만 원 아니에요? 다섯 자리 해봐야 35만 원이네. 줄 거면 좀 좋은 자리를 주든가."

"유진 씨 공연표 양도를 원가에 하는 사람이 어딨어요."

"아, 그런 거예요? 내가 있잖아요, 티켓팅은 가끔 재미 삼아 해보는데 양도 표까지 사러 다녀본 적은 없어가지고. 얼마 하는데요? 한 20만 원 해요?"

이런 순진한 사람을 보았나. 지민은 허허, 탄식하는 소리를 냈다. 민 실장이 자신에게 체크해준 S석이 못해도 백만 원은 가볍게 넘어갈 참이었고, R석 중에서도 좋은 곳은 그 이상도 갈 것이었다. 그러나 아무리 그래도 연주자 본인 앞에서 당신 공연의 암표 값이 백만 원도 넘어간다는 말은……. 차마 입이 떨어지지 않았다.

"근데요."

말도 돌릴 겸 지민은 아까부터 내심 궁금하던 말을 꺼냈다.

"이제 회관은 안 오는 거죠?"

유진의 얼굴에 돌연 복잡한 표정이 스쳐 갔다. 그는 대답 대신 가만히 지민의 코 언저리에 시선을 고정했다.

"오늘 민 실장님한테 한 소리 들었나 봐요."

"한 소리랄 거까진 아니고."

"뭐라던데요?"

유진은 태블릿 PC를 탁자 위에 대충 내려놓았다. 쓰고 있던 안경까지 벗어 내려놓자, 그제야 유진의 얼굴은 지민이 아는 그 얼굴로 되돌아왔다.

"그냥."

지민은 잠시 머뭇거렸다. 어쩐지 고자질을 하고 있는 것 같아 뒤통수가 간질거렸다.

"회관까지 길도 너무 멀고, 다니다가 감기라도 걸리면 여러 가지로 안 좋으니까."

순전히 그게 이유의 전부로 느껴졌다면 순순히 그녀의 말에 따랐을 터였다. 유진의 매니저로서 그가 최상의 컨디션으로 공연에 오르지 못할 것을 걱정하는 게 전부였다면 말이다.

다분히 상식적인 내용인데도 그 말을 들었을 때 지민은 묘하게 억압적인 분위기를 느꼈다. 듣기에 따라서는 매우 불쾌하고 음흉스레 느껴지기까지 했다. 그래서 그렇게 되바라진 대답을 해버린 것이다. 그럴 수는 없다고.

"오지 말라고 말해줬으면 한다고요."

"그래서."

유진은 되물었다.

"지민 씨는 뭐랬는데요."

"유진 씨가 안 온다고 하면 모를까, 내가 오지 말라고 할 수는 없다고."

"잘했어요."

그는 딱 잘라 그렇게 말했다.

지민은 차갑게 가라앉는 유진의 표정을 순간적으로 목격했다. 매니저와 아티스트가 마냥 좋거나 인간적인 사이이기만 할 수는 없을 것이다. 그래도 어쩐지 그 균열은 예사롭지 않게 느껴졌다. 불쑥 그런 생각이 들었다. 유진이 전에 없이 커피 마시러 오라고 떼를 쓴 것은, 그가 호텔 밖으로 나갈 수 없기 때문인 게 아닐까 하는.

"민 실장님은 어떤 사람이에요?"

대뜸 물어놓고도, 그게 과연 자신이 궁금해할 만한 주제인지 확신할 수 없어 지민은 잠시 머뭇거렸다.

"그냥 미인이시고 일 잘하고 성격 좋은 분이라고만 생각했는데, 꼭 그렇지만은 않나 싶기도 해서."

"민 실장님 하는 일은……. 그거 성격 좋은 사람은 못 하는 일이에요."

유진의 얼굴에서 장난기 많은 소년의 표정이 나왔다.

"내가 그 아줌마 애먹이는 게 얼만데."

"아, 스스로 애먹인다는 자각은 있는 거였어요?"

"내가 이 사람 저 사람 애 많이 먹이는 건 사실이니까. 일부러 그러는 건 아니지만. 그거 치다꺼리하려면 성격 좋다가도 더러워지기 십상이고요."

예상과는 조금 다르게 유진은 그 정도로 지민의 질문을 피해 갔다.

"그냥 나하고 민 실장님은 각자 자기 할 거만 하는 그런 사이에요. 인간적인 애틋함 이런 건 별로 없어요. 나도 그렇고, 민 실장님도 아마 그럴 거고."

"난 저번에 외국 있을 때 매운 거 먹고 싶어 하면 그거 다 구해다주고 하신다길래 인간적으로 되게 친한 사인가 했는데."

"그거야 공연 앞두고 내 비위 맞추려고 그러는 거고요. 민 실장님 아마 이유진이라면 치가 떨릴 거예요. 지민 씨도 나 때문에 애먹어봐서 잘 알 거 같은데."

그러니까 자기가 주변 사람들 애먹인다는 자각이 있긴 했던 거냐고 흐흐흐, 웃으며 짓궂게 굴려고 했다. 유진의 시선이 천천히 돌려져 지민을 향했다.

"어쩔까요, 지민 씨."

"뭐를요."

"회관에 계속 갈까요, 말까요."

유진은 이마 앞으로 쏟아진 머리칼을 긴 손끝으로 대충 거두어 뒤로 넘겼다.

"지민 씨가 오지 말라면 안 갈게요."

"그걸 왜 나한테 물어봐요, 본인이 알아서 해야지."

"왜냐면……."

지민을 쳐다보는 유진의 입꼬리가 슬쩍 들려 엷은 미소를 띠었다.

"나는 그 회관에 지민 씨 보러 가는 거거든요."

지민은 뜨끔 놀라 입을 다물었다.

농담일까. 물론 그럴 가능성이 높았다. 그리고 천에 하나 만에 하나 농담이 아니라고 해도 마찬가지였다. 이런 이야기는 심각하게 받으면 끝도 없이 무거워지기 마련이었다.

"날 왜 보러와요."

결국 지민은 나오지 않는 웃음을 억지로 끄집어내며, 그렇게 물었다.

"뭐……."

사실 위험 신호는 바깥에서 오고 있는 게 아니라 내부에서 스며 나오고 있었다. 유진이 무슨 말을 했든 듣는 자신에게 아무런 거리낌이 없다면 이런 턱없는 긴장감에 목이 탈 리가 없었다. 그러나 그 말을 듣는 순간 뒷덜미가 바짝 곤두섰다. 입속이 말라 혀끝이 입천장에 달라붙는 듯한 착각이 들었다. 저 사람의 마음이 문제가 아니다. 내가 아무렇지 않다면, 이런 반응이 단박에 나오는 게 이상했다.

"나 좋아하기라도, 하나?"

그래서 일부러 그렇게 을러대듯 물었다. 그러나 유진의 입에서는 예상과는 좀 다른 대답이 나왔다.

"그런가."

"네?"

"조금 전까지는, 그냥 지민 씨하고 친해지고 싶어서 그런 거라고 생각했는데."

가만히, 떨지도 않고 지민에게 붙박이는 유진의 눈은, 거짓말이나 시답잖은 농담 같은 걸 하고 있는 것 같지 않았다.

"그냥 단순히 친구 하고 싶다는 기분이면 이런 말 같은 거안 하겠죠?"

이 사람은 자기가 지금 무슨 말을 하고 있는지 알고는 있는 걸까. 저도 모르게 답답해져, 지민은 꿀꺽 마른침을 삼켰다.

"나 아무래도 지민 씨 좋아하는 게 맞는 것 같아요."

"저기, 정신 좀 차리세요."

지민은 일부러 입가에 장난기를 머금었다. 그러나 그 입꼬리가 가늘게 떨리는 것을 스스로 이미 느끼고 있었다. 지민은 유진을 향해 거절하듯, 벽을 치듯 손을 내저어 보였다.

"유진 씨 같은 우주 대스타분이 저 같은 민간인 데리고 장난치시면 못써요."

"누가 장난인데요."

"그럼 이게 장난이 아니면 뭔데요?"

지민의 음성이 서늘하게 식었다.

"이거 뭐, 열 개 중 한 반만 맞아도 그런가 보다 하겠어요. 그런데 열 개 중에 한 개도 말이 되는 게 없는데, 이게 어떻게 말이 돼?"

그 말은, 유진에게 하는 말이기도 했지만 자신에게 하는 말이기도 했다.

이유진을 좋아하느냐. 누가 그렇게 묻는다면, 선뜻 그렇다고 대답할 수 없었다. 그에게 가지는 인간적인 호감은 뚜렷했지만 이 감정을 과연 그 이상의 것으로 볼 수 있을 것인가. 그를, 사람 대 사람이 아닌 조금 다른 의미로 좋아하느냐고 누가 묻는다면, 선뜻 그렇다고 대답할 자신 같은 건 없었다. 그렇다면 데면데면 아무렇지도 않은 사이냐고, 단순히 연주자와 시설 담당자라는 업무적인 사이일 뿐이냐고 누군가 묻는다면, 그것 또한 그렇다고 대답할 자신도 없었다.

객관적인 견지에서 자신은 남에게 살갑거나 다정한 성격은 아니었다. 그걸 감안해도 유진에게는 언제나 필요 이상으로 투덜거리고 틱틱거리며 모나게 굴고 있었다. 그건 단순히, 유진이 자신이 한때나마 하던 음악으로 이만큼이나 유명한 사람이기 때문만은 아닌 것 같았다.

특별한 사람에게, 특별한 사람이 되고 싶다는, 유치하기 그지없는 욕구. 그렇게밖에 설명할 수 없었다.

"나는요, 그냥 소도시의 문화회관 말단 직원이고요, 이번 연주만 끝나면 다시는 당신이 볼 일이 없는 사람이에요. 그런데 당신 같은 사람이 왜 나를 좋아해요?"

그건 어디까지나 지민 혼자만의 이야기였다.

좋아한다고 하자. 아직까지 농담인지 진담인지, 그것도 아니라면 말한 사람부터가 헷갈리는 그 어디쯤이라고 치자. 그래서 뭘 어쩔 건데. 거기까지 몰리니 심장이 덜컥 내려앉는 기분이었다.

"몰라요."

불난 집에 기름이라도 끼얹겠다는 투로, 유진은 담담하게 그렇게 대답해 왔다.

"왜 좋은지…… 몰라요."

"저기 이것 보세요, 이유진 씨."

굳이 성까지 붙여 이름을 부르는 것은, 당신과 나 사이에 이만큼의 거리가 있다는 것을 다시 한번 주지시켜주는 효과가 있다.

"지금 그걸 말이라고."

"사람이 사람 좋은데, 이유 같은 게 어디 있는데요."

유진은 화도 내지 않고 그렇게 대꾸했다.

"예전에 피아노 칠 때, 피아노에 선택받고 싶어서 혼자 온갖 짓을 다 할 때, 왜 피아노가 좋았어요? 세상에 악기가 피아노

밖에 없어요? 바이올린도 있고, 첼로도 있고, 플롯도 있고 오보에도 있고 클라리넷도 있잖아요. 그런데 왜 피아노였어요? 그거 대답할 수 있어요?"

"이게 그거랑 같아요?"

"뭐가 다른데요!"

거의 처음으로 유진도 언성을 높였다.

"나는 지민 씨가 나한테 겁먹지 않는 사람이라서 좋아요."

"……."

"네가 좀 유명한 모양인데, 그래서 그게 나랑 무슨 상관이냐고, 그런 사람이라서 좋아요."

"……."

"너 때문에 내가 요새 얼마나 피곤하고 귀찮은지 아느냐고, 그런 말 대놓고 할 줄 아는 사람이라서 좋아요."

"……."

"왜요, 그러면 안 돼요?"

"틀렸어요."

지민은 허탈하게 중얼거렸다.

"겁 안 먹는 게 아니라, 안 먹은 척하는 거예요. 필사적으로. 내 인생은 너무 초라하고 보잘것없으니까. 그런데 그게 너무 자존심 상하니까. 그걸 인정해버리면, 내가 너무 비참해지니까."

"……."

"그러니까, 난 유진 씨가 좋아할 만한 사람 같은 거 아니에요. 됐죠."

여기까지 단숨에 쏘아붙이듯 내뱉고 나서 지민은 씩씩거리며 거친 숨을 몰아쉬었다.

그랬다. 분명 그랬다. 처음 유진이 이 작은 회관에서 공연을 하겠다고 했을 때 그렇게 싫은 티를 냈던 건, 결국은 그래서였다. 끌려갈까 봐. 말려들까 봐. 옆에서 지켜보면, 말이라도 한마디 섞으면, 특별한 사람에게 특별한 사람이 될 수 있을 것 같은 헛된 희망에 마음이 쓸데없이 부풀까 봐.

이 모든 일이 끝난 후엔, 12시가 지나 마법이 풀린 신데렐라처럼 한짝 남은 유리구두만 손에 쥔 채 다시 혼자 이 비루한 현실에 버려질까 봐.

특별한 사람에게, 특별한 사람이 되고 싶다는, 유치하기 그지없는 욕구의 끝이 아름다울 리가 없으므로.

"가볼게요. 나 내일 출근도 해야 되고. 어느 분 때문에 이미 주말에 쉬지도 못하게 생겨서."

지민은 더없이 딱딱하게 말했다.

"조금 전의 그 말은, 못 들은 걸로 할게요."

"아니, 그러지 마요."

유진의 대답은 또 지민의 예상을 한참이나 벗어났다.

"뻔히 들은 말을, 어떻게 못 들은 걸로 한다는 거예요. 그런 게 가능해요?"

"그럼요?"

"대답해요. 예스든 노든. 지금 당장이 아니라도 좋으니까."

유진의 얼굴에서는 웃음이 사라졌다. 그 대신 낯설기까지 한 쓸쓸함이 그 얼굴을 가득 채우고 있었다.

"그게 당신 좋아한다고 방금 말한 사람에 대한 최소한의 예의예요."

어떻게 집으로 돌아왔는지는 통째로 기억이 나지 않았다. 지민은 더없이 지친 기색으로 도어락 비밀번호를 눌러 열 평도 채 안 되는 작은 원룸에 들어섰다.

구두를 벗고 안으로 들어오자마자 그녀는 저도 모르게 벽에 기대 주르륵 미끄러져 주저앉았다.

"미쳤나 봐, 진짜……."

그 몇 시간 사이 자신에게 일어난 일을 도저히 믿을 수가 없었다. 유진의 곁에 있을 때는 이 느닷없음을, 갑작스러움을 곱씹는 것조차 허락되지 않았다. 그는 중력을 거스르는 블랙홀처럼 지민에게로 몰아닥쳐 그녀의 모든 의식과 정념을 저에게로 끌고 가버렸다. 그 자리에서 깨닫지 못한 당혹감은 온전히 홀로 남겨진 지금에야 도둑처럼 덮쳐 왔다.

유진에게서 들은 몇몇 말은 박자가 틀어진 돌림노래처럼 끝도 없이 지민의 머리 속을 파고들어 의식 이곳저곳을 쿵쿵대며 울렸다. 결국 견디다 못한 지민은 무릎을 끌어안고 웅크렸다. 그것으로도 모자라, 세운 무릎 사이에 고개를 처박았다. 그것으로도 모자라 그녀는 한참이나 귀가 멍멍하게 울릴 만큼 세차게 도리질을 했다.

실은 매우 간단한 문제였다. 아니면, 그냥 그 자리에서 아니라고 대답했으면 그것으로 끝났을 일이었다. 불과 며칠 안 되지만 그간 지민이 겪은 유진은 그런 단호한 거절의 말을 듣고도 뒤끝을 부릴 사람은 아니었다. 그러니 그 자리에서 나는 당신에게 아무런 호감이 없다고 딱 잘라 거절했으면 간단했을 문제였다.

그러나 그녀는 그러지 못했다. 아니, 그러지 않았다고 말하는 편이 더 정확할지도 몰랐다. 반해버리기라도 한 건가. 사랑하게 되어버리기라도 한 건가. 도대체, 뭘, 어떡하려고.

발갛게 얼굴이 달아오른 채로, 지민은 한참이나 거기 그렇게 꼼짝도 하지 못하고 웅크린 채 자신의 마음을 들여다보았다. 당황스러웠다. 덜컥 두렵기도 했다. 아무리 생각해도 싫은 것 같지는 않았다.

아니, 솔직히 말하면 너무나 기쁘고 들뜬 것에 가까웠다. 인정하고 싶지는 않았지만.

· 6 ·
당신과 나의 리베르탱고

대청소라고는 하지만 지민이 직접 나서서 할 일은 없었다. 그녀가 할 일은 외부에서 온 청소용역업체에게 중점적으로 청소를 해야 할 곳을 알려주고, 중간중간 잘 진행되고 있는지 살펴보는 정도가 고작이었다.

정 계장에게서는 점심시간쯤 전화가 왔다. 그거 내가 꼭 나가야 되냐고 물어오는 의도가 짜증스러워, 제가 알아서 할 테니까 계장님은 그냥 쉬시라고 퉁명스레 대답해주고는 전화를 끊었다.

지민은 어젯밤 거의 잠을 한숨도 자지 못했다, 그런 탓일까, 틈틈이 하품이 나고 눈가로 눈물이 어렸다. 멍해진 채로 하품을 하다가, 나 아무래도 지민 씨 좋아하는 것 같다던 유진의 말이 생각나 후다닥 입을 틀어막고 반사적으로 주위를 살핀 것이 여러 번이었다. 그래서 도대체 뭘 어쩌겠다는 건지, 쓴웃음이 나왔다.

불과 며칠 전에 그는 제 입으로 자신의 인생에서 첼로를 빼면 남는 것이 아무것도 없다고 했다. 그런 말을 해놓고, 내가 좋다니. 도대체 그 말을 어디까지 진심이라고 생각해야 하는 건지 알 수가 없었다.

보기와는 달리 조금은 외롭고 쓸쓸한 사람인 것 같고. 사람이 고픈 사람인 것도 맞는 것 같고, 그래서 잠깐, 스스로도 알수 없는 감정에 마음이 흔들린 정도가 아닐까. 지민은 애써 자신의 상황을 거기까지 정리했다.

물론 그런다고 해서 달라지는 건 아무것도 없었다.

청소 작업은 오후 4시가 조금 지나 모두 끝났다.

업체 사람들까지 모두 돌아간 후, 지민은 텅 비어버린 대강당을 말없이 둘러보았다. 아무도 없는 대강당은, 실제보다 훨씬 크고 스산하게 보였다.

무대 한구석의 피아노에 시선이 가 닿았다.

어제 있었던 일은 실은 저 피아노와는 아무 관련이 없었다. 그래도 어젯밤 그 감정의 흐름이 저 피아노에서 시작된 건 부인할 수 없는 사실이었다. 두 사람이 처음으로 음을 섞은 그 밤에, 이미 이 모든 일은 시작되고 있었다는 것을 지민은 이미 알고 있었다. 그래서 때아니게 마주친 피아노는 자신의 낯부끄러운 짓을 목격해버린 그다지 친하지 않은 사람을 마주친 것만큼이나 껄끄러웠다.

지민은 다가가 피아노 뚜껑을 열었다. 기껏 뚜껑을 열고도, 한참이나 그녀의 손은 허공 위를 더듬었다. 그리고 한참 만에야 지민은 손가락 하나로 아주 느리게 멜로디 하나를 치기 시작했다. 라 캄파넬라의 도입부 멜로디였다. 그 특유의 경쾌한 템포가 사라져버린 데다 군데군데 틀리기까지 한 라 캄파넬라는 더 이상 라 캄파넬라가 아닌 것처럼 들렸다.

울컥, 마음이 흔들렸다.

지민은 불에라도 덴 것처럼 후다닥 주머니에서 핸드폰을 꺼냈다. 통화목록을 뒤져, 아직도 '첼로님'이라는 이름으로 저장된 유진의 번호를 찾았다.

뭘 어쩌자는 건지, 무슨 말을 하고 싶은 건지도 모른 채로, 지민은 열병에 걸린 사람처럼 통화 버튼을 눌렀다.

신호가 세 번쯤 울렸을 때, 유진은 전화를 받았다.

"저기요."

전화를 받은 사람을 확인하기도 전에, 유진이 '여보세요' 하고 음을 떼기도 전에, 지민은 싸움이라도 걸듯 입을 뗐다.

"나 좋아한다고 했죠."

"네. 그랬죠."

"그게 얼마만큼인데요?"

그 말투는 이미 질문이 아니라 따지는 것이 항의하는 것에 가까웠다. 그러나 그럴 수밖에 없었다. 문득 억울해졌기 때문에.

"며칠 전에 본인 입으로 그랬잖아요. 내 인생엔 첼로밖에 없다고요. 내가 보기에도 그럴 것 같거든요."

음악은 욕심이 많다. 그래서 자신 이외의 것에게 한눈파는 것을 용납하지 않는다. 그건 지민도 아는 사실이었다. 자신이 아는 사실을 유진이 모를 것 같지 않았다. 그 사실을 다 알면서도 꺼낸 그 말을, 나는 도대체 어디까지 믿고 그 말 한마디에 이렇게나 마음이 흔들려야 하는지. 그녀는 그 점이 못내 억울했다.

"그렇게 인생을 첼로에 송두리째 다 내줘놓고, 날 좋아할 마음의 여유 같은 게 있긴 해요?"

"무슨 말인가 했네요. 그 뜻이구나."

핸드폰 너머 옅게 웃는 소리가 들렸다. 그 웃음소리는 너무나 평온해서 오히려 지민을 화나게 했다. 이 말도 안 되는 상황에 이렇게나 애가 타는 것은 오직 자신 혼자뿐인 것만 같아서.

"지민 씨 생일날 연주회가 잡히면 당연히 난 지민 씨를 혼자 두고 연주회에 가야 하겠죠."

"……."

"지민 씨가 너무너무 속상한 일이 있어서 나한테 전화를 해도 나는 비행기를 타고 있다든가 외국에 있어서 한참 자는 중이라든가 리허설 중이었다든가 해서 전화를 못 받는 일도 많을 테고요."

"……."

"지민 씨가 나를 필요로 하는 순간에 나는 그 자리에 있어주지 못하는 일이 아마 많이 생기겠죠."

"지금 뭐 하자는 거예요."

몰랐던 이야기는 아니었다. 아니, 지나칠 만큼 잘 알고 있었다. 어제 그 자리에서 그의 고백에 선뜻 대답을 해주지 못한 것은 바로 그런 부분 때문이었으니까. 그러나 그 사실을 다른 사람도 아닌 유진에게서 이렇게까지 대놓고 듣고 싶진 않았다. 분했다. 분하고 억울한 마음에 찔끔 눈물이 나기까지 했다.

"어제 고백한 사람은 유진 씨잖아요. 내가 아니라."

"그랬죠."

"그랬으면 그런 식으로 말하면 안 되는 거 아니에요?"

그럴 수 없어도 그러겠다고 말했어야지. 안 되는 일이라도 무조건 할 수 있다고 말했어야지. 나한테는 그 무엇보다도, 심지어는 그 첼로보다도 네가 더 소중하다고, 그렇게 말했어야지.

그 염치 없는 응석은 차마 입 밖으로 나오지 못했다.

"무슨 사람이 그렇게 성의가 없어요?"

"무슨 말인지 알아요. 뭐가 무서운 건지도 알아요. 그리고 진짜 미안하지만, 그거 아니라고, 그런 말은 못 해요."

그러나 그런 지민의 마음을 아는 건지 모르는 건지, 유진은 너무나 담담한 말투로 조용히 대답했다.

"나 한 사람한테 걸려 있는 그 많은 걸 다 버리고, 다 놓고, 지민 씨 옆에만 있는다. 지민 씨. 나는 있잖아요. 그런 입에 발린 소리는 못 해요. 그건 그냥…… 지금 당장을 모면하려는 거짓말일 뿐이에요. 지키지 못할 약속이고요."

"그럼 왜 그런 말을 했어요?"

"나는 나밖에 모르는 놈이거든요."

유진은 나직하게 웃었다.

"내가 조금이라도 나 말고 다른 사람 생각할 줄 아는 놈이었으면 우리 부모님도 이혼 안 했을 거고, 민 실장님도, 지민 씨도, 다들 이렇게 애 안 먹고 있겠지. 근데 나는 나밖에 모르는 놈이라서 지민 씨 생각 같은 거 못 해줘요."

"뭐가 이래."

그래서 그런 말밖에 나오지 않았다.

"뭐가 이렇게 후져요. 천재가."

순간 지민은 유진이 끔찍하리만큼 미워졌다. 좋아한다는 말 씩이나 해놓고, 네가 원하는 일이라면 저 하늘의 별도 따다 줄 수 있다는 그 흔한 사탕발림 하나 하지 않는 이 남자가. 할 줄 모르는 게 아니라 하지 않는 그 태도가. 그런 어이없는 말을 듣고도 그를 미워할 수 없는 자기 자신까지도.

"시끄러워. 듣기 싫어요. 내가 그런 소리나 듣자고 전화한 줄 알아요?"

그래서 그녀는 떼를 쓰듯 그렇게 말해버렸다.

"여기 회관인데요. 당장 와요."

그 말은 목이 졸리다 못해 나온, 비명 같은 것이었다.

"보고 싶어요."

핸드폰 너머 첼로의 G현 만큼이나 무거운 침묵이 흘렀다. 그 침묵은 불길했고, 동시에 서글펐다.

이렇게 될 걸, 이미 알고 있었다. 대충 좋아할 수 없는 사람이라는 걸. 한번 끌려가기 시작하면 그걸로 끝이라는 걸. 그래서 그렇게나 뺀댔다. 그러나 소용없었다. 알게 모르게 쳐댔던 벽들은, 쌓아 올린 핑계들은 너무나 부질없이 무너지고 말았다. 그리고 그 뒤에 남은 건, 이미 정해진 답에서 눈을 감고 고개를 돌린 채 어린애처럼 보채고 있는 자신이었다.

"듣고 있어요?"

너 진짜 별로다, 서지민. 지민은 질끈 눈을 감아버렸다. 조금 전까지도 못 그런다는 말을 들어놓고. 내게는 너보다 훨씬 중요한 것들이 얼마든지 있다는 말까지 들어놓고. 몇 분 지나기도 전에 이런 식으로 매달리는 건 또 뭔지.

"저기, 지민 씨."

달래는 듯, 어르는 듯한 그 목소리는 부드러웠다.

"내가 지금 어디 있는 줄 알고 당장 오라는데."

그 말을 듣는 순간, 심장이 철렁 내려앉았다.

공연이 채 일주일도 남지 않은 사람이다. 연습이 아니더라도, 그가 한국에 와 있다는 사실이 공식적으로 확인된 이상 부르는 곳도 찾아갈 곳도 많은 사람일 터였다. 자신처럼, 할 일 없는 주말 방구석에 틀어박혀 텔레비전이나 보다가 전화 한 통으로 불러낼 수 있는 그런 사람이 아니었다. 지민의 '첼로 님'은 그런 사람이었다. 몰랐던 것도 아닌데. 잠시 잊고 있었을 뿐인데.

"……."

스스로의 멍청함에 어이가 없었다. 조금 전까지 들었으면서. 자신이 그를 필요로 할 때, 그는 자신의 곁에 있어 줄 수 없다는 사실을. 그게 그렇게나 섭섭했으면서 이런 식으로 떼쓰는 어린애처럼 매달리다니. 얼굴이 화끈거렸다. 당혹감에, 비참함에 말이 잘 나오지 않았다.

"그렇구나. 미안해요."

"뭐가 미안한데요."

"그냥. 내가 뭐라고. 바쁜 사람을 오라 가라 했으니까."

차라리 잘 됐다고, 지민은 쓰게 웃었다. 부질없는 기대에 뛰는 가슴에 이런 못도 더러는 박을 필요가 있었다. 기대하는 버릇은 들이면 들일수록 곤란하다. 부른다고 오는 사람이 아니라는 걸, 보고 싶다고 볼 수 있는 사람이 아니라는 걸, 손 뻗는다고 닿을 수 있는 사람이 아니라는 걸, 이런 식으로 함부로 날뛰는 부실한 심장이 질리도록 가르칠 필요가 있었다. 지금부터.

"미안하면, 물어봐요. 나 지금 어딨는지."

지민은 손을 들어 땀도 나지 않은 얼굴을 쓸었다. 유진과 통화가 연결된 그 짧은 시간 동안, 하늘 끝과 땅끝을 서너 번은 반복한 기분이었다. 지민은 저도 모르게 나직한 신음 소리를 냈다.

"어딘데."

"여기?"

웃는 소리가 났다. 어이없게도. 혹은, 설레게도.

"개구멍 앞."

"……"

순간 아무 생각도 들지 않았다.

지민은 피아노의 뚜껑을 닫는 것도 잊고 무대를 뛰어내렸다.

개구멍이라니. 자신이 잘못 들은 게 아니라면 그곳이 다른 데를 의미할 리 없었다. 설마 회관 뒷문, 거기를 말하는 건가. 실제든 아니든, 생각하는 것만으로 충분히 가슴이 떨렸다.

뒤쪽, 관객석 뒤편의 문을 열고 유진이 안으로 들어선 것이 한발 빨랐다.

넋을 놓은 지민의 발이 그 자리에 굳어서 멈춘 사이, 유진은 그날처럼, 눈 쌓인 계단을 두 단씩 성큼성큼 내려가던 그날처럼 관객석 사이사이를 가로지르는 통로를 날듯이 내려와 지민의 바로 앞에 섰다.

놀랍고 당황스러워 굳어진 입술이 벌어지지 않았다. 지민이 아무 말도 못 하는 사이 유진은 새파랗게 질리다시피 한 지민의 목을 끌어안아 제품 속으로 당겼다. 낯선 종류의 향수 냄새가 온몸으로 스며들었다.

지민은 뒤통수를 한 대 맞은 것 같은 기분으로, 커다랗게 숨을 몰아쉬는 유진의 숨소리를 듣고 있었다.

"지민 씨는, 이제야 내가 보고 싶어졌나 보다."

흐트러진 머리칼 사이로, 뜨겁고 마른 입술이 이마에 와서 닿았다.

"난 하루 종일 지민 씨 생각밖에 안 했는데."

그런 게 가능한지 모르지만, 심장에 쥐가 난 것 같았다. 심장으로 들어가는 피와 나가는 피가 전부 굳어져, 심장이 그 자리에 우뚝 멈춰 서버린 것 같았다. 제풀에 숨이 막혀 지민은 가쁘게 숨을 몰아쉬었다.

"언제 왔어요?"

"두 시간쯤 됐나."

"왔으면 전화를 하지."

"바쁜 거 같길래."

그 말은 필요 이상으로 다정하게 들리기도 하고, 꼭 그만큼 얄밉게 들리기도 해서 지민은 유진의 품속에 파묻었던 고개를 쳐들고 가만히 눈을 흘겼다.

"청소하는 사람들 다 가고도 아무 연락 없길래."

그러나 자신을 흘겨보는 지민과 눈을 맞춘 유진은 물색없이 웃었다. 아무것도 아니라는 듯이.

"10분만 더 기다려보고, 전화 안 하면 삐지려고 했어요."

그 말을 듣는데, 오늘 하루 내내 스스로 늘어놓던 쓰고 떫고 아린 생각들이 너무나 부질없이 느껴져, 지민은 유진의 팔을 찰싹 소리가 나도록 때렸다.

"삐져도 내가 삐져야지 유진이 왜 삐쳐요."

"매정하게 뒤도 안 돌아보고 버리고 간 게 누군데."

"아니, 그건."

"설마설마 했는데 진짜 가더라! 아, 울 자기 너무 매정해."

자기.

얼음 땡 놀이라도 하고 있는 어린애가 된 기분이었다. 그 별 것 아닌 말을 들을 때마다 움찔움찔 온몸이 움츠러들었다. 그 만해요. 지민은 저도 모르게 얼굴을 붉혔다.

"그래도."

가만히, 벌겋게 달아오른 뺨을 쓸어내리는 손끝이 찼다. 오늘은 날이 좀 풀렸다지만 그래도 겨울은 엄연한 겨울이다. 이런 추운 날씨에 바깥에 계속 있었던 걸까. 전화는 안 하더라도, 안으로 들어와 있기라도 하지.

"보고 싶다고 한 그 목소리가 진짜여서, 봐줄게요."

지민은 제 뺨에 머무른 유진의 손을 가만히 잡았다. 손 가지고 먹고사는 사람이, 뭘 믿고 이렇게 태연한가 싶어 마음이 쓰렸다. 유진의 손은 크고 길어서, 지민의 작은 손으로는 그 끝을 모아 붙드는 것만도 힘에 부쳤다.

유진은 손끝을 모아 쥐고 가만히 입김을 부는 지민을 바라보기만 했다.

"나 민 실장님한테 진짜 혼나겠다."

지민은 괜히 엄살을 부렸다.

"첼로 하는 사람이 왜 이렇게 손 귀한 줄을 몰라요."

"괜찮아요. 내 손 튼튼해. 나 닮아서."

"민 실장님한테는 뭐라고 하고 나왔어요."

"말 안 했는데."

"어쩌려고 그래. 민 실장님이랑 싸우면 이길 수는 있어요?"

"안 싸워요. 나는 그 아줌마 못 이겨요. 기본적으로 틀린 말은 안 하는 사람이거든요."

"……."

"그런데 사람이 어떻게 맞는 말만 하고, 맞는 짓만 하고 살아요. 나는 못 그래."

유진은 어깨를 으쓱거렸다.

"그래서 그 대신에 맨날 이렇게 애먹이잖아요."

둘 사이에 무슨 일이 있었던 걸까.

지민은 슬그머니 착잡해졌다. 자신에게까지 유진이 회관에 오지 못하게 해달라고 부탁할 정도였다. 그것도 민 실장이 직접. 둘 사이의 일을 알게 된다면 한겨울 동장군만큼이나 싸늘하게 나올 것이다. 모른다고 해도 마찬가지였다. 잠시 들떴던 지민의 마음은, 다시 서늘하게 가라앉았다. 가장 가까운 사람에게서마저 이해받지 못하는 이런 관계를, 나는 앞으로 얼마나 더 감당해낼 수 있을까.

"또 무슨 생각을 해서."

갑자기 유진이 슬쩍 몸을 숙이고 지민의 코앞으로 얼굴을 들이밀었다.

"그렇게 순식간에 시무룩해져요."

"내가 뭘요."

"지민 씨는 본인이 되게 쿨한 줄 알죠. 아니거든요."

유진은 조금 더 지민에게로 얼굴을 붙였다. 키스라도 하려는 것처럼.

"지민 씨는요, 자기가 얼마나 귀여운 사람인지를 잘 모르는 거 같거든요."

그리고 무엇보다도, 담당하시는 직원분이, 아주 귀여우셨어요.

유튜브에서 들은 그 목소리가 떠올라 새삼 뒷덜미가 뜨끔해졌다.

등에 서늘한 벽이 닿았다. 어느새 지민은 벽에 등을 기대고 고개를 젖힌 채 유진을 올려다보고 있었다. 지그시 몸을 짓눌러오는 사람의 숨결이, 몸이 더웠다. 지민은 제 얼굴이 발갛게 달아오른 것을, 그리고 귀는 그보다 더 빨갛게 달아오른 것을 느끼고 눈을 내리깔았다.

"이 회관 CCTV 담당자가 지민 씨 맞죠."

유진은 짓궂은 표정으로 웃었다.

"알아서 잘 지워요."

그 말을 끝으로, 유진은 지민의 입술에 입을 맞추었다.

아침에 바르고 나온 체리향 립밤의 맛이 입속으로 밀려들었다. 바깥에서 한참이나 기다린 탓일까, 유진의 입술은 한껏 말라 있었다. 지민은 저도 모르게 유진의 입술을 격하게 핥았다. 스치고, 부벼지다가 가만히 깨물리는 입술의 감촉은 생경했고, 뜨거웠다. 문득 머릿속으로 서늘한 바람이 분 것처럼 정신이 돌아왔다.

"뭐 하는 거야."

물론 지금 이 회관 안에는 아무도 없긴 했다.

"여기 며칠 있다가 유진이 공연할 데예요."

"그래서요."

셔츠 깃 속으로 긴 손가락을 집어넣어 지민의 목덜미를 은근하게 쓸면서, 유진은 그렇게 대답했다.

"바흐는, 사실 재미는 없어요."

"……."

"길기도 더럽게 길어서 6번까지 연주 다 하려면 세 시간쯤 걸리고요."

"……."

"그래서 지금 이 순간으로, 그 시간 견딜 건데요."

유진은 슬쩍 지민의 몸에 제 몸을 기대고, 허리를 꽈악 끌어안았다.

"나 많이 참았어요. 어제부터 지금까지. 지민 씨 새파랗게 질려서 도망치듯이 나가버릴 때 쫓아가서 안아버리고 싶었어요. 첼로하는 사람한테 등 보이는 건 안아달라는 말이거든요."

지민은 눈을 감았다. 그 눈가에 저도 모를 물기가 맺혔다. 이런 순간에 울 일이냐, 하고 스스로 책망했지만 어쩔 수 없었다. 지금 이 순간이 그의 진심임을 알았기에 더욱 그랬다.

"울어요?"

"……."

"왜 울어요?"

"억울해서."

지민은 입술을 지그시 깨물었다.

"어차피 금요일에 공연 마치면, 유진은 떠날 거잖아."

이번 공연도 3년 만에 한국에서 열리는 거라고 했다. 그리고 앞으로도, 그만큼의 시간 동안 이미 공연 스케줄이 전부 차 있다고 들었다. 그의 스케줄이 어떤지 정확히 알지는 못하지만, 거의 대부분을 외국에서 지내기 때문에 한국에는 머물러 있을 집조차 한 채 없다고 이미 말했다.

그렇게 꽉 차버린 인생에, 자신이 비집고 들어갈 바늘구멍만 한 틈이라도 있을까.

"그런 사람한테, 이렇게 혼자 정신 못 차리고 넋 빠져 있는 게 억울해서."

유진의 눈동자에 쓸쓸한 기색이 감돌았다. 그렇게나 애틋하고 가슴 아픈 표정을 하면서도, 그는 빈말로라도 그게 아니라고 말해주지 않았다. 그것조차 너무나 그다워서, 지민은 고개를 숙인 채 신 끝으로 부질없이 바닥만 툭툭 쳤다.

"대신에."

그의 첫 말은 그거였다. 아니라는 부정이 아니라. 일단 지민의 말을 다 인정한 이후에라는 의미로.

"금요일까지는."

유진은 고개를 숙인 지민의 턱을 들어 눈을 맞추었다.

"나는, 머리부터 발끝까지 전부 자기 건데."

지민은 고개를 들고 유진을 쳐다보았다. 어처구니없으면서도 서글프고, 그러면서도 심장의 어느 한구석이 간질거리는 그 대답이야말로 그의 진심이었다.

그를 탓할 수는 없었다. 애초에 그와 자신은, 살아가는 좌표의 평면 자체가 달랐으므로. 내게 이 사람이 어느 날 갑자기 찾아온 손님이었듯, 이 사람의 인생에 자신 또한 그럴 거라고 지민은 생각했다.

그런 거라면, 너무 억울해할 필요는 없을지도 모른다.

"겨우 일주일 동안?"

"일주일씩이난데."

유진은 지민의 살짝 벌어진 입술에 짧게 입을 맞추었다.

"나를, 이유진을 머리부터 발끝까지 일주일이나 가질 수 있는 사람은 세상에 지민 씨 하나밖에 없을 거예요."

"……."

"지금까지도, 앞으로도."

지민은 천천히 눈을 깜박였다. 그냥, 눈가가 조금 촉촉해진 정도로만 그치기를, 눈치 없는 눈물이 얼굴로 새어 나와 기껏 털어내버린 축축하고 음울한 감정이 또다시 스며들지 않기를, 지민은 진심으로 바랐다.

"말은 잘해."

"그 말은 민 실장님한테서 자주 듣던 말인데."

"틀린 말 하는 사람 아니라며."

"그건 맞아요."

유진이 물은 적이 있었다. 어떻게 피아노를 그만둘 용기를 낼 수 있었냐고. 그 말에, 그렇게 대답했었다. 용기가 있었던 게 아니라, 내가 택할 수 있는 길이 그것뿐이었다고. 이왕 그런 거라면 덜 열심이었던 척했을 뿐이라고. 그래야 그 이후의 내가 덜 비참할 수 있기에.

그리고 그건, 유진에게도 마찬가지일지 몰랐다.

"좋아요."

지민은 고개를 끄덕거리고 말했다.

"일주일 엔조이. 오케이?"

"엔조이?"

"내가 딱 금요일까지만 만나줄게요. 그 후로는, 질척거리기 없기예요."

"……."

"새벽 두 시에 자냐고 문자질 하지 말고, 술 먹고 전화하지 말고, 아프다고 전화하지 말고, 카톡 프사 상메 보고 애인 생겼냐고 집착질 하지 말고."

그렇게 선을 그으니, 오히려 마음이 편해졌다. 금요일까지만 내 것이라고. 생각해보면, 그것도 그리 나쁘지는 않았다. 누가 이 사람을, 일주일 동안이나 머리부터 발끝까지 다 소유할 수 있겠느냐고.

"대신에."

지민은 눈을 감고, 자신을 바라보는 유진의 입술에 입을 맞추었다.

"내가 부르면, 언제 어디 있더라도 와야 돼요."

금요일까지는.

나의 첼로님.

사람은, 귀찮다고 숨을 쉬지 않을 수는 없다. 유진에게 첼로란 그런 것이었다. 숨을 쉬듯, 소리를 듣듯, 뭘 어떻게 한다는 의식조차 없이 만지게 되는 어떤 것. 악기라기보다는 차라리 몸의 일부에 가까워진 것. 그에게 있어, 지금껏 살아온 인생 중 4분의 3을 바친 첼로라는 것은 그런 존재였다.

유진은 표정 없는 얼굴로 바흐의 무반주 첼로 모음곡 1번을 켜고 있었다.

첼로를 만지면서 연주한 곡들은 셀 수도 없이 많지만, 그중에서도 가장 많이 연주한 곡이 바로 이 곡이었다.

바흐의 무반주 첼로 모음곡은 첼리스트들 사이에서는 일종의 '구약성서'로 통했다. 딱히 연습할 일이 없어도, 공연에서 연주할 일정이 없어도, 첼로를 들고 앉으면 습관처럼 연주하게 되는 그런 곡이었다. 그러나 그렇게나 많이 연주했음에도 불구하고, 그 곡은 언제나 어렵고 두려웠다. 조금도 익숙해지지 않았고, 조금도 만만해지지 않았다. 그에게 있어 바흐는, 아버지와도 한참 나이 차이가 나는 엄한 백부 같은 존재였다. 그 앞에서는 차마 숨조차 크게 쉴 수 없을 만큼.

"유진."

언제 들어왔는지, 아니 실은 이미 한참 전부터 들어와 있는 걸 알고 있었던 민 실장이 뒤에서 말을 걸어왔다.

"음이 좀 변했네."

민 실장은 유진이 첼로를 켜는 동안에는 말을 걸지 않는다. 그녀가 연주를 끊고 말을 거는 것은 그만큼 중요한 일이거나, 혹은 유진의 첼로가 지극히 마음에 들지 않을 때뿐이었다. 지금은 아마도 후자인 것 같았다.

민 실장도 원래 첼로를 하던 사람이었다고 들었다. 그녀에게도 지민과 비슷한 사정이 있는지 어떤지, 유진은 거기까지는 몰랐다. 그러나 최소한 그녀는 음악에서 '도망친' 것은 아닌 것 같았다. 이따금 지금과 같은 순간에서 유진은 그런 것을 느꼈다.

"소리가 묘하게 끈적해졌어."

유진은 피식 웃었다. 오늘 아침부터 몇 시간째 내내 이 곡만을 연주하고 있는 중이었다.

끓어오르는 마음을 누르기라도 하듯이. 사람을 사랑하는 죄를 지은 사제가 제단에 나가 내 탓이요, 내 탓이요, 내 큰 탓이로소이다 하는 기도문을 외며 가슴을 치듯이. 그럼에도 불구하고, 한번 흔들리기 시작한 그의 마음은 이미 이 오래된 첼로의 현 위에, 수복할 수 없는 생채기를 남기고 지나간 모양이었다.

"무슨 일 있었니?"

"무슨 일 있게나 해줘요?"

"나는 그렇다고 생각하는데."

유진을 바라보는 민 실장의 얼굴에는 감정 없는 엷은 미소가 떠올랐다.

"너는 늘 그 틈을 뚫고 나가서, 이런저런 사고를 쳐대잖아."

유진은 민 실장을 그다지 좋아하지 않았다. 그리고 그건 아마도 그녀 또한 마찬가지일 것이라고 그는 생각했다.

민 실장이 자신에 대해 도대체 어디까지 알고 있는지, 얼마만큼 알고 있는지, 유진은 알 수 없었다. 그것은 그녀에게 가지는 여러 가지 본능적인 거부감 중에서도 가장 큰 부분을 차지했다. 지민과의 일만 해도 그랬다. 그걸 다 알고 저렇게 말하는 것인지, 아니면 모르고 하는 말인지, 이미 7년 넘게 같이 일하고 있지만 도무지 갈피를 잡을 수가 없었다.

"무슨 일인지 모르겠는데."

민 실장은 아무런 감정도 섞이지 않은 목소리로 말했다.

"그 끈적한 기운은, 좀 빼는 게 좋지 않니?"

"……."

"바흐에는 안 어울리는데."

"고상하고, 점잖고, 금욕적인 바흐는 많잖아요."

유진은 목소리를 내리깔고 대답했다.

"나까지 그럴 필요가 있어요?"

"그게 가장 바흐답긴 하잖아."

"나다운 게 뭔데."

유진은 툭 내뱉듯 말하고, 민 실장을 돌아보았다.

"바흐가 살아있었으면, 딱 그 말 했을 거 같은데."

"이번 공연에서 무반주 첼로 모음곡 전곡 하겠다고 한 건 너야."

민 실장은 학생에게 정답을 짚어주는 선생님처럼 대답했다.

"적지 않은 돈을 내고 그 연주회에 오는 사람들에게는, 그 사람들이 기대하는 바흐를 들을 권리가 있어. 네게는 그 사람들이 기대하는 바흐를 연주해야 할 의무가 있고."

"그러니까!"

유진은 가만히 어깨를 으쓱거렸다.

"내가, 내 첼로가 어떤 식인지는 다들 알 만큼 알잖아요. 내가 남들하고 좀 다르게 바흐 한다고 뭐라고 그럴 사람 같으면,

굳이 안 올 거 같은데."

"너."

민 실장은 대뜸 그렇게 물어왔다.

"정말로, 무슨 일 있었니?"

"무슨 일요."

"이를테면 연애라도 시작했다든가."

민 실장은 무덤덤하게 덧붙였다.

"그런 쓸데없는 짓 하지 말랬지. 한참 때라 피가 끓으면 차라리 나한테 말을 해. 내가 적당한 상대를 구해줄 테니까. 음악은 연주자의 영혼을 담아내. 네가 흔들리면 네 첼로도 따라 흔들려. 그러니까 방금 같은 그런 속된 소리가 나는 거야."

유진은 말없이 민 실장을 향해 들고 있던 활을 내밀었다.

"뭐 하는 거야?"

"실장님이 해요. 이번 공연, 나보다 더 잘하겠네."

"이유진!"

"실장님이 대신 공연 나갈 거 아니면 잔소리 적당히 해요. 짜증 나려고 그러니까."

그녀의 말에 이렇게까지 짜증이 난 이유는 간단했다. 없는 말이 아니었기 때문이었다. 방금 그 첼로는, 바흐에 어울리지 않았다. 활이 지나가는 현 하나하나에, 지민에 대한 갈망이 묻어 있었다. 아무래도 당신을 좋아하는 것 같다는 말을 듣던 순간 그 얼굴에 번져나가던 숨길 수 없는 동요와 흔들림. 그러나 기어이 아무런 대답도 하지 않고 도망치듯 자리를 떠나던 그 뒷모습. 우습게도, 지민에 대한 자신의 마음을 확신한 것은 정작 고백을 한 순간이 아니라 지민이 자신에게서 도망쳐 멀어지던 그 순간이었다.

유진은 활을 내리고 자리에서 일어섰다.

"어디 가?"

"바람 쐬러."

"또 거기 가?"

우뚝, 저도 모르게 발이 멈추었다.

"너무 정 주지 마. 뭐에든. 어차피 다음 주 금요일까지니까."

뭐라 말하려다 말고, 유진은 몸을 돌려 그대로 객실을 나갔다.

다음 주 금요일까지, 고작 일주일. 그에게 남은 시간은 그게 전부였다. 만난 지 며칠 만에, 인생의 4분의 3을 바친 첼로만큼이나 마음을 빼앗겨버린 사람에게 쏟아부을 수 있는 시간은. 그래서 머뭇거리고 서글퍼할 시간조차도 아까웠다.

어차피, 벗어날 수 없을 거라면.

대강당 문을 잠그고, 회관 출입문을 닫은 후 무인경비 시스

템까지 켜놓고 지민은 돌아서서 회관을 나왔다.

문득 옆을 돌아보다가, 함께 나란히 걷는 유진과 눈이 마주치고 지민은 뜨끔 놀랐다. 새삼스럽게.

"뭐 할까요?"

두근거리는 지민의 마음을 아는지 모르는지, 유진은 태평하게 물었다.

"맛있는 거 먹으러 갈까요."

"맛있는 거?"

"왜, 접때 그랬잖아. 돈도 많은 사람이 변두리 회관 말단 직원이나 뜯어먹으면 좋냐고."

근처 백반집에 가서 밥을 먹고, 자기가 계산을 할 때까지 모르는 척하던 유진이 떠올라 지민은 그만 파, 하고 웃음을 터뜨렸다.

"밥은 됐고."

지민은 고개를 저었다. 유진과 어디에 가서 무엇을 먹든 그 제육볶음을 같이 먹던 기억을 덮을 수는 없을 것 같았다. 그와 특별한 뭔가를 하고 싶지는 않았다. 너무나 특별한 기억은 너무나 쉽게 일상에서 유리되므로. 지극히 평범한 것, 누구나와 할 수 있는 것, 그러나 세상의 그 누구도 이유진과 쉽게 할 수는 없을, 그런 것을 하고 싶었다.

"데려다줘요."

"어디로?"

"어디긴. 집이지."

사귀는 사이라면, 으레 하는 그런 것들을.

"같이 버스 타고, 집까지 데려다줘요."

두 사람은 정류장에 나란히 앉아 버스가 오기를 기다렸다.

유진은 아무렇지 않은지, 콧노래를 흥얼거리기도 하고 버스 번호가 표시되는 LED 판을 보면서 우리가 탈 버스가 몇 번인지 물어보기도 했다. 되레 지민이 그 곁에 앉아 안절부절못했다. 혹시나 버스를 기다리러 오는 사람들이 유진을 알아보거나, 그래서 귀찮게 굴거나, 지나치게 들러붙거나 할까 봐. 그러나 이 소슬한 버스 정류장을 스쳐 간 몇 안 되는 이들 중에 유진을 알아보는 사람은 아무도 없었다.

10분쯤 기다리자, 버스가 왔다.

먼저 올라탄 유진은 성큼성큼 제일 뒷자리로 갔다. 그렇게 가놓고는, 자리엔 앉지도 않고 지민이 오기를 기다렸다. 그녀를 창가에 앉히고서야 그 옆에 털썩 앉았다. 자리가 없을 때 말고는 어지간하면 제일 뒷자리에 앉지 않는 터라, 버스의 덜컹거림은 낯설었다.

뭔가 할 말이 있을 것도 같은데, 아무 말도 나오지 않았다. 흘끗 쳐다보다가 유진과 눈이 마주치자 지민은 얼른 시선을 돌렸다. 얼굴은 꽤나 자주 보고 있고 심지어 오늘은 키스까지 했지만, 아직도 그의 존재는 낯설고 놀라웠다.

유진이 가만히 손을 뻗어 무릎 위에 어색하게 얹힌 지민의 손을 쥐었다.

가만히 깍지를 끼고, 손가락 사이사이를 파고들어 얽었다. 손가락이 길고, 마디가 다부지게 불거진 그 손은, 제법 선이 곱고 예쁘기도 했으며 달리 보면 남자다운 손이기도 했다. 신기하다는 듯 제 손을 내려다보는 지민의 손바닥을, 유진의 엄지손가락 끝이 가만히 훑어내려 지나갔다.

대여섯 정거장만큼의 거리를, 그들은 그렇게 별다른 말도 없이 버스를 타고 흘러왔다.

"여기서 내려요."

지민의 눈짓에 유진은 아까처럼 앞장서서 뒷문 쪽으로 갔다.

하차 벨을 누르고, 교통 카드를 댔다. 요철이 진 도로를 지나면서 크게 출렁이는 바람에 두 사람은 서로 몸을 기댔다. 그 자세로 버스가 속도를 늦추고 문을 열어주기를 기다렸다.

지민이 사는 동네는 회관이 있는 곳보다 조용하고, 인적도 없었다. 토요일 늦은 오후, 한적한 거리는 간간이 지나는 사람들이 아니면 시간이 멈춘 것처럼 고요하게 가라앉아 있었다. 반대편 길모퉁이 핸드폰 가게에서 틀어놓은 노래 소절이 웅얼거리듯 들려왔다.

버스 정류장에서 지민이 사는 원룸까지는 그리 멀지 않았다. 길 양옆으로는 얼마 전 내려 채 녹지 않은 잔설들이 밀려나 있었다. 횡단보도를 두 개 건너고, 양옆으로 편의점과 부동산과 미용실과 안경점이 늘어서 있는 길가를 지나 안으로 들어섰다. 고만고만하게 생긴 원룸 건물 몇 개를 지나, 지민은 집 앞까지 유진과 함께 걸었다. 생각해보니, 이곳으로 이사 온 후로 집 근처까지 누가 함께 온 건 이번이 처음이었다.

"다 왔네."

지민은 무거운 짐을 내려놓은 것처럼 휴, 한숨을 쉬고 말했다.

"데려다줘서 고마워요."

뭘, 그런 걸 가지고. 그렇게 말하기라도 하듯, 유진은 주머니에 손을 찌른 채 어깨를 으쓱거렸다.

"그럼 이제, 어떡해요?"

"뭘 어떡해."

어느새 해가 많이 길어졌다고 지민은 생각했다. 불과 얼마 전까지만 해도 이 시간이면 캄캄했는데, 지금은 어스름히 넘어가는 해의 마지막 잔광이 아직 남아 있었다.

"가서 연습해요. 공연 일주일 남은 사람이 뭐가 이렇게 천하태평이야."

지민은 밉지 않은 얼굴로 눈을 흘겼다.

"우리 회관 후진데, 후진 거 맞는데, 그런 데서 하는 공연이라고 대충 하면 혼나요."

"대충 안 해요."

유진은 능청스레 웃었다. 그러나 그 목소리는 진지했다.

"내가 지금까지 한 공연 중에, 대충 한 공연 한 번도 없어요. 이번도 마찬가지고."

그럴 거라고 지민은 생각했다. 그러니 더더욱, 이쯤에서 훼방꾼은 퇴장해야 했다.

"조심해서 가요. 전화할게."

"나 진짜 가요?"

"그럼요."

"우리 겨우 일주일 엔조인데."

순간, 울컥 속이 뒤틀렸다. 분명 그 말을 꺼낸 건 자신이 먼저였는데도.

기어들어가는 목소리로 그 말을 하는 유진의 눈매가 어쩐지 쓸쓸해진 것이, 우습게도 흐뭇했다. 이 사람에게도 그렇게나 아무렇지 않은 건 아니구나 하는 생각에.

"내가 가지 말라면."

지민은 물끄러미 유진을 쳐다보았다.

"안 갈 거예요?"

"안 가요. 지민 씨가 가지 말라면."

똑바로 자신을 보는 눈은 촉촉하게 빛나고 있었다.

"약속했잖아. 나는, 금요일까지는 지민 씨 거예요."

아무리 그렇다고는 해도.

지민의 입술이 힘겹게 달싹거렸다.

"내가 이렇게까지 말하는데."

그러고 보니 가지 말라는 말을 유진은 이미 자신에게 했다. 그에게는 쉬웠을까. 내게는 이렇게나 어려운 그 말이.

"좀, 안 잡아줘요?"

지민이 사는 방은 4층에 있었다.

이 건물에는 엘리베이터가 없다. 그래서 1층부터 4층까지 가파른 계단을 한 칸 한 칸 걸어 올라가야 했다. 지금껏 그런 것을 한 번도 부끄럽다고 생각해본 적은 없었다. 지금 그와 함께 올라가기 전까지는.

4층까지 짧지 않은 계단을 오르며, 지민은 저도 모르게 몇 번이나 뒤를 흘끔흘끔 돌아보았다.

"저기."

집 앞에 도착해 문을 열려다 말고, 지민은 홱 뒤를 돌아보았다.

"방 엄청 후져요. 거기다가 혼자 사는 집이라 엉망인데, 뭐라 그러기 없기."

유진은 팔짱을 끼고 은근한 미소만 짓고 있을 뿐이었다.

"됐고 문이나 열어요."

그 말을 듣고도 두 번 세 번 망설이다가 지민은 마지못해 비밀번호를 눌러 문을 열었다.

불을 켜자마자 지민은 숙제 검사라도 받는 학생처럼 잽싸게 안으로 들어갔다.

유진은 낯선 화가의 그림이라도 보듯, 현관에서 한 발 안으로 들어온 곳에 서서 찬찬히 실내를 훑어보았다.

"뭘 그렇게 봐요."

"뭐가 후진가 싶어서."

유진은 눈을 가늘게 뜨고 지민을 쳐다보았다.

"뭐가 후진데. 나 미국 살 때 있었던 집보다 훨씬 좋은데요."

"거짓말."

"진짜예요."

유진은 방 안으로 성큼 들어와 침대에 걸터앉더니 긴 다리를 쭈욱 뻗었다. 그는 새삼 신기해하는 눈으로 천정과 벽, 바닥, 방 구석구석을 살펴보았다.

"처음에 엄마하고 미국 갔을 때는 뭐 막 그렇게 좋지는 않아도 그럴듯한 아파트 하나 얻어서 살았는데, 엄마가 사기를 당했어요. 한국 사람한테. 그래서 집 날리고, 들고 간 돈도 거의 다 날리고, 집에서도 쫓겨나 도망치듯이 길거리로 나왔어요."

지민은 말없이 유진의 옆에 앉았다. 그의 입에서 나오는 이런 이야기들은 생경했다. 비단 이 일이 있기 전까지는 '이유진'을 잘 몰랐기 때문이 아니라, 그 누구에게서도 들은 적이 없는 이야기였으므로.

"그렇다고 길바닥에서 잘 수는 없으니까, 쉐어하우스라 그러나? 그 왜 방만 따로 쓰고, 화장실 주방 이런 거는 다 같이 쓰는 그런 데 있잖아요. 그런 집으로 갔어요. 빈민가에 있는 되게 오래된 집이었는데, 심심하면 바퀴벌레 나오고, 쥐 나오고, 아, 진짜 쩔었어요. 내가 그 집에서 몇 달 살다가 데여가지고, 아직도 벌레라면 질색팔색을 하잖아. 덩치는 산만 해가지고."

말끝에, 뭐가 그렇게 우스운지 유진은 연신 피식거렸다.

"같이 살던 사람들이, 지금 생각해보면 다 어디 수배당하고 도망 다니는 사람이거나, 마약 파는 사람이거나, 여튼 질 안 좋은 사람밖에 없었어요. 그런 집에서 첼로 연습은 꿈도 못 꾸는 거였고. 뭔 소리만 나면 다른 방 사람들이 뛰쳐나와 방문 확열고 막 뭐라뭐라 해요. 무슨 말인지는 정확히 모르는데, 그게 욕인 거는 귀신같이 알겠더라고. 그래서 집 안에는 있지도 못하고 하루 종일 옥상에서 연습을 했어요. 엄마는 식당에, 세탁소에, 뭐 안 해본 일 없이 아침부터 밤까지 일하러 다녔고요."

거기까지 말해놓고, 유진은 그제야 옆에 앉은 지민을 돌아보았다.

"거기 비하면 궁전인데."

그런 사정을 태연하게 늘어놓으니 할 말이 궁했다. 지민은 대답 대신 유진의 손등에 살포시 손을 얹었다.

"뭐 그렇게 사연이 많아요. 안 그렇게 생겨서."

"그죠. 내가 생긴 거는 이슬만 먹고 컸을 거 같이 생겼잖아."

그렇게 말해놓고 우스웠던지 유진은 풉 하고 웃음을 터뜨렸다.

"연습한다고 옥상에 올라가서…… 진짜 연습한 시간보다 혼자 운 시간이 더 많았을 거예요. 엄마 아빠 이혼한 거, 엄마 고생하는 거, 사기당한 거, 그게 전부 나 때문인 거 같아서 진짜 많이 울었어요."

"힘들었겠다."

"내가 그랬잖아요. 나는 나밖에 모른다고."

유진은 제 손등 위에 얹힌 지민의 손등을 가만히 쓸었다.

"내가 나밖에 모르는 놈이 아니었으면 그때 첼로 그만뒀어야 돼요. 그런데 그렇게 맨날맨날 울면서도 첼로 그만 안 뒀어요. 싹수가 노랬지."

거기까지 말하곤 유진은 눈을 감은 채 고개를 쳐들면서 커다랗게 숨을 들이쉬었다.

"방에서 지민 씨 냄새 나요."

"내 냄새가 어떤 건데?"

"있어요. 좋은 냄새."

유진이 갑자기 몸을 움직였는데, 지민은 뭐가 어떻게 된 건지도 모른 채 그의 팔에 감싸여 침대 위로 드러누웠다.

"울 자기 한 번만 안아볼까요."

일주일 엔조이. 언제 어떻게 곱씹어도 가슴 아픈 말이었다. 그러나 처연한 그 말조차도, '자기'라는 별것도 아닌 단어의 달콤한 울림을 지우지는 못했다. 지민은 꿈틀거리며 유진의 품속을 파고들었다. 유진은 마음에 드는 인형이라도 껴안듯, 지민을 끌어안고 그 이마에 입술을 파묻었다.

"지민 씨."

"응."

"있잖아요."

유진은 속삭이듯 말했다.

"핸드폰 갖다 버리고, 이대로 잠수 타버릴까요."

"무슨 소리예요."

"여기 숨어가지고, 지민 씨 벌어다 주는 돈 가지고 밥이나 축내면서 살까."

하마터면 그래요, 하고 대답할 뻔했다.

지민은 유진의 품속에 묻었던 고개를 들었다. 아슬아슬하게 눈이 마주쳤다. 그 눈은 담담했고, 차분했다. 없는 말을 하는 눈이 아니라는 것을 알 수 있어서, 묘하게 더 마음이 아팠다.

"마음에 없는 소리 진짜 잘해."

결국 지민은 그렇게 대답하고는 유진의 팔을 한 대 찰싹 때렸다.

　"누가 마음에 없는 소리래. 마음에 있는지 없는지 지민 씨가 어떻게 알아요."

　"뭐 볼 거 있다고 여기 숨어서 밥이나 축내며 살고 싶대. 그리고 밥을 왜 축내요? 여기서 살 거면 자기 먹을 거는 벌어야지."

　"나는 첼로 하는 거 말고는 할 줄 아는 게 아무것도 없어서 안 돼요."

　"그래서 변두리 문화회관 말단 직원한테 빈대 붙으려고?"

　"빈대…… 와, 울 자기 진짜 매정하다. 나 상처 받았어요."

　"받아요. 하나도 안 무섭다."

　"진짜?"

　지민의 눈을 쳐다보는 눈이 형광등 불빛에 비쳐 한순간 빛났다.

　"내가 오늘 무슨 짓 할 줄 알고 안 무서워요?"

　"……."

　"여기 지금 우리 둘뿐인데? 응?"

　아……. 거짓말처럼 입속이 말라버렸다.

　지민은 대놓고 입을 삐죽거렸다. 반쯤은 농담 같은 말 한마디에 벌써 흔들리고 있는 걸 눈치채게 하고 싶지 않았다. 지민은 가만히 입속의 연한 살을 물어 씹었다. 오래 버티지는 못할 것을 알았지만, 그래도 이렇게 속절없이 무너지기는 싫었다.

"뭐, 어쩔 건데."

그녀는 의연하게 보이려 턱까지 쳐들고 물었다.

"잡아먹기라도 하게?"

"그래볼까 싶은데."

"뭐래."

일부러 이죽거렸다. 벌써부터 뛰기 시작한 가슴이 들킬까 봐. 달뜨기 시작한 숨을 들킬까 봐 지민은 입술을 꾹 다물고 호흡을 삼켰다. 그러나 유진은 이미 그런 건 다 알고 있다는 듯이, 서슴없이 밀고 들어와 지민의 입술을 핥았다. 저도 모르게 눈을 감았다. 맥없이 벌어진 입술 사이로 유진의 윗입술이 물렸다. 부딪히듯 스쳐 가는 입술은 달고 보드라웠다.

"지민 씨는 어제 그러고 나가서 밥 먹었어요?"

"응."

"나는 아침에 빵 한 조각 먹고 하루 종일 굶었는데."

"왜 밥을 안 먹어."

"이렇게 차이는구나 생각하니까 막 가슴이 아파서."

움찔, 어깨가 떨렸다. 유진은 지민의 어깨에 턱을 괴고 귓불을 지그시 깨물었다. 뜨거운 숨이 귓전으로 고스란히 흘러들어와 지민은 저도 모르게 허리를 뒤틀었다. 벌어진 입술 사이 새어 나오는 숨이 이미 더워지고 있었다.

유진은 지민의 몸 위에 반쯤 몸을 겹치고 손목을 잡아 꾸욱 눌렀다. 그리고 눈 한 번 깜빡이지 않고 지민의 얼굴을 쳐다보았다. 억지로 시선을 맞추어 보다가, 결국 지민은 고개를 돌려 눈을 피했다. 그 바람에 드러난 목덜미를 유진이 그윽하게 깨무는 바람에 달뜬 신음을 흘리고는 흠칫 놀라 입술을 깨물었다.

"한 가지만 대답해줘요."

지민은 가쁜 숨을 몰아쉬며 물었다.

"도대체 언제부터 이러고 싶었어요?"

유진은 얼른 대답을 하지 않았다. 목덜미에 쉴 새 없이 입을 맞추고 핥는 바람에, 지민은 저도 모르게 허리를 들썩였다. 거칠어진 숨을 몰아쉬며, 유진은 짤막하게 대답했다.

"며칠 전에."

"……."

"회관에 갇혔던 날."

"……."

"지민 씨랑 쇼팽한 날."

"……."

"그때부터."

피식, 그제야 어쩔 수 없는 웃음이 새어 나왔다. 어쩌면 이미 그때부터 이런 순간이 올 것을 예감하고 있었던 게 아닐까.

서투르게, 희미한 기억을 더듬어 피아노를 한 음 한 음 쳐내려가던 그 시간, 손목을 잡아당기던 첼로의 음률에 저도 모르게 뺨이 달아오르던 것을 기억하고 있었다. 그날 그 강당이 어두워서 다행이라고 생각했던 것을, 알 수 없는 설렘에 가슴이 두근거리던 것을 기억하고 있었다.

기억만이 아니었다. 자신은 그날, 유진에게 제 모든 것을 이미 오픈해버린 셈이었다. 지금의 이 순간은, 이미 그때 결정된 것이나 다름이 없었다. 돌아온 새벽에 괜히 그런 꿈을 꾼 게 아니었다. 어쩌면 미처 기억하지 못하는 그 꿈의 나머지 속에서, 자신은 이미 유진과 잤을지도 모른다고 지민은 생각했다.

"라 캄파넬라 칠 줄 알아요?"

"대충."

"첼로 말고, 피아노."

"아니."

유진의 대답은 짧았고, 명료했다. 그러나 뒤따라오는 입맞춤은 길었고, 집요했다. 온몸을 훑어가는 손길에, 입술에 지민은 저도 모를 신음을 흘리며 눈을 감았다.

"그건 왜요."

"그냥. 궁금해서."

"이런 타이밍에 그런 게 왜 궁금해요. 안 되겠네."

까슬한 유진의 뺨이 명치 언저리에 닿았다. 온몸에 소름이 끼쳐 지민은 몸을 옆으로 틀어 모로 누웠다. 기다렸다는 듯, 유진은 지민의 얼굴 옆으로 두 손을 짚고 빨갛게 달아오르기 시작한 지민의 귓불을 깨물었다.

그 감각도 감각이려니와 귓전으로 밀려드는 거친 숨소리에 눈이 멀어버릴 것 같았다. 지민은 저도 모르게 비명을 지르며 몸을 웅크렸다.

"그날, 꿈에서."

지민은 할딱거리며 가까스로 입을 열었다.

"당신이, 라 캄파넬라 치는 걸 봤어요."

"……."

"설레었어."

"……."

"가슴이 두근거려서, 자다 깼어."

유진은 고개를 들어 지민을 내려다보았다.

아래로 쏟아진 머리칼이 커튼처럼 그의 얼굴을 가렸다.

지민은 힘이 빠진 손을 천천히 들어 머리칼을 걷어 이마 뒤로 넘겼다. 꽤나 자주 봤다고 생각했는데, 그래서 잘 아는 얼굴이라고 생각했는데, 이렇게 보는 그의 얼굴은 또 새로웠고, 낯설었다. 오늘 처음 보는 사람처럼.

"유진."

뺨을 만지고, 턱 아래로 손을 뻗어 도톰한 울대가 자리한 목을 쓸었다. 몸을 숙인 바람에, 옷 속에 감춰져 있던 은 펜던트가 달린 목걸이가 쏟아지듯 드러났다. 지민은 그 목걸이의 체인을 손으로 감아쥐고, 유진의 얼굴을 제 얼굴 바로 앞까지 끌고 왔다.

"날 더 설레게 해봐요."

그 말에, 유진은 표정이 진지해졌다. 그는 자신의 목걸이 체인을 잡아챈 지민의 손가락에 간지럽도록 입을 맞추고, 지민이 움찔 놀라 목걸이를 놓은 틈에 귀 옆으로 손을 짚고 내려다보았다.

"어렵네요."

그는 속삭이듯 말했다.

"어떡하면 설레지."

그는 지민의 골반을 끼고 앉은 채 티셔츠를 벗었다. 조금 굵다 싶은 목덜미 아래로 벌어진 어깨 라인이 곧게 잡힌 몸이 드러났다. 그 몸은 아무리 봐도 음악 하는 사람 같지는 않았고, 무용이나 발레를 하는 다부진 몸에 가까워 보였다.

"좀 설레요?"

지민은 대답 대신 손끝으로 유진의 몸에 난 살결과 굴곡을 따라 가만히 라인을 그렸다.

"음악 하는 사람이 왜 쓸데없이 몸이 이렇게 예뻐요?"

"첼로 무거워요. 그거 감당하려면 이 정도는 돼야지."

유진은 지민의 몸 위로 숙여 그녀의 셔츠 단추를 하나 풀었다. 그러나 지민은 몸을 뒤틀며 벌어지려는 셔츠를 여몄다.

"싫어."

"왜."

"내 몸 안 예뻐요."

딱히 살이 쪘다거나 한 건 아니었다. 그러나 늘 앉아서 일하는 데다 몸에 신경을 쓰지 못한 지가 한참이라, 아무래도 자신이 없었다.

"예쁜지 안 예쁜지는 내 맘이니까 일단 벗어요."

"싫어요."

"이상하게 사람 건드리네."

싱긋 웃는 그 입꼬리가 묘하게 삐딱해지는 것을, 지민은 마른침을 꿀꺽 삼키며 멍하니 쳐다보고 있었다.

"벗어요. 좋은 말 할 때."

"싫어요."

"싫은 게 어딨어. 남은 벗겨놓고."

발버둥을 치는 통에 비어져 나와 들린 셔츠 자락 틈으로 손이 들어왔다. 파르르 떨리는 속살을 은근하게 쓰다듬었다. 등줄기를 움켜쥐는 손아귀의 악력에 턱을 쳐드는 사이, 유진은 벌어진 지민의 품속으로 밀고 들어와 무방비하게 늘어진 지민의 셔츠 단추를 두세 개 풀고 벌어진 속살에 입술을 댔다. 꾹 다문 입술 사이로 채 다 삼키지 못한 신음이 빗물처럼 흘러내렸다.

유진은 깜빡이는 지민의 눈꺼풀 위에 차례로 입을 맞추고는 들먹이는 등 밑으로 팔을 둘러 그녀의 몸을 껴안았다.

몸을 타고 오른 사람의 무게가, 부피가 그득하게 가슴을 내리눌렀다. 살과 살이 맞붙어 거칠게 쓸렸다. 귓가에 다가온 유진의 숨결이 달고도 아득하게 정신을 울렸다.

지민은 떨리는 손끝으로 유진의 등줄기를 쓸었다. 손끝에 밀려나는 사람의 살갗은, 따뜻하기도 하고 시리기도 했으며, 꿈 같기도 하고 너무나 생생해 어이가 없기도 했다.

"해요."

가슴이 짓눌려 숨이 넘어갈 것 같은 목소리로, 지민은 속삭였다.

"뭐든. 당신 마음대로."

대답 대신 입속으로 넘어오는 유진의 혀끝을 느끼며 지민은 눈을 감았다.

앞으로 뭐가 어떻게 될 건지, 그런 건 생각하고 싶지 않았다. 그냥, 오늘 밤, 이 순간만은, 품 안 가득 들어와 안긴 이 사람은 온전히 자신의 것이었다. 그 누구도 빼앗아갈 수 없는.

〰〰

이불 밖으로 드러난 어깨는 금세 차가워졌다.

지민은 손을 뻗어, 유진의 머리칼을 손끝에 휘감았다.

언제나처럼 비현실적이면서도, 또 더없이 현실적인 얼굴로 그는 거기 그렇게 누워 있었다.

새끼 고양이가 털실 뭉치로 장난을 치듯, 제 머리칼을 손끝에 감았다 풀었다 하는 지민을 물끄러미 바라보며 그는 한동안 아무 말도 하지 않았다.

"늦었네."

지민은 손을 뻗어 핸드폰 시계를 들여다보았다.

"열 시도 넘었다."

"그러게. 뭘 했다고 시간이."

뭘 하긴. 집에 와서 지금까지 둘은 미친 듯이 서로 탐닉했다. 적당히 어수선하고 적당히 허름한 지민의 방이어서 더 그랬는지도 몰랐다. 잠시나마, 앞으로 3년 치의 연주 스케줄이 다 찬 첼리스트와 공연장 담당자가 아닌 별로 가진 것 없는 20대의 평범한 연인이 된 것 같은 기분이었다.

"안 찾아요?"

"누가요."

"민 실장님이라든지."

유진은 피식 웃었다. 그 웃음은 어딘가 삐딱했다.

"다 알걸요. 내가 어디서 뭐 하고 있는지."

"……"

"그 아줌마는, 뭐 물론 돈 받고 하는 일이 그거기는 한데, 취미가 내 뒤밟는 거고 특기가 내 뒷조사하는 거예요. 지금도 나여기 있는 거 다 알아요. 그러니까 전화 한 통이 없지. 너 어디 있는지 다 아니까 알아서 들어오라는 거예요, 지금."

"그러면서 핸드폰 갖다 버리고 잠수 탄대?"

"하기는 그러네."

유진은 어이없어하며 웃었다. 지민도 허탈하게 따라 웃었다. 그러나 웃음소리는 오래 가지 못했다. 언젠가 유진에게서 인생 쉽게 산다는 말을 듣고 화가 났을 때, 민 실장이 그에 대해 대신 사과를 한 일이 있었다. 어쩌면 그것도, 유진을 통해서가 아닌 그녀만의 방법으로 두 사람이 나눈 이야기를 엿들은 건지도 모르겠다는 생각이 들었다.

"민 실장님 원래 첼로 하던 사람이에요."

"그래요?"

"응, 그렇다고 들었어요. 본인한테 직접 들은 건 아니지만."

유진은 천천히 고개를 끄덕였다.

"워낙에 공사 구분 칼 같은 사람이라서 한 번도 자기 속내 비친 적은 없는데, 몇 년 전인가 술 먹고 딱 한 번 그렇게 말한 적이 있어요. 너는 남들 못 가진 재능을 가졌으면 남들보다 더 열심히 살아야 되는 거 아니냐고. 왜 그렇게 매사 대충이냐고."

유진은 가만히 입을 다물었다가 덧붙였다.

"너 같은 놈들 때문에, 노력밖에 할 게 없는 수많은 사람들이 얼마나 피눈물을 쏟는지 알긴 하냐고."

"그건 좀 아니다."

지민은 대뜸 나서듯 대답했다. 한편으로, 그녀가 어떤 마음에서 그런 말을 했는지 조금은 알 것도 같았다. 역설적으로 지민은 그런 면 때문에 그에게 빠져버린 것이기도 했지만.

"아침에 연습하는데, 첼로 소리 듣더니 바로 그러대요. 소리 끈적해졌다고. 섬뜩했잖아. 왜 귀명창이라는 말 있죠. 민 실장님이 그래요. 소리 요만큼만 달라져도 귀신같이 알아요. 본인이 첼로를 했으니까 그런 거지. 생판 모르는 사람이면 아무리 나 감시하는 게 자기 일이라도 그렇게까지 눈치 빨리 못 채거든요."

소리가 끈적해졌다…….

지민은 입을 다문 채 유진을 바라보았다. 만약 자신 때문에 그의 첼로가 변하고 있다면 이건 좋은 걸까, 나쁜 걸까.

"그래도 괜찮은 거예요?"

지민은 조심스레 물었다.

"소리 변해도."

"괜찮고 안 괜찮고가 어딨어요. 그냥 그런 거지."

유진은 딱 잘라 그렇게 말했다.

"가수가 노래를 불러도 담백하게 잘 부르는 사람이 있고 꼬고 틀고 하면서 잘 부르는 사람이 있잖아요. 뭐가 낫고 뭐가 못하고 그런 게 어딨어요. 그냥 그렇다는 건데.”

“그래도.”

“그런 거 아니라니까. 내가 다른 건 몰라도 첼로 가지고는 거짓말 안 해요. 말했죠. 나는 나밖에 몰라요. 지민 씨 만나서, 그게 내 첼로를 망친다고 생각 들었으면 이렇게 미친놈같이 안 쫓아왔어요. 알잖아요.”

지민은 진심으로 고개를 끄덕였다. 그것 하나만은 불행 중 다행이었다. 유진은 아마도, 지민을 위해 첼로를 포기할 사람이 아니라는 것. 그래서 그가 괜찮다고 하는 말을 액면 그대로 믿어도 된다는 것. 그것 하나만은.

“그래, 알았어요. 믿을게요. 근데, 이제 가봐요.”

“어딜.”

“연습하러.”

지민은 물끄러미 유진을 바라보았다.

“일주일 엔조이 때문에 아티스트 경력에 오점이 남으면 안 되잖아.”

일주일 엔조이든, 아니면 정말로 사랑하는 사이든, 자신 때문에 유진의 공연을 망칠 수는 없었다. 그런 건 지민이 바라는 것이 아니었다. 그리고 아마도, 유진이 원하는 것도 아닐 터였다.

"가서 연습해요. 한눈팔지 말고, 열심히."

붙잡아 놓을 수도 있었다. 가지 말라고 떼를 쓰면, 아마도 유진은 그 말을 들어줄 터였다. 그러나 그러고 싶지 않았다. 다음 주 금요일, 그날 이후에도 삶은 계속될 것이므로.

"그리고 연습 다 하면, 와."

"매일?"

"매일."

"서울에서 여기까지?"

"할 수 없잖아."

지민은 그럼 어쩔 거냐고 고개를 쳐들었다.

"난 나 때문에 유진이 공연 망치는 것도 싫고, 가뜩이나 시간도 없는데 안 보고 지나가는 날 있는 것도 싫으니까."

"……."

"그리고 난 돈 없어서 서울에서 여기까지 출퇴근 못 해. 돈 많은 사람이 길에 돈 좀 버려요. 내가 그동안 밥도 열심히 사 먹였잖아요."

지민은 희미한 미소를 지으며 유진의 뺨에 손을 갖다 대었다.

"오늘 연습 제대로 안 했죠. 나한테 미쳐서."

미친다는 말에 이렇게나 달콤한 뉘앙스가 있는 줄은, 예전엔 미처 알지 못했다.

"그러니까 가서 연습해요. 내일 낮까지. 그리고 내일 저녁에 봐."

　지민은 무어라 말하려는 듯 달싹이는 유진의 입술에, 살짝
입을 맞추었다.

　"기다릴게."

·7·
아주 평범한 일주일

일요일, 지민은 여덟 시가 되기도 전에 자리에서 일어났다. 일요일 아침에 늦잠을 자지 않고 이렇게 개운하게 일찍 기상한 게 얼마 만인지, 기억이 나지 않을 정도였다. 간밤에 푹 잘 자지도 못했는데 오랜만의 꿀잠이라니.

지난밤 내내, 지민은 꿈속에서 유진과 몇 번이고 계속 잤다. 꿈에서의 그들은 일주일 엔조이 같은 관계가 아니었다. 그래서 지민도 유진도, 서로의 눈을 쳐다보며 끝도 없이 사랑한다는 말을 상대에게 퍼부어댔다. 그래서 꿈인 것을 알았다.

원래 지민에게 일요일이란 '아무것도 하지 않아도 되는 날' 같은 거였다. 그래도 금요일의 여운이 남은 토요일은 마트를 간다거나 혼자 영화를 보러 간다거나 저녁에 예능 프로그램을 보면서 맥주를 마시거나 하는 정도의 의욕은 남아 있었다. 그런 의욕조차 소진된 일요일은, 원 없이 늦잠을 자고 최대한 덜 움직여 대충 배를 채우고, 텔레비전 리모컨이나 딸깍거리며 내 내 시간을 보내는 게 보통이었다. 그렇게 최대한 빈둥거려야 또 내일부터 시작될 일주일을 버틸 수 있었으므로.

그런 일요일에, 지민은 일찍 자리를 털고 침대를 벗어났다.

지민은 버스를 타고 마트에 가서 침대 커버 한 세트를 사 왔다. 지금 쓰는 침대 커버는 사실은 봄가을용이었다. 처음 이사 왔을 때 엄마가 골라준 걸 철 바뀌는 타이밍에 몇 번 빨기나 했을 뿐 그대로 계속 쓰고 있었다.

이것도 좋고 저것도 좋은 것 같다가, 이것도 별로 저것도 별로인 것도 같아서 지민은 침대 커버 매대 앞을 줄잡아 수십 번은 오락가락했다. 한참을 고민하다 짙은 회색 바탕에, 그보다 조금 연한 회색으로 체크무늬가 들어간, 촉감이 부들부들해서 좋은 것으로 골랐다.

침대 커버를 사서 집으로 돌아온 지민은 창문을 활짝 열고 청소를 시작했다.

진공청소기로 바닥을 밀고, 걸레를 빨아 그 위를 닦고, 창틀을 닦고, 유리창도 닦았다. 거기까지 마치고 침대 시트를 벗겨 새로 사온 커버로 갈아 끼웠다.

지민은 보송보송한 커버로 갈아 끼운 매트리스 위에 벌렁 드러누워 천장을 올려다보았다. 형광등 불빛에 눈이 부셨다.

"아주 큰일 한다."

여기 이사 온 이래, 엄마 잔소리 없이 스스로 알아서 이렇게 열심히 방을 치운 건 처음이었다. 생각해보면 모든 게 다 그랬다. 뭔들 처음이 아닐까. 잘 알지도 못하는 사람에게 이렇듯 순식간에 홀리듯 빠져버린 것도, 뭐가 어떻게 된 건지 정신을 차리지도 못한 상태로 덥석 자신의 모든 걸 다 내줘버린 것도. 그중에서도 백미는, 상대가 일주일 후면 표연히 자신의 곁을 떠날 사람이라는 것이다. 그리고 자신은 그를 붙잡아다 옆에 주저앉히기 위해 아무런 노력도 하고 있지 않다는 거고.

환기하느라 창문을 오래 열어둔 탓에 방 안 공기가 서늘해졌다. 지민은 자리에서 일어나 창문을 닫았다. 잠깐 열어둔 것 같았는데 벌써 보일러 온도가 몇 도나 내려가 있었다. 지민은 으슬으슬 소름 돋은 팔뚝을 손바닥으로 쓸었다.

흘끗, 지민의 시선이 핸드폰에 가닿았다. 액정을 들여다보았다. 아무 데서도 연락은 없었다. 연락이 없는 건 이미 알고 있었다. 평소엔 쨍쨍거리는 벨 소리가 듣기 싫어 진동으로 두는데, 어젯밤 유진이 나간 후 혹시나 걸려오는 전화를 못 받을까 싶어 벨 소리를 켜놓았다. 그러니 오는 전화를 받지 못했을 리는 없었다. 모르지 않으면서, 지민은 괜히 액정을 들여다보고 부재중 전화나 확인 못 한 문자 메시지가 없는지 훑어보았다.

"매정하긴 누구더러 매정하대. 전화 한 통 안 하면서."

낮 동안은 연습에 집중하고, 연습 다 끝나거든 보자고 말한 건 분명 자신이었다. 그래도 지금 이 시간까지 전화 한 통 없는 건 서운했다.

하루 종일 연습을 한다고 해도 쉬는 시간이 있을 거고 밥도 먹을 텐데, 그럼 시간이 잠깐씩 생기는 거 아니냐고. 그때 짬 내서 전화 한 통 해주는 게 그렇게 어렵나. 설마 그 시간까지 민 실장님이 옆에서 감시하고 있지는 않을 거 아냐. 전화가 힘들면 문자라도 한 통 살짝 보내줄 수도 있을 텐데.

그러나 지민은 지금 자신이 하고 있는 생각이 '일주일 엔조이'에는 가당치도 않은 것들이라는 사실을 깨닫고 지그시 입술을 다물었다.

유진에게서 전화가 온 건 창밖이 어둑어둑해질 무렵이었다.

액정에 뜨는 '첼로님'에, 지민은 저도 모르게 소리 내어 웃고 말았다.

조금 전까지만 해도 전화가 걸려오면 너무 헐레벌떡 받지 말아야겠다고 생각했지만, 정작 액정에 뜬 이름과 번호를 보는 순간 그런 생각은 까마득히 날아가버리고 말았다. 지민은 허둥지둥 전화를 받았다.

"연습 끝났어요?"

"대충."

"대충해서 될 일이야?"

말끝에 이미 웃음기가 스몄다.

"민 실장님한테 혼 안 났어?"

"났으면 좋겠어요?"

"걱정돼서 물어보잖아요."

"좋은 소리는 못 들었어요."

어느 정도 왔을까. 서울에서 여기까지는, 한 시간 반 정도 잡으면 충분할까.

"언제 와요?"

"나 아직 출발도 안 했는데."

유진은 무덤덤하게 대꾸했다.

"거기 주소를 몰라서."

"응?"

"택시 타려니까 주소를 모르겠는데."

순간 맥이 탁 풀렸다. 하긴 그렇구나. 유진이 아는 건 회관의 위치가 전부일 테니까. 거기서 버스를 타고 몇 정거장이나 지나온 이곳의 정확한 위치를 그가 알 리가 없었다.

"끊어봐. 문자 보낼게요."

지민은 유진의 핸드폰으로 집 주소를 보냈다. 그리고 문자가 발송되기 무섭게 다시 유진에게서 전화가 왔다.

"주소가 덜 왔는데."

"다 보냈는데."

"집 비번이 없잖아요."

"비번이 왜 필요해. 나 집에 있는데."

거기까지 말해놓고 지민은 홉, 하고 숨을 들이쉬었다. 그 감감한 침묵에, 핸드폰 너머에서 나직하게 웃는 소리가 들렸다.

"문 열어요. 앞이니까."

걸려온 전화를 끊는 것도 잊은 채, 지민은 한 손에 핸드폰을 들고 밖으로 나갔다.

문이 열리고 눈이 마주치는 순간, 유진은 지민의 목을 대뜸 끌어안았다.

커다란 손이 가만히 뒷덜미를 쓰다듬었다. 꽉 죄어오는 팔 때문에 목이 눌렸다. 그 목덜미에 파묻힌 채, 지민은 그 자리에 그대로 굳어버렸다.

"이런 기분이었구나."

유진은 속삭이듯 말했다.

"어제 지민 씨가, 나한테 전화해서 당장 오라고 했을 때."

또 얼굴이 붉어졌다. 도대체 무슨 말을 하려는 거냐고 볼멘소리라도 하려는데, 소용이 없었다. 유진은 이미 무슨 말을 할지 다 안다는 듯 입술을 대어 왔다. 손쓸 틈도 없이 숨이 엉켰다. 뺨을 거칠게 붙잡은 유진의 소맷자락을 잡아당기는 것 말고는, 지민이 할 수 있는 건 아무것도 없었다.

"보고 싶었어요."

거친 숨을 몰아쉬며 유진은 말했다.

"보고 싶어서 죽을 뻔했어."

"연습은, 잘했어?"

"아니."

입술이 닿았다 떨어지는 사이로, 한 번 망설이는 기색도 없이 유진은 딱 잘라 말했다.

"태어나서 지금까지 첼로 그렇게 개판으로 해본 거 오늘이 처음이에요."

"왜 그랬어."

"어떡해요. 마음이 딴 데 가 있는데."

유진의 입술이 귀밑 턱에 닿았다. 허공으로 뱉어지는 숨이 이미 더워지고 있었다. 미처 내려놓지 못한 핸드폰이 더없이 거추장스럽게 느껴져 지민은 미간을 찌푸렸다.

"그러는 지민 씨는."

지민의 목덜미에 뺨을 부비며, 유진은 그렇게 물었다.

"나 안 보고 싶었어요?"

"응, 안 보고 싶었어. 하나도."

"와, 씨! 너무하는 거 아니에요? 나 그냥 갈까?"

"그러던지."

말은 그렇게 하면서도, 지민은 유진의 셔츠 깃을 잡아당겨 그 입술에 입을 맞추었다.

기껏 방을 치우고 침대 시트를 갈았지만 거기까지 가는 것도 버거웠다. 유진은 지민을 벽으로 몰아세우고 목줄기를 따라 입을 맞추기 시작했다. 결국 견디다 못한 지민은 핸드폰을 떨어뜨렸다. 자신의 가쁜 숨소리가 마치 남의 소리인 양 낯설게, 바닥에서 울려 올라왔다.

"기다렸어. 하루 종일."

결국 자백하듯, 실토하듯 지민은 그렇게 말해버렸다.

"하루 종일 유진 생각밖에 안 했어."

늘 이런 식이라고 지민은 체념했다. 그를 맞닥뜨리기 전, 이렇게 저렇게 하겠다고 생각한 모든 것들은 결국 하나도 이루어지지 않았다. 정작 마주치자 새어 나오는 건 저 자신조차 다 몰랐던 애타는 마음뿐이었다.

"어떡하지."

"어떡하긴 뭘 어떡해요."

그 손길을 따라 온몸이 휘청거렸다. 유진은 지민의 쇄골에 입술을 묻었다. 간지럽기도 하고 아프기도 하고 불에 데는 것 같기도 한 기묘한 감각에 지민은 저도 모를 신음을 흘렸다.

"나랑 자면 되지."

마음이 급했다. 그걸로 설명이 가능할까. 옷을 채 다 벗지도 못하고, 둘은 그 자리에 선 채 첫 번째 절정을 맞았다. 그러고는 누가 먼저랄 것도 없이 벽에 기대, 무릎을 꺾고 주저앉았다.

"암튼 못됐어."

지민은 벽에 뒤통수를 기댄 채 눈을 감은 유진을 향해 눈을 흘겼다.

"그렇게 말도 없이 불쑥불쑥 나타나면 재밌어요?"

"왜요, 재미없어요?"

유진은 실눈을 뜨고 지민을 쳐다보았다.

"난 지민 씨 재밌으라고 그러는 건데."

거기까지 말해놓고, 유진은 스르륵 미끄러져 지민의 허벅지에 머리를 대고 누웠다. 창문 너머 불어 들어온 바람에 촛불이 크게 한 번 흔들리듯이.

"나 피곤해 죽겠어요."

"피곤하긴 뭐가 피곤해. 연습도 그렇게 엉망으로 해놓고."

"연습이 잘 되면 하나도 안 피곤해요. 하루 종일 하래도 하는데, 연습하기 싫고 마음대로 안 될 때 연습하는 건 진짜 피곤해요."

"그렇게 하기 싫었어?"

"응."

감았던 눈을 뜨고, 유진은 칭얼거리는 눈길로 지민을 올려다보았다.

"지민 씨, 민 실장님 좀 혼내줘요."

"왜."

"오늘 하루 종일 뭐라 그러잖아. 자기 관리 이렇게 안 되는 사람인 줄 몰랐다, 그딴 식으로 할 거면 다 때려치워라, 그러고. 지금 온 것도, 아무리 해도 뭐가 잘 안 되는 거 같으니까 그냥 오늘은 이만큼만 하자 그래서 도망 온 거라니까."

"안 되겠네."

지민은 입술을 앙다물고 유진을 쳐다보았다.

"이런 식으로 할 거면 오지 마."

"응?"

"연습할 때는 열심히 하랬죠. 집중해서. 그러고 와야 예쁘지. 연습도 열심히 안 하고 와서 서프라이즈만 하면 하나도 안 예뻐."

"암튼 울 자기 매정해도 너무 매정하다. 확 비뚤어질까."

"이미 비뚤어졌잖아. 말이야 바른말이지."

"……."

"팬들은 유진 이렇게 연습하기 싫어서 징징거리는 거 알아요?"

유진은 딴청을 피우듯 다른 곳을 쳐다보며 투덜거리는 지민의 목을 감아 끌어당겼다. 순식간에 가까워진 그 입술에 입을 맞추고 지그시 깨문 채로, 그는 속삭였다.

"그러지 말고 나 좀 예뻐해줘봐요."

매우 이질적인 냄새가 났다. 자면서도 맡을 수 있는, 흔하지 않은 냄새였다.

달고 고소하고 군침이 도는, 그런 냄새. 잠결에도 불구하고 '맛있겠다'는 생각이 절로 드는, 그런 냄새.

노릇하게 구운 식빵 냄새였다.

"지민 씨."

그래도 눈은 채 떠지지 않았다. 너무 졸렸고, 피곤했다. 조금만 더 자고 싶었다.

"둥근 해가 떴습니다. 자리에서 일어나서."

낮고 짙은 목소리로 때아닌 동요를 불러대는 바람에, 지민은 그만 피식 웃음을 터뜨리고 말았다. 지민은 가까스로 눈을 뜨고는 팔을 이마 위로 얹고 끙끙 앓는 소리를 냈다.

"일어나요. 출근해야 된다며."

"피곤해 죽겠어요, 누구 때문에."

밤새 시달린 몸은 나른했고, 노곤했다. 이대로 더 자고 싶다는 생각이 간절했다. 지민은 이불자락에 고개를 파묻었다. 그러다 마지못해 끙끙거리며 억지로 몸을 일으켜 앉았다.

"자."

잠이 덜 깬 눈을 껌벅거리는 지민의 코앞으로 접시 하나가

디밀어졌다.

"이게 뭔데?"

"프렌치토스트."

"한 거예요? 유진이?"

"안 되나?"

"그런 건 아닌데."

지민은 멍한 눈길로 유진이 내미는 접시를 바라보았다. 입이 까칠한 와중에도 김이 모락모락 오르는 노란 토스트는 탐스러웠고, 먹음직스러워 보였다.

손끝으로 조심스레 집고 쭈욱 찢어내자 결을 따라 식빵의 속살이 뽀얗게 드러났다. 유진이 건네주는 차가운 아메리카노로 입을 가시고 한 입 삼킨 토스트는 부드러웠고, 달았다.

"맛있다."

"맛있지."

"할 줄 아는 거 첼로밖에 없다더니."

"하도 많이 해봐가지고, 이거는."

유진은 제 몫의 토스트를 긴 손가락으로 덥석 반절을 접어 들더니 한 입 크게 베어 물었다.

"엄마가 워낙 바빠서 항상 새벽 일찍 나갔거든요. 그리고 나면 혼자 일어나서 연습하러 가야 하는데, 그냥 나가면 배가 너무 고프니까 뭐라도 해 먹고 나가려다가 몇 년을 아침에 이거만 해서 먹었어요. 그래서 다른 건 못 해도 이건 잘해."

"잘됐네."

베어 문 토스트를 우물거리며 지민은 대답했다.

"핸드폰 갖다 버리고 잠수 탈 계획이면, 푸드 트럭 한 대 사서 이거나 팔아요. 맛있네."

"그럴까? 근데 그 차는 지민 씨가 사주나?"

"유진 돈 많잖아. 내가 그걸 왜 사줘."

"잠수 타고 도망가면 내가 지금껏 번 거 다 위약금으로 뺏길걸. 그렇게 되면 나는 그냥 개털이니까."

웃으면서 하는 말이지만 농담 같지는 않았다. 뒷덜미가 서늘해졌다. 그를 만나러 호텔에 갔을 때, 장난 삼아 꺼낸 고소하겠다는 말에 보이던 필요 이상의 반응 역시도 그냥 한 말은 아니었던 모양이었다. 이 사람의 삶 또한, 보이는 것처럼 그렇게 태평하고 걱정 없기만 한 삶은 아니구나, 하는 생각이 들었다. 그리고 동시에 핸드폰 갖다 버리고 잠수 타버릴까 하던 유진의 말은 그만큼이나 아프고 절실했다는 게 실감이 났다.

"그나저나."

말도 돌릴 겸 지민은 유진을 흘끗 쳐다보며 물었다.

"결국 외박했네요."

유진이 호텔로 돌아가지 않은 건 어제가 처음이었다. 모르긴 해도 자주 있는 일은 아닐 것이다. 낮에는 연습하고, 밤에 만나러 오라고 한 건 분명 자신인데, 그게 과연 잘한 거였을까 하는 걱정이 슬그머니 마음을 채웠다.

"민 실장님이 뭐라고 하겠다."

"어제 말했어요."

유진은 무덤덤하게 말했다.

"나 오늘부터 매일매일 잠 밖에 나가서 잘 거라고."

"뭐라고 안 해?"

"하지 왜 안 해. 미쳤냐던데."

"그래서 뭐랬어요."

"미쳤댔지."

그렇게 대답해놓고 유진은 콧잔등에 주름이 잡히도록 웃었다.

"나 지금 미쳤으니까 건드리면 물지도 모른댔어요. 으르릉, 하고."

지민은 고개를 절레절레 내저었다. 꺼질 듯한 한숨이, 속에서부터 울려 나왔다.

"내가 민 실장님이랑 괜히 싸우지 말랬죠."

"괜히가 아니잖아요."

"같은 말이라도 좀, 응? 적당히 둘러서, 듣는 사람 기분 안 나쁘게, 그렇게 말하면 되잖아. 나라도 내가 관리하는 사람이 그런 식으로, 참견하지 말라는 투로 말하면 화나겠네."

"그럴 수 있었으면 그렇게 했을 거예요."

유진은 엷은 미소를 지으며 고개를 저었다.

"그 아줌마하고 나는 타협이라는 게 안 되는 사이예요. 내가 그 아줌마 바라는 대로 끌려다니든가, 아니면 그 아줌마가 나한테 항복하든가. 좋게, 적당히, 둘 다 빈정 안 상하고 지내는 방법 같은 게 없어요. 7년을 이렇게도 해보고 저렇게도 해봤는데, 안 돼. 그냥 그런 사이예요."

"그런 거면 차라리 매니저를 다른 사람으로 바꾸는 게 좋지 않아요?"

"뭐, 그게 우리 회사에서 날 어떻게 생각하고 있는가, 그런 걸 보여주는 거죠."

유진은 대수롭지 않다는 듯 어깨를 으쓱거렸다.

"어디로 튈지 모르는 놈이라서, 그런 빡센 사람을 붙여놔야 된다."

갑자기 착잡해져서, 지민은 멍하니 토스트를 우물우물 씹는 유진을 물끄러미 쳐다보았다. 유진은 그런 지민을 보며 환하게 웃었다.

"뭐? 왜 또 그런 예쁜 얼굴로 사람 쳐다보는데. 설레게."

일요일 밤을 통째로 쉬지 못한 후유증은 생각보다 컸다. 지민은 일과 시간 내내 피곤과 졸음에 시달렸다. 넋이 나간 얼굴로 멍하니 앉아 있다가 조는 줄도 모르게 깜빡 졸고, 깜짝 놀라 깨었다가 다시 넋 나간 얼굴로 멍하니 앉아 있는 악순환이 몇 번이나 계속되었다.

집으로 돌아오는 버스 안에서, 지민은 기어이 깜빡 잠이 들었다. 화들짝 놀라 깼을 때는, 요행히 내려야 할 곳 한 정거장 앞이었다.

습관처럼 주머니에서 핸드폰을 꺼내 액정을 들여다보았다. 걸려온 전화는 없었다. 하기야 유진은 어지간해서는 먼저 전화를 하지 않았다. 이 사람이 정말로 친구도 없고 애인도 없는 건지는 모르지만, 작심하고 연애를 한다면 아마 꽤나 단수 높은 '나쁜 남자'일 거라고 지민은 생각했다.

신호를 받아 잠시 멈추었던 버스는 덜컹거리며 내릴 정류장을 향해 달리기 시작했다. 입 밖으로 비어져 나오는 하품을 참아내고, 지민은 뒷문 쪽으로 가 버스카드를 댔다.

집 근처 가까이 오니, 문득 유진 생각이 났다. 오늘도 오려나. 아무래도 그럴 것 같았다. 오늘은 무슨 수를 써서라도 유진을 재우고, 자기도 좀 자야겠다고 생각했다. 일분일초가 아까운 시간인 건 사실이지만, 이래서야 제 명에 못 살 것 같았다.

버스는 정류장 조금 못 미쳐서 멈추어 섰다. 버스에서 내려, 지민은 한참이나 그 자리에 멍하니 서 있었다. 직장을 다니기 시작한 이후로 월요일이 즐거웠던 적은 단 한 번도 없었지만, 오늘은 조금 더 그랬다.

시간이 가고 있다는 것, 이제 벌써 월요일이라는 것, 일주일 중 절반 정도가 이미 지나가버렸다는 사실에 저도 모르게 가슴이 짓눌렸다.

그때였다. 옆을 스쳐 가던 누군가가 느닷없이 덥석, 손목을 잡아채 몇 발 앞으로 끌고 갔다. 깜짝 놀라 멈추었다가, 지민은 저도 모르게 입을 벌렸다. 유진이었다. 싱긋 웃으며 돌아보는 그 얼굴은.

"언제 왔어요."

"좀 전에."

"어딨었어. 못 봤는데."

"저기 정류장에."

유진은 긴 손가락 끝으로 버스 정류장 쪽을 가리켜 보였다.

"좀 있음 퇴근하겠구나 싶어서, 버스 내리면 놀라게 하려고 했는데, 버스가 여기 서버리네."

뒤통수를 한 대 맞은 표정으로 지민은 멍하니 유진의 얼굴을 쳐다보았다. 바람에 흐트러진 회색기 도는 머리칼, 눈썹, 웃는 눈, 코, 입술, 턱과 목, 어깨, 팔과, 제 손목을 붙든 손등을.

"오늘은."

지민은 웃었다. 어쨌든 그래야 했다. 이미 일주일의 반이 지나갔다. 웃고만 보아도 아쉬운 시간들이었다.

"민 실장님한테 혼 안 났어요?"

"오늘은 연습 열심히 했어요."

그렇게 말해놓고 유진은 칭찬을 기다리는 아이 같은 표정을 지었다.

"민 실장님 때문이 아니라, 지민 씨한테 혼날까 봐. 오지 말라 그럴까 봐."

"말은 잘해."

"진짠데."

"맨날 진짜래."

"또 뭐라 그런다. 나 좀 예뻐해주면 안 돼요?"

"맨날 해주잖아. 뭘 더 어떻게 예뻐해줄까요."

손목을 끌어당기는 느낌에, 가슴이 시려왔다.

금요일이 지나고, 이 사람이 사라져버린 후를, 내가 과연 견뎌낼 수 있을까. 지민은 문득 자신이 없어졌다.

집 문을 열고 안으로 들어서며, 오늘은 또 얼마나 휘둘려야 할까, 은근슬쩍 걱정했다. 그러나 유진은 지민의 손목을 끌고 방 제일 안쪽으로 들어가 침대에 눕더니 비어 있는 옆자리를 손바닥으로 툭툭 두드렸다.

옷도 채 갈아입지 않은 지민이 그 옆에 올라가 눕자, 유진은 그녀의 어깨를 끌어안고 그 얼굴을 제 목덜미에 꾹 눌러 파묻었다. 베개나 쿠션을 껴안듯이.

"지민 씨, 내가 궁금한 게 하나 있는데."

"뭔데."

"사람이 도대체 뭘 먹으면 그렇게 이뻐요?"

"뭐래."

"진짠데. 버스 내리는데, 한참 뒤에서 봐도 딱 알겠던데. 이뻐서."

"진짜 뭐래."

퉁명스레 대꾸하는 말꼬리 끝으로 이미 웃음이 터졌다.

"부탁인데 적당히 이뻐요. 나 힘들다."

긴 손가락이 머리칼을 헤집어, 이마를 쓰다듬는 손길은 따뜻했고, 다정했다.

"마음 잡고 연습 좀 할래도, 자꾸 지민 씨 생각만 나고."

"······."

"안 그래도 바흐는 마음 싹 비우고, 정갈하게, 단정하게 해야 되는데."

뺨을 타고 내린 손끝이, 발갛게 달아오른 지민의 입술을 가만히 만졌다.

"울 자기 보고 싶고, 뽀뽀하고 싶고, 만지고 싶고, 그래서."

"그런 말을 뭐 그렇게 떨지도 않고 해, 기분 나쁘게."

"기분이 왜 나빠요, 자기 보고 싶었다는데."

"그런 말은 좀 버벅거리기도 하고, 떨기도 하고, 그러면서 해야 되는 거 아냐? 근데 되게 쉽게 쉽게 말하잖아요."

지민은 품속에 묻었던 고개를 쳐들고 유진을 흘겨보았다.

"거짓말이지? 애인도 없고 친구도 없다는 말."

"응?"

"선수 아냐?"

유진은 대답 대신 히죽 웃었다.

"자기 지금 그거 질투?"

"뭐래."

"아니면 집착?"

"1절만 해요?"

지그시 그 눈을 노려보며 한마디를 하고. 지민은 다시 고개를 파묻고 꼼지락거려 안으로 파고 들어가 폭 안겼다.

"왜 하필이면 바흐예요?"

사실 그건 한참 전부터도 궁금했다. 딱히 바흐를 좋아하는 것 같지도 않은데. 바흐를 하라고 한 사람도 없는 것 같은데. 왜 하필이면 바흐인지.

"그러게. 왜 바흐 한다 그랬지?"

유진은 남의 일처럼 싱겁게 대답했다. 그와 오래 알고 지낸 건 아니지만, 그런 식의 대답은 별로 대답하고 싶지 않다는 뜻이었다. 처음엔 유진이 정말로 즉흥적이고 매사에 깊이 생각하지 않는 사람인 줄로만 생각했다. 그러나 지금도 그렇게 생각하는가 하면 그건 아니었다. 어쨌든 저렇게 대답하는 건 별로 대답하고 싶지 않다는 의미인 것으로 지민은 받아들였다.

"난 유진 연습 영상 중에 그 곡 좋던데."

지민은 개의치 않고 말을 돌렸다. 어차피 공연할 곡이 왜 하필이면 바흐인가 하는 문제는 그리 절실하지도 않았고 간절하지도 않았으므로.

"리베르탱고."

"아!"

유진은 고개를 끄덕였다.

"나도 그 곡 좋아해요. 피아졸라 곡 중에서는 제일 좋아하고."

"몇 년 전에 드라마에 나왔잖아. 원래도 알던 곡인데, 그때 참 새삼스레 좋은 곡이구나 싶더라구요."

"그런 순간이 있죠. 맨날 다니는 길가에 풀꽃 같은 게 있는데, 어느 날 갑작스럽게 아, 저 꽃이 되게 이쁜 꽃이구나 하는 생각이 들 때가 있잖아요. 그날 처음 본 것도 아니고 맨날 보던 건데도."

지민은 천천히 고개를 끄덕였다. 그러게, 정말 꼭 그런 느낌이었다. 그리고 그냥 '좋은 곡' 정도로 생각하던 그 곡은, 유진의 연습 영상을 한 번 본 순간 마음속을 파고들어 자리를 잡았다. 쉽게 털어낼 수 없게끔.

"언제 한번 해줄 수 있어요? 리베르탱고."

사실은 무리하고 무례한 요구였다. 유진은 취미 삼아 첼로를 하는 아마추어가 아니었다. 그것은 엄연히 그의 '생업'이었고 그의 예술이었으며, 그 이전에 그의 모든 것이었다. 그런 것을, 아무런 조건도 없이 그냥 한번 보여달라는 것은, 이렇게 쉽게 해도 되는 요구가 아니었다.

"나를 위해서."

"그러죠, 뭐."

그러나 유진의 대답은 그런 모든 머뭇거림을 다 허사로 만들 만큼 쉽고 간단했다.

"어차피 내가 지민 씨한테 해줄 수 있는 거는 그런 거뿐이니까."

그리고 지민은, 그 짧은 대답 속에 들어 있는 유진의 마음을 읽었다. 내게 걸린 모든 것을 다 놓고 당신을 택할 수는 없다던, 그 어느 날의 독백을.

오늘이 벌써 월요일이었다. 공연은 금요일이고, 수요일 정도부터는 리허설이니 뭐니로 눈코 뜰 새 없이 바쁠 터였다.

리베르탱고가 문제가 아니라, 시간이 이렇게나 흘러가고 있다는 사실이 지민의 가슴을 무겁게 짓눌렀다.

"지민 씨."

244

"응."

"벌써 월요일 밤이다."

"그러게."

"나흘만 있으면 금요일이네."

"그러게."

"그러면, 이제는 일주일 엔조이도 아닌 거네."

"그러게."

긴 대답을 하려다가는 목소리가 흔들릴 것 같아, 몇 번째 '그러게'라는 짤막한 대답밖에 하지 못했다.

지민은 유진의 팔을 끌어다 제 어깨를 덮었다. 그리고 그 품 속으로 조금 더 파고 들어가 목덜미에 얼굴을 묻었다. 지금 느껴지는 심장의 박동이 제 것인지 그의 것인지 쉽사리 분간이 되지 않았다.

느리게 눈이 감겼다. 깜빡깜빡 의식이 멀어졌다 가까워졌다. 시간은 아까웠고, 조금이라도 그를 더 오래 보고 싶었다. 그러나 무거워진 눈꺼풀은 서서히 내리 감겼다. 그리고 유진은 말 안 해도 다 안다는 듯, 말없이 끌어안고 등을 토닥여주었다. 그 손이, 그 팔이, 그 품이 좋아서 지민은 그의 품속에서 둥글게 등을 말고 웅크렸다.

지금 이 순간만은 세상의 그 어떤 것도 그를 빼앗아갈 수 없었다.

·8·
실감이 나지 않는 것처럼

세현문화회관의 하루는 지난주보다 긴장감이 조금씩 더해지며 흘러갔다.

정 계장은 수시로 관장실에 불려갔고, 행정실에는 지민 혼자 있는 시간이 길어졌다. 이제 정말로 공연이 임박해, 회관은 전체적으로 술렁거리고 있었다. 그 동요는 심란하기도 하고 쓸쓸하기도 했다. 이유진 같은 사람이 왜 이런 손바닥만 한 회관에서 공연을 하느냐고 툴툴거리던 것이 아주 오래전의 일처럼 느껴졌다.

바깥에서 노크 소리가 났다. 문이 빼꼼히 열리더니, 어떤 여자가 쭈뼛거리며 안으로 들어섰다. 나이는 얼추 자신과 비슷하거나, 한 살 위아래 그 정도로 보였다.

그녀는 어디 못 올 데라도 온 것처럼 뻣뻣하게 굳어서는, 필사적으로 두리번거리고 있었다.

"어떻게 오셨어요?"

지민이 먼저 다가가 물었다. 친절하게 응대한다고 한 건데, 상대가 워낙 소스라치게 놀라, 지민도 덩달아 놀랐다. 그녀는 흘러내린 긴 머리를 귀 뒤로 넘기며, 한참이나 말을 꺼내지 못하고 우물거렸다.

"아, 안녕하세요."

그녀는 필요 이상으로 공손하게, 고개 숙여 인사를 했다.

"저, 저는……."

그녀는 쉽게 말을 꺼내지 못하고 손에 쥔 토트백의 어깨끈을 쥐어뜯었다. 그 모양이 하도 딱해서 지민은 일단 자리를 권하고 커피 한잔을 내주었다. 민 실장에게 그랬던 것처럼.

"네, 무슨 일로 오셨어요?"

"예, 저는 저, 수경대학교 음대 원일현 교수실 조교인데요."

수경대학교. 지민은 가만히 눈을 깜박였다. 한때나마 음악을 했던 지민은 그 학교를 잘 알고 있었다. 거기다가 음대라면. 음대 조교가 여긴 무슨 일일까.

"네."

지민은 천천히 고개를 끄덕였다.

"그런데 저희 회관엔 무슨 일로?"

"저기, 그게……."

그녀는 눈을 질끈 감았다. 그것만으로도 이미 그녀가 어지간히 하기 힘든 말을 하기 위해 왔다는 걸 대충 눈치챌 수 있었다.

"저희 교수님께서요."

"네."

"이번 금요일에 있을 이유진 독주회 표를……."

지민의 표정이 어쩔 수 없이 일그러졌다. 이런 일이 있을 거라고 짐작은 했지만, 이렇게 직접 찾아오기까지 할 줄은 몰랐다.

"두 장만, 좀……."

"저기, 조교님."

지민은 목소리에 날이 서지 않도록 조심하며 입을 열었다. 이 억지스러운 방문이 눈앞에 있는 여자의 뜻은 아닐 터였다. 그런 사람에게 쓸데없이 짜증을 내는 것은 현명한 대응이 아니었다.

"티켓이 필요하시면 티켓팅을 하셨어야죠. 티켓팅 지난주 금요일 저녁에 했는데요."

"예, 그건 아는데요."

여자는 거의 울 것 같은 목소리로 말했다.

"교수님 말씀이 아마 관계자석 표 같은 거 있을 거라고……."

"관계자석 표 배분은 이미 다 끝났어요."

사실이었다. 그리고 그 배분은 지민의 손까지 올 것도 없었다. 지민이 뭐라고 말을 하기도 전에 50석 남짓한 관계자석은 이미 전부 명단이 정해졌다. 그러니까 그 통보를 받지 못했다면, 관장 선에서 그 표를 줄 필요가 없는 사람으로 분류되었다는 뜻이다. 물론 지민에게도 민 실장에서 받은 다섯 석이 있긴 했지만 그건 이미 그녀 나름대로, 사용할 곳을 전부 정해놓은 상태였다.

"연락 못 받으셨다면 저희 쪽에서 교수님께 드릴 표를 준비해놓지 않았다는 뜻이고요."

지민은 조심스럽게 말했다.

"그리고 한 자리도 아니고 두 자리라니요. 저희 회관은 총 객석이 오백 석밖에 안 돼서 관계자석도 오십 석 정도밖에 준비를 못 했어요. 그런 자리 중에 두 자리나 달라고 하시는 건, 그건 좀 많이 무리한 요구인데요."

거기까지 말해놓고, 지민은 조용히 덧붙였다.

"죄송합니다. 그건 안 되겠어요."

"저기요."

여자는 떨리는 목소리로 말했다.

"정 그러시면, 이유진 씨한테 직접 부탁해볼 수는 없을까요?"

"네?"

"저희 교수님이…… 이유진 씨 옛 은사님이시거든요."

그녀는 거의 빌다시피 고개를 수그렸다.

"제발 부탁드려요. 어떻게 좀 안 될까요?"

"그건 또 무슨 귀신 씨나락 까먹는 소리야."

지민의 설명을 듣고 정 계장은 대뜸 눈살부터 찌푸렸다.

"총 관객석이 오백 석인데 티켓팅으로 나간 게 사백 석에 관계자석이 50석, 초대식이 50석인데, 거기서 두 장이나 뺄 표가 어딨어. 안 돼."

"그러니까요."

지민은 짜증스럽다는 표정으로 혀를 찼다.

"저도 그렇게 말은 했는데, 이대로 학교 돌아가면 자기는 죽는다고, 제발 사람 좀 살려달라고 울기까지 하는데, 이걸 뭐 어떡해야 되는지."

"아, 진짜 사람 짜증 나게 하네."

"근데 뭐……."

지민은 떨떠름한 표정으로 흘끗, 뒤돌아 행정실 쪽을 쳐다보았다.

"얼마나 입장이 난처하면 저렇게까지 하나 싶기도 하고요. 원래 조교는 교수가 까라면 까야 되잖아요."

"그렇기는 한데, 아무리 그래도 무조건 떼쓴다고 안 되는 일이 되나? 그런 것도 아닌데."

정 계장은 한참을 궁리하다가 지민에게 말했다.

"지민 씨, 그러지 말고, 민 실장한테 전화 한번 해봐."

"민 실장님요?"

"우리 쪽은 답이 없어. 없는 표를 만들어서 줄 수도 없고. 그리고 그 아가씨도 그러더라며, 이유진한테라도 말 좀 해보라고. 진짜 은사인 거 같으면 거기서 어떻게 해주겠지."

민 실장에게 직접 전화를 거는 데는 약간의 용기가 필요했다. 그녀와 나눈 마지막 대화 때문이었다. 유진이 회관에 자꾸만 찾아오는 것과 관련해 오고 갔던 껄끄러운 대화. 그것보다는 유진이 밤마다 집으로 찾아왔던 요 며칠간의 행적이 더 결정적이었다. 내가 어디 있는지 다 알고 있을 거라고 말했던 건 다른 사람도 아닌 유진이었다. 그걸 두고 추궁을 당하게 되면, 난 뭐라고 대답해야 될까.

"에이, 몰라."

지민은 더 망설여봤자 소용없다는 걸 깨닫고, 액정에 띄워진 민 실장의 번호로 통화 버튼을 눌렀다.

신호가 두세 번 울리는 짧은 시간 동안, 별의별 생각이 다 떠올라 머리가 지끈거렸다. 그러나 지민의 걱정과 달리 민 실장의 목소리는 선선했고, 심지어 상냥하기까지 했다. 물론 그 아무런 앙금도 남지 않은 듯한 목소리 때문에 오히려 더 뜨끔하기도 했지만,

"네, 지민 씨."

"예, 민 실장님. 서지민인데요."

커다랗게 숨을 한 번 몰아쉬고, 지민은 조금은 편해진 마음으로 제 용건을 알렸다.

"다름이 아니라요, 지금 회관에 수경대 음대 원일현 교수실 조교라는 분이 찾아와서 표를 두 장만 달라고."

"표를요?"

"네, 어지간하면 이런 일로는 전화 안 드리려고 했는데, 저희 쪽 배분해주신 표는 이미 다 나갔거든요."

"그렇겠죠. 사실 회관 측에 드린 표도 넉넉하진 않았으니까."

핸드폰 너머로 짧은 침묵이 이어졌다.

"수경대 음대요?"

"네. 그 조교분 말로는, 그 교수님이 이유진 씨 은사셨다고."

"그럴 리가."

핸드폰 너머에서 피식 웃는 소리가 들렸다.

"유진한테 첼로 가르쳐주신 분은 다른 분이신 걸로 아는데."

"네?"

"제가 알기로는 유진한테 처음 첼로 가르쳤던 사람은 교수도 아니고 그냥 음대 다니는 학생이었어요. 근데 좀 가르쳐 보니까 내가 가르쳐서 될 애가 아니란 걸 안 거죠, 그 학생이. 그래서 자기가 다니던 학교 교수님한테 연결을 해줘서 그분한테 배운 걸로 알고 있어요."

"그러니까."

유진의 고향은 부산이었다.

"부산 쪽에 계시는 교수님이시라는 말이네요."

"그렇죠. 오래전 일이니까 학교를 옮기셨을 수도 있는데, 원 뭐라고요? 그런 이름 아니셨는데?"

그러나 민 실장은 잠시 후 말을 바꾸었다.

"아니에요, 지민 씨. 그 조교분한테 제 전화번호 알려주고 전화하라고 하세요. 별것도 아닌 일로 괜히 교수씩이나 되는 사람 건드려놓으면 피곤해져요. 이 바닥이 워낙에 말이 많은 곳이라."

"네, 그건 그렇죠."

지민은 고개를 끄덕였다.

"그럼 제가 그 조교분한테 실장님 번호 알려드리고 전화하라고 할게요. 지금 한 시간도 넘게 제발 사람 좀 살려달라고 울기까지 하면서 빌고 있어서 이만저만 난처한 게 아니네요."

거기까지 말하고, 지민은 전화를 끊었다.

꺼림칙했지만, 그래도 이렇게라도 해결 방법을 찾아서 다행이었다. 일단은 제발 사정 좀 봐달라고 매달리는 그녀를 돌려보낼 수 있게 되었고, 다음으로는 민 실장 말마따나 안 그래도 말 많은 바닥에 이런 일로 유진에 대한 나쁜 말이 나지 않아도 되어서, 그것도 홀가분했다. 지민은 커다랗게 한숨을 한 번 내쉬고, 행정실로 돌아가려고 돌아섰다.

지잉, 첫발을 떼기도 전에 전화가 걸려왔다. 유진이었다.

지민은 멍한 표정으로 핸드폰 액정을 멍하니 들여다보았다. 이 사람이, 이 시간에 웬일일까.

"네, 저."

"방금 그 소리, 뭐예요?"

첫 마디를 떼기도 전에 질러 묻는 유진의 목소리는 전에 없이 차가웠고, 잔뜩 날이 서 있었다.

"뭐가요?"

"방금 민 실장님이 하는 얘기, 뭐냐고요."

"아, 그게요. 어떤 교수님이, 유진 은사시라고, 표 좀 구했으면 하고 사람을……."

"은사요? 누가?"

목소리 끝에 짧은 웃음이 섞였다. 그러나 그 웃음은 다정하지도 달콤하지도 않았다. 그것은 명백한 비웃음이었다. 그의 얼굴을 볼 수 없는 여기서마저 뚜렷하게 알 수 있을 만큼.

"누가 내 은산데요?"

그는 또박또박 다시 물었다. 지민은 그만 그 자리에 굳어버렸다. 지민이 아는 유진의 목소리가 아니었다. 그 목소리는 건조했고, 낯설었다. 섬뜩하기까지 할 정도로.

"가서 그 조교인지 누군지한테 전해요, 지민 씨."

이렇게 유진이 낯설게 느껴진 적은 지금껏 단 한 번도 없었다.

"나는 그런 사람 모르니까, 당장 꺼지라고."

지민은 몇 번이고 눈을 깜빡였다.

유진의 이런 반응은 낯설었다. 이렇게까지 싸늘하게 분노한 그를 한 번도 본 적이 없어서, 무어라 입을 떼려는 지민의 입속은 순식간에 바싹 말랐다. 도대체 무슨 말을 어떤 식으로 꺼내야 할지 갈피가 잡히지 않았다.

"저기, 도대체 무슨 일인지는 모르겠는데."

지민은 떨리는 목소리로 말했다.

"이 바닥 말 많잖아. 음대 교수씩이나 하는 사람 그렇게 건드려서 좋을 게 뭐 있어요? 어차피 유진하고는 엮일 일도 없을 사람이잖아요."

"내 말 못 알아들어요?"

유진은 더없이 차갑고 싸늘하게 지민의 말에 대꾸했다.

"나는 그런 은사 따위 둔 적 없어요."

"유진, 나는."

"지민 씨가 못 하겠으면, 내가 직접 가서 말할까요? 아가리 닥치고, 꺼지라고."

"알았어요."

지민은 과하다 싶을 만큼 날카로운 유진의 반응에 한발 물러섰다.

소용없었다. 지금의 유진은 이 문제에 대해 옳고 그름을 판

단할 수 있는 상태가 아니었다. 그가 듣고 싶어 하는 말은 오직 한 가지뿐이었다. 그리고 일단은 격앙된 그를 진정시키는 것이 가장 급했다.

"내가 그렇게 전할게. 그러니까, 진정해요."

전화를 끊고, 지민은 민 실장에게 문자를 보냈다. 유진이 없는 곳에서 전화 좀 해달라는 내용이었다. 무슨 일인지는 모르지만 유진이 이렇게까지 화를 내는 걸 보면, 분명 무슨 일이 있긴 있었던 것 같았다.

민 실장의 전화는 한참이나 지나서야 왔다. 지민은 다급히 전화를 받았다.

"어, 이유진 씨가 굉장히 화를 내시는데."

누가 내 은산데요?

그 목소리는, 다시 떠올려도 소름이 끼쳤다. 유진의 목소리는 낮고 울림이 두터워, 그가 연주하는 첼로의 중간 음역대와도 비슷한 느낌을 냈다. 그런 목소리로, 그는 가끔은 수다스럽기도 했고 가끔은 소리 내 웃기도 했으며, 첼로의 울프톤처럼 낮게 긁히는 소리를 내기도 했다. 그러나 그런 종류의 목소리는 처음 듣는 것이었다. 그렇게나 건조하고 차가운 목소리는.

"무슨 일인가요?"

"정확하게는 저도 잘 몰라요."

민 실장은 가만히 한숨을 내쉬었다.

"유명세라고 해야 되나. 유진이 워낙 유명하다 보니까, 어떻게든 친한 척하려고 하는 사람이 특히 한국에 굉장히 많아요. 유진은, 다른 데는 안 그러면서 그런 사람들 진짜 경멸에 가깝게 싫어하고요."

"저더러는 그냥 가라도 아니고 꺼지라고 말하라던데, 아무리 그래도 그렇게까지……."

"그럴 필요까진 없는데."

민 실장은 한숨을 내쉬었다.

"어쨌든 표를 구해줄 수 없다는 말은 전하긴 해야 할 거 같네요. 유진이 저렇게까지 말하면, 그건 저로서도 들어주기가 곤란해요."

꺼지라는 말까지는 차마 전할 수가 없었다. 지민은 WMC 아티스트 쪽에 말을 전달했고, 알아보겠다는 연락을 받았으니 일단은 돌아가시라는 말로 조교를 달랬다.

눈이 벌겋게 달아오른 얼굴로 그녀는 연신 고개를 숙이며 귀찮게 해드려서 정말로 죄송하다고 했다. 그렇지만 자신에게는 정말 중요한 일이니 꼭 연락 부탁드린다는 당부를 두 번 세 번 하고는 마지못해 돌아갔다.

내일은 공연 리허설이 예정되어 있었다.

지민은 자리를 정리하고 퇴근했다. 오늘 퇴근길은 요 며칠과는 좀 달랐다. 해가 점점 기울어지기 시작하면 그때부터 마음이 설레었다. 가슴이 두근거렸다. 그러나 오늘은 어쩐지, 불길하고 답답한 예감이 가슴 속을 가득 메웠다.

그런 생각을 하는 사이, 버스는 지민이 내릴 정류장 앞에 도착했다.

천천히 버스에서 내렸다. 그러나 정류장에는 아무도 없었다. 워낙에 남 놀래는 걸 좋아하는 사람이니, 이미 한 번 써먹은 걸 또 써먹을 리는 없다고, 지민은 애써 그렇게 생각했다.

그럼, 벌써 집에 와 있으려나.

집으로 돌아와 한 칸 한 칸 층계를 오르며, 지민은 유진이 집에 와 있지 않다는 걸 알 수 있었다. 어떤 근거도 없는 단순한 지민의 직감이었다. 역시나 유진은 와 있지 않았다.

좋지 않은 예감이 들었다. 그건 이제 며칠 남지 않은 공연을 떠올릴 때 가슴이 답답해지던 것과는 조금은 다른 감정이었다. 자신이 알지 못하는 어떤 종류의 균열이 일어나고 있는 것이 뚜렷하게 느껴졌다. 어쩌면 그게 무엇인지도 모른 채 유진과 헤어지게 될지도 모른다는 것까지.

전화를 할까, 말까.

집에 도착한 지도 벌써 30분이 훨씬 지나 있었다. 지민은 천천히 핸드폰 액정을 켜보았다. 전화도, 문자도 없었다. 지난 며칠간을 생각해보면, 이미 유진이 집에 와 있어야 할 시

258

간이었다.

지민은 자리에서 벌떡 일어났다. 답답해서 견딜 수가 없었다. 분명 무슨 일인가 일어나고 있는데, 자신에게 그게 무언지 알려주는 이가 아무도 없었다. 집 안에 앉아만 있자니 가슴이 답답했다. 차라리 바깥에 나가 유진을 기다리고 싶었다. 그러면, 조금이라도 그를 빨리 만날 수 있지 않을까.

버튼을 누르고 문을 열어 밖으로 한 발을 디디려다가, 지민은 우뚝 그 자리에 멈추었다. 언제 와 있었는지, 문 옆 벽에 등을 기댄 유진이 멍하니 어두워진 허공을 쳐다보고 있었다. 센서등조차 꺼져버린 캄캄한 어둠 속에서, 두 사람의 눈이 천천히 마주쳤다.

"뭐 해요, 여기서."

지민은 낮은 목소리로 물었다.

"언제 왔는데."

"좀 됐어요."

"근데 왜 여기서 이러고 있어."

유진은 대답하지 않았다.

지민은 유진의 소매를 안으로 잡아끌었다. 유진은 맥이 풀린 걸음으로, 비틀거리며 집 안으로 순순히 끌려 들어왔다. 오늘의 그에게서는, 언제나 느껴지던 그 유쾌하고 부드러운 여유가 하나도 느껴지지 않았다.

"연습은 잘했어요?"

"……."

"밥은 챙겨 먹고?"

"……."

"내일 리허설인데……."

유진은 말없이 지민의 어깨를 끌어안고 목덜미에 얼굴을 파묻었다.

"지민 씨."

"……."

"나 오늘 되게 피곤해요."

그 목소리에서는 바람 소리가 났다.

지민은 유진의 등으로 팔을 둘러 껴안았다. 그는 어깨에 비해 허리가 날씬한 편이었고, 팔 안에 들어오는 몸은 뿌듯하게 품안에 그득 찼다. 뭘 어떻게 해야 할지 모른 채 지민은 몇 번이고 유진의 등을 쓸고 토닥였다. 그냥 그것밖에 자신이 할 수 있는 일은 없었다.

지민은 유진을 안으로 끌고 들어와 침대에 앉혔다. 그리고 그 앞에, 바닥에 무릎을 대고 앉아 그를 올려다보았다. 가만히 깜빡이는 눈은 검게 가라앉아 있었다. 몹시 지쳐 보이는 눈이라고 지민은 생각했다.

"많이 피곤해?"

지민은 손을 뻗어, 유진의 뺨을 만졌다.

유진은 그 손바닥이 위안을 주기라도 하는듯 제 뺨을 부볐다.

지민은 손끝으로 가만히 감은 눈자위를 쓸었다. 손끝에 와 닿는 살갗은 어딘가 조금은 비현실적으로 느껴졌다.

"수고했어."

분명히 나이는 유진이 자신보다 위였다. 무심결에 나눈 그동안의 대화들을 하나하나 되짚어보면 오히려 자신은 반말을 하고 유진은 존댓말을 할 때가 많았다. 아무리 그래도, 유명한 사람을 내가 너무 막 대하는 건가 싶은 생각이 들기도 했다. 그러나 오늘은 차라리 그편이 나았다.

"오늘은 연습 열심히 하라고 구박 안 할 테니까."

"……."

"편하게 있어요."

그 말을 듣고 유진은 천천히 눈을 떴다. 그 눈에, 지민의 눈이 마주쳤다. 순간 참을 수 없는 궁금증이 치밀었다. 이 사람은, 아까 왜 그렇게까지 화를 낸 것일까. 그래도 지민은 가만히 입을 다물고만 있었다.

문이 잠긴 것에는 다 나름의 이유가 있는 법이었다.

"지민 씨."

지민을 쳐다보는 유진의 입은 몹시도 더디게 열렸다.

"아까는."

그제야 지민은 턱 밑으로 걸린 숨을 겨우 꿀꺽 삼켰다. 유진의 목소리는 자신이 알던 그 목소리로 돌아와 있었다. 그것만으로도 좋았다. 다른 건 아무래도 상관없었다.

"내가."

다음에 할 말을 고르려는 듯, 그의 말은 얼른 이어지지 못했다.

"좀."

"됐어요."

지민은 고개를 저었다.

"공연이 사흘밖에 안 남았잖아. 아무리 천하태평한 사람이라도 날카로워지는 게 당연하지."

"……."

"아까 민 실장님이 그러던데. 유진 유명하니까, 친한 척하는 사람 되게 많다며요. 내가 딱 그 말 듣고 어떤 인간들인지 알겠더라. 그게 뭐야, 찌질하게."

사실 조금만 생각해보면 짐작할 수 있는 구질구질한 스토리였다. 이 나라가 내팽개치듯 버렸다가 제 손으로 성공한 사람들에게 얼마나 능수능란하게 뒷북을 치는가에 대해서는, 지민역시도 언제나 반쯤은 경멸 어린 시선으로 그런 부류를 쳐다보고 있었으니까. 유진 또한 그런 저열한 자들에게 얼마나 좋은 먹잇감일 것인가 하는 것은, 사실은 조금만 생각해보면 알 수 있는 거였는데.

"그런 사람인 줄 알았으면 내 선에서 정리했을 건데, 난 혹시나 하고. 아까 민 실장님이랑 통화하고 다 정리했으니까, 다시는 이런 일로 귀찮게 하는 일 없을 거예요. 믿어도 돼."

"지민 씨."

물끄러미 지민을 바라보던 유진은 툭 무언가를 내려놓듯 불렀다.

"왜 나한테 이렇게 잘해줘요?"

"응?"

"그렇잖아. 나 때문에, 요새 일도 많고 피곤하잖아요. 귀찮은 일도 천지고. 전에는 나도 좀 욱해서 나오는 대로 떠들었는데, 나라도 싫을 거 같더라고요."

길고 곧은 손이, 말없이 지민의 머리칼을 쓰다듬었다.

"그런데 그런 나한테, 왜 이렇게 잘해주는데."

"내 거니까."

지민은 한 번 망설여보지도 않고 대답했다.

"내가 내 거한테 잘해줘야지. 안 그러면 누가 잘해주는데."

그러니까 이 사람은, 그냥 외로운 건지도 모른다.

언젠가 했던 그 생각이, 다시 손에 잡힐 듯이 떠올랐다. 그와 자신 사이에 일어난 이 말도 안 되는 일련의 일들 또한, 너무나 사람이 고파서 저지른 것일지도 몰랐다. 그리고 지민이 생각하기에, 아마도 그것은 사실일 터였다.

❦

이미 며칠이나, 거의 밤마다 만나서 몸을 섞고 있었음에도
불구하고 그날 밤의 기억은 조금 특별했다. 이불 속에 몸을 파
묻고, 두 사람은 밤새도록 아무 말도 없이 그냥 가만히 서로의
얼굴을 쳐다보았다. 뺨을 만지고, 입술을 만지고, 그러다가 살
짝 입을 맞추고, 서로의 손등을, 손가락을 쓸고, 목덜미를 만지
고, 더듬었다. 새삼 낯선 것처럼. 새삼 신기한 것처럼. 새삼 실
감이 나지 않는 것처럼.

별다른 말이 없어도, 많은 말들이 그 속에서 오갔다.

·9·

내가 당신의 위로가 될 테니

최종 리허설은 오후 3시쯤 있을 예정이었다.

아침부터 WMC 아티스츠에서 파견 나온 사람들이 분주히 대강당을 들락거리며 필요한 것들을 체크하고 설치했다. 그런 것들을 지켜보고 있자니, 정말로 공연이 코앞에 다가왔다는 실감이 났다.

"어제 그 수경대 교수 말인데."

정 계장이 뒤를 한 번 흘끗 돌아보고는 지민을 향해 은근한 목소리로 말했다.

"꽤 유명한 사람인가 보더라."

"그래요?"

"응, 여기저기 인맥도 꽤 있는 사람인 모양이고."

지민은 짜증스레 혀를 찼다. 물론 다 그런 것은 아니겠지만

예체능 계통의 대학 교수들 중에는 유달리 남이 자신을 얼마나 대접해주느냐에 목을 매는 축들이 있었다. 그리고 정 계장의 짤막한 설명을 듣고 나니 그 교수가 어떤 사람인지 단박에 감이 잡혀 저절로 언짢아졌다.

"그런 사람이 뭐가 아쉬워서 공짜 표 달라고 조교씩이나 보내요. 찌질하게. 돈이 없나."

"그게 돈 문제겠냐."

정 계장은 딱 소리 나게 혀를 찼다.

"내가 이만한 사람인데, 날 좀 대접해달라는 거지."

"어우, 더 찌질하네."

지민은 대놓고 입을 삐죽거렸다.

"근데 둘이 진짜 무슨 사이일까요? 그 교수는 자기가 이유진 은사라 그러고, 이유진은 그런 사람 모른다고 펄쩍 뛰고."

"뭘 그게 궁금하기씩이나 해? 딱 보면 각 나오잖아. 옛날에 이유진 어릴 때 레슨이나 몇 번 해준 그런 사이겠지. 그걸 가지고, 이유진 잘나가니까 아, 쟤가 내 제자다 하고 어깨에 힘 좀 주고 싶은 그런 거 있잖아. 이유진 입장에서는 이건 또 뭐야, 싶은 거고."

얼른 납득이 가지 않아 지민은 고개를 갸웃거렸다. 정말로 그런 거라면, 어제 유진은 왜 그렇게까지 화를 낸 것일까. 비슷한 이야기는 이미 민 실장에게서도 들었다. 그러나 다 감안하더라도 어제의 유진은 지나치게 날이 서 있었다. 그건 도대체, 왜 그랬던 걸까.

지민의 책상 위에 놓여 있던 전화기에서 띠링, 벨 소리가 울렸다.

"세현문화회관 행정실입……."

"아, 나 원일현인데."

상대는 바로 지민의 말을 자르고는, 통명스럽게 계급장처럼 제 이름을 댔다. 한 사립대학교의 음대 교수. 특정한 분야에 몸을 담고 있지 않은 이상 잘 알기도 어려운 이름을 당당하게 대고 들어오는 게, 벌써 뒷골이 근질거렸다.

"네, 무슨 용건이시죠?"

"용건이나 마나."

수화기 너머 들려오는 목소리는 매우 고압적이었다.

"어제 우리 조교한테 심부름을 좀 보냈는데."

그게 어딜 봐서 심부름이냐고, 사람을 얼마나 괴롭혔으면 그 숫기도 없어 보이는 아가씨가 두 시간 넘게 알지도 못하는 사람 앞에서 눈물까지 짜면서 저 좀 살려달라고 매달렸겠느냐는 말이 목구멍 끝까지 치밀었다.

"그, 왜 아직도 연락이 없어?"

반말.

지민은 미간을 찌푸렸다.

"죄송하지만 그 문제는 어제 조교님께 설명을 다 드렸고, 저희 쪽에서 더 드릴 말씀이 없습니다, 교수님."

"이것 봐요."

탕, 하고 무언가로 책상을 내리치는 소리가 들렸다.

"내가, 이유진한테 첼로 가르친 사람이라고."

"……."

"그런데 그런 나한테, 이따위로 해도 되나?"

"저기, 교수님."

지민의 얼굴이 일그러지는 걸 가만히 보고 있던 정 계장이 성큼성큼 다가와 수화기를 빼앗아 들었다.

"세현문화회관 행정실 책임자 정인호입니다. 아, 네네, 교수님. 당연히 알지요. 네. 네. 아 그게 그런데, 참, 저희 같은 말단 공무원이 뭘 어떻게 할 수 있는 문제가 아니라서요. 아시잖습니까. 네. 네. 아, 그럼요. 네. 분명히 말은 그렇게 전달했고요, 네."

됐으니까, 이 전화는 나한테 맡기고 나가서 커피나 두 잔 타 오라는 듯 정 계장은 수화기를 들지 않은 왼손으로 컵을 기울이는 흉내를 내보였다.

지민은 어색하게 고개를 숙여 보이고는, 종이컵에 커피 믹스 두 개를 풀고 뜨거운 물을 받았다. 그래도 오늘은 정 계장이 조금은 고마워서 믹스 하나를 더 뜯어 설탕을 조금 더 탔다.

"네, 네, 그럼요. 연락 갈 겁니다. 조금만 기다려보세요. 워낙 갑작스럽게 잡힌 공연이라 지금 다들 바빠서 정신이 없거든요.

네. 네. 아이고, 별말씀을요. 네, 그러면 들어가 보겠습니다. 네.
네. 수고하십시오. 네."

탁 소리가 나도록 신경질적으로 전화를 끊고, 정 계장은 벌
레 씹은 표정으로 혀를 찼다.

"어휴, 꼰대 냄새가 진동을 한다, 아주."

"뭐래요?"

"뭐라긴, 그냥 내가 아까 한 말 딱 그거야. 내가 이유진한테
첼로 가르친 사람인데 나한테 이렇게 해도 되냐고. 3년 전에
처음 내한했을 때도 아무 연락 없길래 그때는 뭐 정신없고 바
쁜가 보다 생각해서 넘어갔는데, 이번에도 이러는 건 좀 아니
지 않냐고. 내가 이유진이 콩쿠르 나왔을 때도 얼마나 점수도
잘 주고 심사평도 잘 줬는데, 사람이 은혜를 모르면 금수만도
못하다는 둥, 어휴."

"웃기네요."

지민은 피식 웃었다.

"이유진 콩쿠르 나온 대회마다 까이고 상 하나 못 받은 거 모르
는 사람도 있나. 한국도 결국 그러다가 뜬 거잖아요. 못 견디고."

공연 일정 자체가 너무 촉박해 느긋하게 사무실에만 앉아 있

을 수가 없었다.

공연 당일에 배부할 팸플릿과 리플렛 검수를 해달라는 연락이 와서, 지민은 점심도 먹지 못하고 인쇄소로 갔다.

첼리스트 이유진 내한 리사이틀이라는 타이틀이 박힌 팸플릿을 보니 새삼 공연이 가까워졌다는 게 실감이 났다. 회관에서 행사를 할 때 종종 발주를 내던 인쇄소였지만 이렇게나 많은 부수를 주문해본 것은 처음이었다.

혹시나 오타가 있거나 사진이 깨진 곳은 없는지 꼼꼼하게 체크하고 지민은 회관으로 돌아왔다. 흘끗 시계를 보니 시간은 이미 4시가 훌쩍 지나 있었다.

리허설 시작이 3시랬으니까, 이미 끝내고 갔으려나. 어쩐지 마음이 서운했다. 별다른 일이 없는 이상 오늘도 밤이 되면 만나겠지만, 볼 수 있을 때 한 번이라도 더 보고 싶은 게 솔직한 마음이어서 지민은 조금 시무룩해졌다.

"갔다 왔어?"

문을 열고 행정실 안으로 들어가자 정 계장이 업무 확인 차 말을 걸어왔다.

"네, 뭐 그냥 그렇게 찍으면 되겠더라고요. 날짜가 촉박해서 금요일 아침에나 겨우 맞출 수 있을 거 같대요."

"에이, 거참. 목요일 밤늦게라도 나와야 한 번이라도 보고 나가는데."

"할 수 없죠, 뭐. 디자인 넘긴 게 어젠데. 이것도 엄청 빨리해 주는 거잖아요. 그쪽도 난리예요. 이거 맞추려면 오늘 직원들 다 밤 새야 한다면서."

이 말을 해도 될까 말까 고민하는데 잠깐의 시간이 걸렸다.

"리허설은, 끝났어요?"

"응, 조금 전에 끝났지."

정 계장은 짜증스럽다는 표정으로 고개를 틀어 뒤를 한 번 돌아보았다.

"꼰대 떴다."

"네?"

"아까 그 꼰대. 초대권 내놓으라고 지랄하던."

지민은 저도 모르게 입을 헤, 벌렸다. 입에 발린 말 몇 마디에 조용히 넘어갈 사람은 아닐 거라고 짐작했지만, 여기까지 버젓이 찾아올 줄은 몰랐다.

"아니, 왜요?"

대뜸 그렇게 물어놓고, 지민은 고개를 절레절레 내저었다.

"여길 왜 와요? 그 사람이."

"왜 자기 생까냐고. 아이고, 말도 마. 지민 씨 없는 동안에, 아 주 생난리가 났어."

정 계장은 오만상을 찌푸리고는 끔찍하다는 표정으로 고개 를 절레절레 저어 보였다.

"리허설 하는데 들이닥쳐서는 하도 고함을 지르고 생난리를 치니까, 결국은 이유진이 사람들 다 내보내고 둘이 지금 대강당에서 얘기하고 있어. 이야, 진짜 뭐 얼마나 교양 있는 교수인지 모르겠는데, 창피하지도 않나 몰라. 나이도 한참이나 어린 사람 데리고."

지민은 저도 모르게 엉거주춤 자리에서 일어섰다.

누가 내 은사냐고 되묻던 그 가시 돋친 목소리가 귓전에 또렷이 되살아났다. 아무런 완충도 없이 두 사람을 만나게 해서는 안 된다는 생각이 따갑게 지민의 머릿속을 울렸다.

"어? 지민 씨 어디 가?"

지민은 벌떡 일어나 밖으로 나왔다. 무언가가, 잘못되어 가고 있었다.

정문으로 들어갈 용기는, 도저히 없었다. 지민은 뒤쪽 문 손잡이를 잡고 조심스레 밀어 열었다. 강당 안은 조용했다. 그러나 아무도 없는 건 아니었다. 인기척을 내려고 했다. 때마침 들려온 목소리만 아니었다면.

"자네, 사람이 그러는 거 아냐."

"사람이 뭘요."

지민은 살짝 고개를 내밀어 안을 들여다보았다. 저쪽 앞, 피아노가 있는 무대 아래에서, 두 사람이 마주 보고 서 있었다.

유진은 주머니에서 담배를 꺼내 느긋하게 한 대를 붙여 물었다. 나이 어린 사람이 어른 앞에서 함부로 담배를 무는 것은 예의에 어긋난다는 사실을 모를 리가 없는데, 일부러 하는 행동인 모양이었다. 유진을 알게 된 건 얼마 되지 않았지만 그의 꽤나 깊숙한 곳까지 한 번은 스쳤다고 생각했는데, 담배를 피운다는 사실은 지금에서야 알았다.

"사람이 제 근본을 모르고 제 난 데를 모르면 금수하고 하나 다를 게 없는 거라고."

"뭐……."

꽤나 멀리 떨어져 있는데도, 유진의 입가에 물린 담배가 흐릿하게 끄덕거리는 게 보였다.

"사람이 아닌가 보죠."

그 음성은 명백하게 빈정거리고 있는 것이었다. 그 서늘함에, 날카로움에, 뒤틀림에 입속이 바싹 타들어왔다. 그만해요. 지민은 저도 모르게 입속으로 중얼거렸다.

"많이 컸다니, 내가 교수님 아들도 아니고 손자도 아니고. 어지간히 반가운 얼굴이라서 인사하러 온 거도 아닐 거고요."

유진은 내뱉듯이 그렇게 말했다.

"뭐 하실 말씀이라도 있습니까."

"내가 그깟 돈 십만 원 하는 표 두어 장 구할 돈이 없어서 이러겠나?"

교수의 언성이 높아지고 있었다.

"여기저기서 천재니 뭐니 떠받들어서, 근본도 없이 하늘에서 뚝 떨어진 줄 알겠지마는, 자네는 한국 사람이고……."

"사실이 너무 긴데요."

구구절절한 교수의 말에 비해, 유진의 대꾸는 짧고 퉁명스러웠다.

"그래서, 하시고 싶은 말씀이 뭔데요."

"자네 이런 식으로 이 바닥 척 져서 좋을 게 뭐가 있어?"

교수의 언성이 협박투로 높아졌다.

"나한테만도 아니고, 벌써 여러 명한테 공연 초대 가지고 버릇없이 군 모양이던데."

"……."

"젊은 혈기에 그럴 수도 있고, 세상에 나만 잘났다 싶을 수도 있는 나이니까, 내 이해하지. 이해하는데."

"필요 없는데요. 그런 이해."

유진의 대답은 칼로 자르듯, 너무나 짧고 분명하게 나왔다.

"이해하다니, 뭘 이해하는데요. 제대로 레슨을 해주는 것도 아니고, 그냥 이름 한 줄 올리는 거에 집 한 채 값 가져오라고 한 거요? 그렇게는 못 하겠다니까, 언제까지 고개 빳빳하게 들고 돌아다닐 수 있는지 보자고, 우리 엄마한테 고함친 거요?"

"……."

"그래서, 그거 못하겠다니까, 교수님이랑 교수님 주변 사람들이 3년 내내 내가 나가는 콩쿠르마다 쫓아다니면서 사람 밟았잖아요. 있는 소리 없는 소리 다 해가면서. 악보대로 하면 독창성 없다고 까고, 내 식대로 하면 악보 존중할 줄 모른다고 까고. 왜요, 내가 다 잊어버렸을 줄 알고 여기까지 찾아오셨어요?"

"그, 그건……."

"교수님이야말로, 벌써 잊어버리셨나 봐요. 겨우 열세 살 먹은 어린애가 식은땀 뻘뻘 흘리면서 첼로 하고 있는 거 딱 끊고, 뭐라고 했는지."

유진은 고개를 돌리고 입속에 고인 담배 연기를 훅 뱉어냈다. "겉멋만 든 쓰레기……라고 했죠. 그때."

지민은 저도 모르게 손을 들어, 입을 막았다.

겉멋만 든 쓰레기. 그것도 이제 겨우 열세 살 먹은 어린애에게.

일곱 살에 첼로를 시작해 열 살에 첫 콩쿠르에서 우승, 그러나 그 후로 3년간, 그는 그 어떤 콩쿠르에서도 우승은커녕 입상조차 하지 못했다. 그리고 그 시간 동안, 유진의 뒤로 갖은 억측과 질시와 수군거림과 손가락질이 따라다녔다. 지민은 그런 걸 그저 건너건너 전해 들어 알고 있었다. 그 말들이 그렇게나 저열하고 잔인한 것들이었는지는, 지민은 지금까지도 알지 못했다.

"사람이 왜 그리 뒤끝이 길어? 좀스럽게!"

교수도 지지 않고 맞받아쳤다.

"그때 자네 첼로는, 그건 솔직히 말해서 전혀 어린애답지가 못했어! 난 그냥, 다 자네 잘되라는 뜻에서!"

"표요, 필요하시면 드릴 수도 있어요."

유진은 노련한 투수의 변화구처럼, 뚝 떨어진 말투로 차갑게 대꾸했다.

"그런데요."

"……."

"다들 보는 앞에서 나한테 사과할 자신 있으면 오세요."

"뭐?"

"금요일 날, 내가 대놓고 말할 거거든요. 저기, 몇 번 몇 번 자리에 앉은 사람이 옛날에, 열세 살짜리 애한테 겉멋 든 쓰레기라고 한 사람이라고. 또 몇 번 몇 번 앉은 사람은 너 그딴 식으로 첼로 해가지고 이 나라에서 대학이라도 졸업할 수 있을 줄 아냐고 했던 사람이라고, 또 몇 번 몇 번 앉은 사람은 당하다 당하다 악 받친 우리 엄마가 기사 좀 내달라고 찾아갔더니, 그거 자료 뺏어다가 고스란히 교수님한테 다 갖다준 사람이라고. 그거 말고도, 내가 아는 거, 내가 기억하는 거, 내가 당한 거, 내가 다 말할 거거든요."

유진의 목소리는 소름 돋도록 차가웠다. 차갑기는 했지만, 그의 목소리에는 언제나 번번이 지민을 놀라게 하던 그 여유가 사라지고 없었다. 가끔 되짚어 끄집어내는 것만으로도 사람을 상처 입히는 종류의 기억이 있다. 유진은 지금, 그런 순간을 맞닥뜨린 게 틀림없었다.

"그거 감당할 수 있으시면, 오시던가요."

"그래서."

교수는 부들부들 떨며 되물었다.

"지금, 끝까지, 대거리해보겠다, 그거야?"

"대거리요? 내가 뭐 하려요? 한국 밖으로 한 발짝만 나가도 아무도 모르는 교수님한테, 내가 왜요."

"너 이 새끼, 진짜 말 다 했어!"

지민은 눈을 질끈 감고, 한 뼘쯤 열린 문을 거칠게 밀었다.

끼이익, 하고 문 아랫부분이 바닥에 긁히는 마찰음이 울렸다.

두 사람의 시선이 일제히 지민 쪽으로 움직였다. 지민은 부들부들 떨며 강당 안으로 들어섰다.

유진의 표정이 눈에 띄게 굳었다. 그는 천천히, 아주 천천히 눈을 깜빡이며 지민을 바라보았다. 그 얼굴에는 놀라움과 당황과 낭패의 기색이 뒤섞여 있었다.

때아닌 제삼자의 등장에 당황한 교수가 무어라 변명을 늘어놓고 총총히 강당을 떴지만, 유진과 지민은 그를 일별할 만큼의 관심도 없었다.

유진은 창문을 열고, 담배를 창밖에 버렸다. 손을 내저어 뿌연 담배 연기를 흩어내며, 그는 한참이나 아무 말도 하지 않았다.

지민은 말없이 그의 곁에 다가가 나란히 앉았다. 순식간에 텅 비어버린 강당 안은 무겁게 조용해졌다.

"어디부터 들었어요."

한참 만에야 유진은 그렇게 물어왔다.

"아까 그때 여기 온 거 아니잖아요. 어디부터 들었는데."

"그냥, 아마도."

지민은 고개를 주억거렸다. 다 들어버렸다는 고백을 할 엄두는 나지 않았다. 그러나 이런 순간의 거짓말은 아무런 도움이 되지 않는다는 것을 그녀는 경험으로 알았다.

"전부."

"그랬구나."

유진은 허탈하게 웃었다. 그는 커다랗게 숨을 한 번 몰아쉬었다. 그의 실팍한 흉곽이, 긴 마라톤을 뛰고 난 직후처럼 천천히 한 번 들어 올려졌다가 편안하게 가라앉았다.

"지민 씨가 몇 번이나 물었죠. 왜, 다른 크고 좋은 공연장 다 놔두고, 이 후지고 좁은 데서 공연하려고 하냐고."

지민은 입을 다문 채 트인 그의 말문을 기다렸다. 듣지 않아

278

도 조금씩, 알 것 같기는 했다. 그러나 지금은 그냥 입을 다물고 말없이 들어야 할 때였다.

"이거예요, 그 이유."

"유진."

"14년 전에, 여기가 세현문화회관이 아니고 그냥 시민회관이었을 때. 여기서 수경대 음대에서 하는 콩쿠르가 있었어요."

세현문화회관이 본래 시민회관이었을 때, 유진은 여길 와본 것이다.

"3년 동안, 나가는 콩쿠르마다 전부 떨어졌어요. 우승은 고사하고 입상 한 번 못했어요. 내가 못 해서 그런 거면 납득할 수라도 있었을 텐데, 그 콩쿠르에 나보다 첼로 잘하는 사람은 한 명도 없었는데도⋯⋯."

그에겐 아직도 아물지 않은 상처를 남긴 곳이었다.

"그래서, 그게 마지막이었어요. 엄마하고 약속했어요. 이거까지 해보고 안 되면, 첼로 그만둔다고."

그래도 그는 첼로를 그만두지 않았고, 그래서 지금 여기까지 왔다.

"첼로 그만두고 싶지 않았어요. 그래서 밤새가며 준비하고 연습했는데, 내 차례에 들어가서 반도 채 연주 못 했는데 방금 그 양반이 그만하라고 고함을 꽥 지르고, 그렇게 말하더라. 대가리 피도 안 마른 새끼가 겉멋만 들었다고. 그런 걸 쓰레기라고 한다고. 결국 연주도 다 못 끝낸 난 또 떨어졌고, 한국 떴어요. 도망간 거죠."

이곳은 유진을 이 나라에서 쫓아낸 악몽 같은 곳이기도 했다.

"복수하고 싶었어요."

"……."

"저런 새끼들이 감히 얼굴도 못 쳐다볼 만큼 잘난 사람이 돼서, 내 공연에 어떻게든 오고 싶어서 안달이 나게 만들고 싶었어요. 나랑 친한 척하고 싶어서, 눈곱만큼이라도 아는 사람인 척하고 싶어서 안절부절못하게 만들고 싶었어요. 그래서 방금 같은 저딴 식으로 나한테 연락하면 그렇게 쏴붙여주고 싶었어요."

지민은 저도 모르게 입술을 꽉 물었다. 그래서, 여기였다. 그래서, 여기가 필요했다. 14년 전, 도망치듯 이 나라를 떠나기 전 마지막으로, 소년은 세상에 화해를 청했다. 여기, 이곳에서. 그러나 그 힘겨운 노력마저 잔인하게 짓밟힌 후, 이제 청년이 된 소년은 제 나름의 방식으로 재회를 준비했다. 14년 전 그곳에서 이제 겨우 열세 살밖에 먹지 않은 어린애에게 겉멋만 든 쓰레기라는 독설을 내뱉은 자들과의 재회를.

"나한테 사과하라고."

가슴속에서 서너 가지, 혹은 네다섯 가지, 혹은 예닐곱 가지의 말들이 한꺼번에 몰려나와 지민은 눈을 질끈 감았다. 내 인생에 첼로를 빼면 아무것도 남지 않는다던 그 웃음 섞인 목소리가 떠올랐다. 조금 전까지만 해도, 액면 그대로 이제 와서 첼로를 그만두면 자신에게 남는 것은 아무것도 없다는 정도의 말로 생각했다. 그러나 그 말은 그런 뜻이 아니었다. 자신이 택할 수 있는 것은 첼로 하나뿐이었고, 그러니 이제 와서 그 첼로를 들어내버리면 자신은 아무것도 아니게 된다는 말이었다. 그 두 가지 말은, 일견 비슷한 것 같으면서도 하늘과 땅만큼이나 달랐다.

"뭐야."

애써 대수롭지 않게 대꾸하려는 지민의 목소리는 떨려서 나왔다.

"별것도 아니네."

"……."

"난 또, 이 회관 지하에 사람 시체라도 파묻어놓은 줄 알았잖아요."

유진에게 대놓고 투덜거린 적이 있었다. 왜 굳이 이런 후지고 작은 변두리 회관에서 공연하려고 하는 거냐고. 그 말을 듣는 유진은 어떤 기분이었을까. 심장이 미어지는 것 같았다.

"그냥 말하지 그랬어."

탓하듯, 원망하듯 말하는 그 목소리가 어쩔 수 없이 울컥 흔들렸다.

"나는, 난 그런 것도 모르고."

"그 이야기를 어떻게 해요. 나는 천잰데. 천재라야 되는데. 남들 다 그렇게 생각하고 있는데."

유진은 넘덤하게 대답했다.

"천재는 그러면 안 되는 거예요. 천재는 원래 세상이 질투하고, 시샘하고, 그래서 힘들게 하는 게 천재거든요. 그런 거 다 하하 웃어넘기고, 너네같이 미천한 것들이 그래봤자 나는 눈 하나 깜짝 안 한다고, 뭐 그래야 천재인 거예요."

유진의 시선이 천천히, 옆에 앉은 지민에게로 돌려졌다.

"나는 거기서 탈락이에요."

"그게 무슨 말이야."

"14년 내내 지금까지, 그때 그 사람들한테 복수할 생각만 하면서 살았는데, 그거 아무도 알면 안 되는 거였어요."

유진의 손끝이 지민의 손등을 쓸었다. 그 손끝은 아주 희미하게 떨리고 있었다.

"말 듣는 사람들은 다 그렇게 말하겠죠. 인지상정이라고. 사람이 그런 거에 상처받는 건 당연한 거라고. 그런데요, 그건 그냥 말이에요. 그런 거에 연연하고, 상처받고, 힘들어하는 순간에, 난 아무것도 아닌 게 돼버리거든요."

그게 왜 그러냐고, 무슨 그런 말이 있냐고 항변이라도 하고 싶었다. 그러나 무슨 뜻인지 알 것도 같아서, 지민은 아무 말도 하지 못했다.

지민은 천천히 고개를 저었다. 그냥, 모든 것이 마음에 들지 않았다. 유진의 말도, 그 말에 아무런 대꾸를 하지 못하는 자신도.

"1년 중에 제일 일 없을 시기고, 그런 때 내가 갑자기 치고 들어와서 쓸데없이 일거리만 많아졌다고. 뭐 그런 말 한 적 있죠?"

지민은 천천히 고개를 끄덕였다.

"그런데요."

유진은 피식 웃었다.

"그건 나도 마찬가지였어요."

그는 가만히, 짧고 깊은 한숨을 내쉬었다.

"나도 상상도 못 했어요. 내가 문화회관 행정실 직원한테 미쳐서 이렇게 정신 못 차리고 오락가락할 줄은."

"……"

"조금 더 쉽고 깔끔할 수 있었는데. 지민 씨만 없었으면. 내가, 지민 씨를 좋아하지만 않았으면."

어쩔 수 없었다. 그것은 마치 처음부터 그렇게 되도록 결정되어 있었던 것 같았다. 누가 먼저인지도 모르게, 누가 더 깊은지도 모르게 두 사람은 정신없이 서로에게 빠져들고 말았다. 그래서는 안 될 것을 모르지도 않으면서.

"지민 씨."

가만히 이름을 부르는 목소리를 듣는 순간, 어째서인지 심장이 철렁 떨어졌다. 마치 그 뒤에 나올 말을 미리 알고 있기라도 한 듯이.

"우리 엔조이는 여기서 끝이에요."

놀랐다. 아니, 놀랐다고 생각하고 싶었다. 그러나 실은 지민은 놀라지 않았다. 놀라지 않았다기보다는, 그가 그렇게 말할 것을 이미 알고 있었다. 이유는 몰랐지만, 어째서인지 꼭 이 타이밍에, 그는 그렇게 말할 것만 같았고 그 예감은 현실이 되었다.

그래서, 왜냐고 묻고 싶었지만 차마 아무 말도 할 수가 없었다.

"나는 나밖에 몰라요."

말문이 막혀버린 지민 대신, 유진이 묻지도 않은 말에 알아서 대답을 하고 있었다.

"나같이 제멋대로에 고집 세고 나밖에 모르는 놈을, 왜 지민 씨가 지금까지 참아줬겠어요. 내가 첼로 하는 이유진이니까 그랬던 거지."

"……."

"그런데 그 이유진은, 겨우 이런 놈이에요. 어릴 때 들은 말 몇 마디에 아직도 상처받고, 그거 하나 분풀이하겠다고 이 사람 저 사람 힘들게 하는, 그러면서 미안한 줄도 모르는 그런 놈이에요."

눈을 내리깔고, 부드럽게 미소 짓는 그 얼굴은 쓸쓸했다.

"내가 생각해도 쪽팔려서, 죽어도 지민 씨는 모르게 하고 싶었는데."

"무슨 그런 말이 있어."

항변하는 목소리가 힘없이 떨렸다.

"그게 왜. 어때서. 그게 뭐가 어때서."

"……."

"그럼 그런 소리 들어놓고도 아무 일도 없었다는 듯 사는 게 즐거우면, 그게 사람이야? 천재고 뭐고 간에, 사람이 어떻게 그럴 수가 있어요, 응?"

"지민 씨, 이제 나한테는 아무것도 안 남았어요."

타이르듯, 속삭이듯 말하는 그 목소리는 서글플 만큼 부드러웠다.

"여기 있는 나는, 이제 진짜 아무것도 아니에요. 철딱서니도 없고, 할 줄 아는 것도 없고, 그런 주제에 어릴 때 일 아직까지 꽁하게 품고 있는 못난 놈이에요."

깊은 밤처럼 가라앉은 검은 눈동자가 가만히 지민의 얼굴을 끝부터 끝까지 훑었다.

"나는 지민 씨를 좋아하고, 그런 못난 놈한테 지민 씨 못 매 놔요."

여기서 지민은 할 말을 잃었다.

그간 너무나 여유롭고, 심지어 조금은 뻔뻔하다고까지 생각했던 유진은 사라지고 없었다. 그 자리에 남은 것은 그저 한없이 지치고 상처받은, 한 외로운 사람의 얼굴뿐이었다.

"그동안 수고했어요."

그 말을 끝으로, 유진은 더없이 아름다운 얼굴로 한 번 싱긋 웃고는 자리에서 일어나 밖으로 나갔다.

그 뒷모습이 멀어지는 것을 하염없이 바라보면서도, 지민은 그 자리에 굳은 듯 아무 말도 하지 못했다. 따라가 손목을 붙잡는 것도, 등 뒤에서 끌어안는 것도, 아니 그런 것은 차치하고라도 가지 말라는 말조차 한마디 하지 못했다. 마치 마법이라도 걸린 것처럼 그 자리에 앉아 문 뒤로 사라지는 유진의 뒷모습을 물끄러미 바라보고만 있었다.

그리고 당연한 수순처럼, 그날 밤 유진은 지민을 만나러 오지 않았다.

· 10 ·
우리의 밤 짙은 겨울

 실로 며칠 만에, 너무 평온하다 못해 무료하기까지 한 오전 시간이 찾아왔다.

 도무지 실감이 나지 않았다. 유진이 찾아오지 않은 하룻밤을 보내고 나서야 지민은 좀 더 명확하게 깨닫게 되었다. '일주일 엔조이'라는 그 말은, 자기 스스로에게 놓고 있는 백신 주사 같은 것이었다는 걸.

 그리고 일주일이라는 시간도 못 채고 뜻하지 않게 찾아온 이별은, 지금이 아니라 조금 더 후에, 훨씬 더 둔하고 아프게 마음을 베어오리라는 것을.

 아무렇지 않다고 생각했지만 그렇지 않은지, 정 계장이 어디 몸이라도 안 좋은 거냐고 묻기도 했다. 요즘 감기 독하다던데 괜히 나한테까지 옮기지 말고 병원이라도 갔다 오라는 말을 들었지만 얄밉다는 생각도 들지 않았다. 말없이 고개만 꾸벅 숙이는 지민을, 정 계장은 수상쩍다는 눈으로 물끄러미 쳐다보고 있었다.

점심시간이 되기 10분 전쯤, 느닷없이 핸드폰 소리가 울렸다.

깜짝 놀라 액정을 들여다보니, 전화를 건 사람은 유진이 아니라 민 실장이었다. 어쩐지 맥이 풀렸지만, 지민은 핸드폰을 들고 밖으로 나가 전화를 받았다.

"네, 민 실장님."

"지민 씨."

민 실장의 목소리는 다급하게 들렸다.

"유진 혹시 어디 있는지 알아요?"

"네?"

지민은 제가 낸 소리에 흠칫 놀라 고개를 움츠렸다. 그리고 핸드폰을 쥔 손을 바꾸었다.

"그게 무슨 말씀이세요?"

"어, 지금 아는 이야기 모르는 척할 상황이 아니니까 그냥 편하게 얘기할게요."

핸드폰 너머에서 나직한 한숨 소리가 들렸다. 지민은 덩달아 가슴이 답답해지는 것을 느꼈다.

"지민 씨 유진이랑 많이 친하죠?"

"네? 저, 그건……."

"말 돌릴 상황 아니라고 말씀 드렸잖아요."

민 실장의 목소리가 조금 날이 서는 듯 느껴졌다.

"뭐라고 하려는 거 아니니까, 대답 좀 해줘요. 둘이 보통 사이 아닌 거 맞죠."

"네."

짧은 대답을 하고, 지민은 저도 모르게 입술을 깨물었다. 귀가 붉어졌다. 예정했던 일주일을 다 채운 후에, 민 실장이 똑같이 물었다면 그때도 이렇게 대답했을까. 그런, 그다지 중요하지 않은 것들이 갑자기 궁금해졌다.

"그러려고 그랬던 건 아닌데, 어쩌다 보니까."

"됐어요. 지금 추궁하려는 게 아니니까."

민 실장은 흐지부지한 지민의 말을 대번에 잘라버렸다.

"어제가 리허설이었던 건 알죠."

"네."

"리허설 간다고 나가서 안 돌아오길래, 지민 씨 만나러 갔나 보다 했어요. 그래서 그냥 놔뒀는데."

갑자기 눈앞이 아득해졌다. 그러니까, 유진은 '오늘'이 아니라 '어제' 사라진 것이다. 그리고 지금 만 하루 가까이 사라진 상태인 모양이었다. 어제, 이 회관을 떠난 그 순간 이후로.

"이 시간까지 호텔로 돌아오질 않고 있어요. 전화도 꺼져 있고."

"……"

"뭐 아는 거 좀 없어요?"

"저."

억지로 입을 여는 지민의 목소리는 떨리고 있었다.

"유신이 그렇게 말한 적이 있어요. 자기가 어디 가서 뭘 하든지 실장님은 다 알고 계신다고요."

그는 분명히 그렇게 말한 적이 있었다. 내가 어디에서 뭘 하든지, 그녀는 다 알고 있다고. 그런 거라면, 지금 그가 어디에서 뭘 하고 있는지도 알아야 하지 않나. 까닭 없는 원망이 치밀었다.

"그런데, 실장님도 유진이 어딨는지 모르신단 건가요?"

"원래 경호 겸 유진을 따라다니는 팀이 있었어요. 워낙에 말 없이 잘 나다니는 사람이라, 어쩔 수 없이."

민 실장은 변명 비슷하게 덧붙이고는 한숨을 내쉬었다.

"그런데 얼마 전부터는 하도 날카롭게 굴어서, 공연 끝날 때까지만 안 붙이기로 했는데."

지민은 천천히 눈을 감아버렸다. 그런 거라면, 유진은 정말로 '사라진' 거였다. 도대체 어디로 간 건지 짐작조차 가지 않았다. 한국에 머물러 있을 집조차 없어 호텔 신세를 지고 있던 사람이었다. 그런 사람이, 도대체 어디에 가 있을 수 있는 것일까.

왜 전화 한 통 해보지 않았을까. 불과 며칠이었지만 그렇게 뜨겁게 사랑해놓고, 이걸로 끝이라고, 수고했다고 돌아서 가는 뒷모습에다 대고 왜 여기서 끝이냐고, 누구 마음대로 끝이냐고, 어째서 말 한마디 해보지 못했을까. 어제 그 시간부터 지금 이 순간까지, 자신의 모든 시간이 후회로 물들었다. 순간 머리가 핑 돌아, 지민은 비틀거리다 벽에 등을 기댔다.

"어제 리허설은 가긴 했어요?"

"네, 왔어요. 잠깐 얼굴도 봤고요."

"그게 몇 시쯤?"

"아마…… 네 시 좀 넘었던지, 안 됐던지……."

불확실한 기억에 목소리가 따라 흔들렸다.

왜 그렇게 아무 말도 못 하고 그냥 내버려뒀을까. 이것도 안 되고 저것도 안 되더라도, 우리는 일주일 엔조이 아니냐고, 아직까지 이틀이나 남았는데, 혼자 끝이라면 그냥 그렇게 끝이 되는 거냐고, 그런 말 한마디 정도는 할 수 있었을 텐데.

"도대체 어제 무슨 일이 있었던 거예요?"

도대체 어제 무슨 일이 벌어진 걸까.

도대체 우리에게는 무슨 일이 벌어진 걸까.

도대체 당신은, 어디 있는 건가요.

몸에 밴 습관의 힘이란 정말 무섭다고 지민은 생각했다. 그게 아니었다면, 그렇게나 어지러운 마음으로 당장 다음 날 닥쳐온 공연 준비를 전혀 하지 못했을 터였다. 그러나 어디까지나 몸에 밴 습관으로, 지민은 워드를 치고 엑셀을 정리하고 전화를 하고 확인해야 할 것들을 체크했다. 이곳에서 보낸 1년 동안 차곡차곡 쌓인 하루들이 그녀가 함부로 무너지지 않도록 떠받쳐주었다.

곧 돌아오겠죠. 민 실장은 그렇게 말했다. 다른 건 몰라도, 무대가 소중한 건 아는 사람이니까요. 자기가 고집부려 잡은 공연을 망칠 사람은 아니에요. 그러니, 기다려보죠.

한편으로 안심이 되기도 했지만, 더욱 불안해지기도 했다. 지민은 바로 어제, 유진을 이곳에 묶어두었던 가늘고 허망한 끈이 너무나 쉽게 풀려버리는 것을 목격했다. 자기 공연을 망칠 사람이 아니라는 그 허약한 기대에 모든 걸 걸 수밖에 없는 것일까.

지금으로선 그것 이외에, 지민이나 민 실장이 할 수 있는 다른 일이 없었다. 지민은 다른 뜻은 없고, 정말로 걱정돼서 그러니까 사람을 찾거든 문자라도 한 통 남겨달라는 부탁을 떨리는 목소리로 남겼다.

알았어요. 민 실장은 그렇게 대답했다. 지민 씨 다른 뜻 없는 거 아니까 그렇게 말하지 않아도 된다는 말을 남기고 그녀는 전화를 끊었다.

준비할 게 너무 많아 밤 열 시를 넘기고서야 지민은 퇴근할 수 있었다.

회관을 나서자마자 민 실장에게 전화부터 했다. 민 실장은 탁하게 가라앉은 목소리로 전화를 받았다. 아직도 연락 안 된 거냐 묻자 지민 씨한테 연락이 없는데 나한테 연락을 했겠느냐고 되묻고는 허탈하게 웃었다.

차라리 그냥 잠적이면 좋겠네. 그게 무슨 말씀이세요. 아직 아무 연락도 없는 걸 봐서 그런 건 아닌 거 같긴 한데, 혹시나 납치라도 당한 거 아니냐 이런 말도 나오고 있고.

민 실장은 가만히 한숨을 내쉬었다. 아무튼 나타나면 꼭 연락 줘요. 나도 바로 연락 줄게요.

지민은 맥없이 전화를 끊었다.

버스에서 내려 집으로 돌아오는 동안, 혹시나 유진이 이 길 어느 구석에 숨어 있다가 불쑥 나타나지 않을까, 기대를 하기도 했다. 생각해보니까요, 아직 날짜 이틀 남았잖아요. 아까워서. 직접 듣지 않아도 사투리 섞인 그 목소리가 귀에 선해 지민은 저도 모르게 피식 웃었다.

일부러 몇 번이나 걸음을 늦추고 살 것도 없는 편의점까지 들어가 기웃거렸지만 어디에서도 그는 나타나지 않았다.

집으로 돌아와 조심스럽게 문을 열었다. 역시나 유진이 먼저 와서 기다리고 있다거나 하는 일은 벌어지지 않았다.

지민은 침대에 몸을 내던지듯 누웠다. 피곤했다. 단순히 그 이유일까. 가슴이 답답하게 짓눌렸다.

침대에 누운 채, 지민은 떨리는 손으로 유진에게 전화를 걸었다. 전화는 여전히 꺼져 있었다. 답답한 마음을 억누르지 못하고, 거듭거듭 전화를 걸었다. 그러나 전화는 계속 꺼져 있는 상태였다.

— 도대체 어디 있는 거예요

문자를 보냈다. 문자를 보내놓고도 지민은 물끄러미 핸드폰의 액정을 바라보았다. 전화를 해도 받지 않는 사람이, 문자에 대답할 리 없다는 것을 알면서도.

지민은 손을 뻗어 이불을 쓰다듬었다. 이 이불 어딘가에 그의 체취와 그의 온기가, 그의 흔적이 고스란히 남아 있을 터였다. 지민은 몸을 틀어 이불자락에 몸을 휘감았다. 그리운 감정이 솟구쳤다.

처음 지민의 방에 들어오던 날, 그는 이 침대에 걸터앉아 긴 다리를 쭉 뻗고 방 안 구석구석을 훑어보았다. 하나하나 기억해서 잊지 않기라도 하겠다는 듯이. 그리고 보잘것없는 공간의 초라함을 변명하기도 전에 그는 미국에 가서 얼마 지나지 않아 사기를 당했고, 그래서 좁고 더러운 쉐어하우스에서 눈치를 보며 첼로 연습을 하던 시절 이야기를 들려주었다.

그때는 그저 추억처럼 떠올리는 천재의 어려웠던 시절 정도로만 여겼다. 그러나 그와 그의 어머니가 어떤 마음으로 한국을 떠나 미국까지 갔는지를 알게 된 지금은, 그 이야기는 한마디 한마디가 전부 고통이었다.

— 올 거죠

이제 공연은 만 24시간도 남지 않았다. 정작 연주자가 잠적해버리고 없는 상황. 그에게서 대관 신청이 온 후로 단 하루도 투덜거리지 않고 넘어간 날은 없었다. 그러지 말았어야 했다. 한마디 말이 불운의 씨앗이 되기도 한다는데, 그동안 얼마나 많은 푸념을 늘어놓았던가. 사소한 부정적인 말들이 쌓여 이런 사태에 보태진 건 아닐까. 연주자가 자신의 무대에서 증발하듯 사라져 없어지는 지독한 환상이 그림처럼 떠올랐다 사라졌다.

제풀에 못 이겨 지민은 다시 유진에게 전화를 걸었다. 여전히 꺼져 있었다. 연거푸 세 통을 걸고, 지민은 핸드폰 든 손을 맥없이 떨구었다.

지민은 유튜브를 켜고, 유진의 연습 영상을 찾았다. 그가 곁에 없는 지금, 지민이 그를 볼 수 있는 유일한 방법이었다.

검색어 히스토리 제일 상단에 올라온 이유진이라는 키워드를 눌러 이제는 눈에 익어버린 연습 영상 리스트를 불러냈다. 가장 상단에 올라와 있는 리베르탱고의 연습 영상을 눌렀다.

안녕하세요, 이유진입니다. 오늘 연습할 곡은 아스토르 피아졸라의 '리베르탱고'인데요.

"안녕하세요, 이유진입니다. 오늘 연습할 곡은 아스토르 피아졸라의 '리베르탱고'인데요."

저도 모르게 입 모양으로 지민은 유진의 멘트를 따라 외우고 있었다.

제가 굉장히 좋아하는 곡인데.

"제가 굉장히 좋아하는 곡인데."

첼로는 사람의 심장에 가장 가까운 악기라고 하죠. 이렇게, 연인을 껴안듯이, 안고 연주하는 악기니까요.

"첼로는 사람의 심장에 가장 가까운 악기라고 하죠. 이렇게, 연인을 껴안듯이, 안고 연주하는 악기니까요."

몇 분 안 되는 영상은, 이젠 얼마나 봤는지 어느 타이밍에서 유진이 눈을 깜박이는지, 언제쯤 무슨 말을 하는지 보지 않아도 전부 다 알 수 있을 정도였다.

― 와야 돼

그런 순간이 있죠. 맨날 다니는 길가에 풀꽃 같은 게 있는데, 어느 날 갑작스럽게 아 저 꽃이 되게 이쁜 꽃이구나 하는 생각이 들 때가 있잖아요. 그날 처음 본 것도 아니고 맨날 보던 건데도.

어차피 내가 지민 씨한테 해줄 수 있는 건 그런 거뿐이니까.

"그러고 보니까. 이거 해주기로 약속도 해놓고."

― 약속했잖아 리베르탱고. 나한테 한 번은 해주기로

296

큰 건수라도 잡은 듯, 지민은 기세등등하게 유진에게 문자를 보냈다. 마치 받을 돈이라도 남은 사람처럼.

그러나 정작 지민이 하고 싶은 말은 다른 것이었다.

— 제발 전화 좀 받아요

울컥 눈물이 날 것 같아, 지민은 핸드폰을 내던지고 베개에 쓰러지듯 얼굴을 파묻었다.

다음 날, 지민은 일곱 시가 조금 넘어 집을 나섰다.

민 실장에게 전화를 할 필요는 없었다. 새벽 여섯 시가 조금 지난 시간, 아직 유진과 연락이 닿지 않았다는 짤막한 문자 한 통이 이미 도착해 있었다. 그 문자를 보고 나니 힘이 쭉 빠졌다.

막상 출근을 하고 나서는 발등에 떨어진 불을 끄느라 바빠서 잠시 유진을 찾았는지 못 찾았는지 관심을 가질 겨를이 없었다.

늦지 않게 인쇄소에서 팸플릿과 리플렛이 도착했다. 부수를 챙기고, 구겨지거나 인쇄 상태가 불량한 것은 일일이 체크해서 가려냈다.

VIP석에 써 붙일 명단을 확인하고, 출력해서 좌석 뒤에 붙이는 것도 지민이 할 일이었다. 회관으로 가는 길을 문의하는 전화도 잊을 만하면 한 통씩 걸려왔고, 그 전화를 응대하는 것도 지민의 몫이었다.

점심시간이 조금 지나, 유진의 연주복이 도착했다. 한 명품 브랜드에서 특별히 유진을 위해 맞춤으로 제작한 검정색 턱시도였다.

지민은 커버를 씌운 연주복을 조심스레 들어다가 대기실에 걸어놓는 WMC 아티스츠의 직원들을 물끄러미 바라보고 있었다.

"이제 자리에 없는 거 딱 둘뿐이네요."

어느새 옆에 와 선 민 실장은 담담하게 말했다.

"연주자랑 첼로."

지민은 저도 모르게 핸드폰을 들여다보았다. 시간은 이미 두 시가 가까워 오고 있었다. 공연까지는 이제 다섯 시간 정도가 남았을 뿐이다.

원래라면 이미 유진도 회관에 나와 이런저런 준비를 시작해야 할 시간이었다. 그러나 지금으로서는 준비는 고사하고 유진이 일곱 시 안에 돌아오기나 할지 의문이었다.

"첼로는요?"

"호텔에."

민 실장이 무덤덤하게 대답했다.

"유진은 한국에 올 때마다 그 호텔에 묵기 때문에, 전용 세이프티 박스가 있어요. 첼로도 사용할 때 말고는 늘 거기 보관하고."

"하지만 오늘은 상황도 특수하고, 여기에 미리 갖다 놓는 게 낫지 않을까요."

"그 세이프티 박스는 생체 인식으로 작동되는 거라서 유진 말고는 아무도 못 열어요. 유진이 돌아오지 않는 이상 꺼낼 수 있는 사람이 없다는 거죠. 그 첼로를 유진 말고 다른 사람이 만졌다가 생기는 여러 가지 문제를 미연에 방지하자는 의미로."

"유진이 운전면허를 따면 안 된다는 계약서 조항이 있다던데."

지민은 조용히 대꾸했다.

"그거랑 비슷한 이야기로 들리네요."

유진은 말했다. 이 첼로는 장희빈이 살아있던 시절에 만들어진 거라고. 수십억을 호가하는 첼로가 혹시나 분실된다거나 파손된다거나 하더라도 손댈 수 있는 건 오로지 유진 한 명이니 그의 책임이 될 수밖에 없을 터였다. 음주 운전이라든가, 잠적이라든가, 차를 운전함으로 인해 벌어질 수 있는 온갖 종류의 상황을 미연에 차단하기 위해 면허를 따지 못한다는 조항을 계약서에 집어넣은 것처럼.

"별의별 이야기를 다 했네."

민 실장은 피식 바람 소리를 내듯 웃었다.

"뭐, 그런 심보도 없다고는 못 하죠."

그녀는 의외로 시원시원하게 지민의 말을 인정해버렸다.

"그 첼로 말인데, 유진이 스무 살 되던 생일에 선물 받았다고 다들 알고 있죠. 어른 된 기념으로, 익명의 팬에게서."

그녀는 흐릿하게 웃었다.

"지민 씨는, 그 말을 믿어요?"

"네?"

"사람이 있잖아요, 얼마나 돈이 많으면 수십억짜리 첼로를 '선물'이라고 줄 수 있을까요?"

지민은 저도 모르게 꿀꺽 마른침을 삼켰다. 그 비슷한 생각을, 언젠가 분명 한 적이 있었다.

"선물이란 건 그런 거잖아. 그냥 내가 그 사람이 좋아서, 좋은 마음으로 주는 거잖아요. 대가 같은 거 바라지 않고요. 그런데 수십억짜리 첼로를, 그냥 그런 좋은 마음으로 줄 수 있는 사람이 과연 있을까요? 하다못해 내가 오늘 당신 첼로를 듣고 싶으니까 우리 집에 와서 한 곡 해달라, 이런 요구라도 하게 되지 않을까요? 그리고 한두 푼도 아니고 수십억짜리 첼로를 받은 입장에서, 그 요구를 거절할 수 있을까요?"

민 실장은 거기까지 말하고, 고개를 돌려 지민을 빤히 바라보았다.

"그 첼로, 우리 회사 물건이에요."

"네?"

"그 첼로는 지금 유진이 쓰고 있을 뿐이지 유진의 물건이 아니에요. 영구 임대? 그런 개념인 거죠. 유진이 우리 회사 소속인 동안만 유진에게 사용권이 있는 거랄까."

"그렇게까지 할 필요가 있었나요?"

"이벤트가 필요했으니까. 천재 소년, 드디어 어른이 되다. 뭐 이런 거 있잖아요. 꽤 그럴싸하게 먹히기도 했죠."

그쯤 되면 내가 얘 주인이라고 하는 게 맞겠어요, 얘가 내 주인이라고 하는 게 맞겠어요.

지민은 말없이 눈을 깜박였다. 그러니까 그 수십억짜리 첼로조차도 그의 것은 아니었다. 물론 그의 '첼로'란 비단 그 안드레아 과르네리만을 말한다고 할 수는 없었다. 수십억짜리 첼로가 아니라 백만 원 겨우 넘는 첼로를 연주하더라도 그의 첼로가 무뎌지거나 빛이 바래는 일은 없을 테니까. 그래도 막연히 그의 것이라 믿었던 것들이 하나하나 빠져나가는 것을 바라보고 있는 기분은 편치 않았다.

내 인생에 첼로를 빼면 아무것도 없다고 그는 말했다. 그리고 아무런 근심도 걱정도 없이 첼로만 열심히 하면 될 것 같았던 그의 삶에는 생각보다 많은 구멍이 나 있었다.

"그런데요."

지민은 떨리는 목소리로 물었다.

"그런 이야기를, 왜 저한테 하시는 건데요?"

"글쎄, 나도 잘 모르겠네요."

민 실장은 가만히 한숨을 내쉬었다.

"그냥 지민 씨한테 이런 이야기를 하면, 유진이 어디선가 듣고 돌아올 것 같아서랄까."

지민은 고개를 떨구었다. 무슨 뜻인지 알 것 같기도 했다. 그 말이 비현실적이라 하더라도 정말 그렇게 믿고 싶은 마음이 들었다.

금요일 오후 일곱 시.

연주자가 없는 채로, 이유진 내한 리사이틀이 시작되었다.

관객석이 정숙을 유지한 것은 5분 정도였다. 5분이 지나도 시작되려는 조짐이 보이지 않자, 관객석은 본격적으로 술렁거리기 시작했다.

지민은 손톱을 물어뜯으며 그 불온한 공기의 흔들림을 물끄러미 바라보고 있었다.

민 실장은 행정실로 찾아와 이유진 씨가 조금 늦어지는 모양이니 조금만 시간을 끌어달라고 두 번 세 번 고개 숙여 부탁했다.

결국 정 계장이 무대에 올라 음향 설비 쪽의 사소한 문제가 발생해 공연이 조금 지연되겠으니 부디 양해를 부탁드린다는 안내를 전달했다. 관객석은 마지못해 조용해졌지만, 한번 시작된 술렁거림은 쉽사리 가라앉지 않았다.

"지민 씨."

정 계장은 손수건을 꺼내 이마에 맺힌 땀을 닦았다.

"이유진 오긴 오는 거야? 응?"

지민은 맥없이 고개를 저었다. 모르겠다는 의미였다. 공연이 시작되고 10분 전, 아니 5분 전까지도, 그녀는 믿었다. 자신의 무대를 망칠 사람이 아니라는 민 실장의 말을.

이제는 정말 아무것도 알 수가 없었다. 그는 어디 있는지, 무슨 생각을 하고 있는지, 여기 나타나긴 할 생각인 건지.

지민은 핸드폰을 꺼내 전화를 걸었다. 꺼져 있을 것을 알았다. 그러나 뭐라도 해야 했다. 여기서 이대로, 이 시간이 고스란히 흘러가버리는 것을 지켜보고만 있을 수는 없었다. 며칠간의 기다림에 지친 신경은 이미 다음에 들려올 전화기가 꺼져 있다는 안내음의 멘트를 읊고 있었다.

그러나 수 초의 정적 후 신호가 가기 시작했다.

지민은 저도 모르게 침을 꿀꺽 삼켰다. 설마, 핸드폰이 켜진 걸까. 들여다본 액정에는 언제나처럼 '첼로님'이라는 글자가 떠올라 있었다. 핸드폰이 꺼져 있지 않은 것만으로도, 가슴에 얹혀 있던 큰 돌덩어리 하나가 슬그머니 덜어지는 기분이었다.

그리고 한참 후, 유진은 거짓말처럼 전화를 받았다.

"어디예요?"

전화를 받은 사람을 확인하기도 전에, 유진이 '여보세요' 하고 입을 떼기도 전에, 지민은 싸움이라도 걸듯 소리쳤다.

"어디냐고!"

입속에, 머릿속에 맴도는 말은 수도 없이 많았다. 괜찮냐는 말, 무슨 일 있었던 건 아니냐는 말, 도대체 어디서 뭘 하고 있는 거냐는 말, 여기 모두가 당신을 기다리고 있으니까 이제 그만 돌아오라는 말.

그리고 보고 싶다는 말까지.

"뭐 하는 거야, 지금 몇 신 줄은 알아요?"

지민의 입을 뚫고 튀어나온 것은 그중에서도 가장 불친절하고 무뚝뚝한 것이었다.

"사람이 왜 이렇게 제멋대로야? 몰랐던 건 아닌데, 이런 사람이었어요?"

지민은 마치 유진이 눈앞에 서 있기라도 하듯 쏘아붙였다.

"도대체 어디 있는 거예요."

그리고 그제야 유진은 지민의 말에 대답했다. 그 음성은, 비록 짧긴 했지만 분명히 유진이었다.

"뭐?"

"올 거죠."

떨리는 소리로 되물었지만, 기실 물을 필요도 없었다. 그것은 어제 제풀에 타는 마음을 주체하지 못하고 발작하듯 보낸 문자들이었다.

"와야 돼."

"뭐 하는 거야."

"약속했잖아 리베르탱고 나한테 한 번은 해 주기로."

"……."

"제발 전화 좀 받아요."

거기까지 말해놓고, 유진은 잠깐 침묵했다.

"전화하면 반가워할 줄 알았더니, 대뜸 야단부터 치네요."

"됐고, 당장 와요."

순간, 핸드폰 너머 첼로의 G현만큼이나 무거운 침묵이 흘렀다. 그 침묵은 불길했고, 동시에 서글펐다.

"여기 지금 민 실장님도, 정 계장님도, 나도, 얼마나 피 마르고 있는 줄 알아요?"

"지민 씨."

지민의 말에 대꾸하는 유진의 목소리는 여전히 무덤덤했고, 지나치게 가라앉아 있었다.

"내가 지금 어디 있는 줄 알고 당장 오라는데요."

"여기 지금 사람들 다 기다리고 있잖아요."

지민은 천천히 눈을 감아버렸다. 며칠 전 우리 엔조이는 여기서 끝이라는 말만 듣지 않았어도, 그 말을 듣고 그렇게나 무기력하게 놓치지만 않았어도, 내가 부르면 어디서든 무조건 온다고 하지 않았느냐는 말을 할 수도 있었겠지만, 지금의 지민이 할 수 있는 말은 그 정도가 고작이었다. 기다리고 있는 관객들의 핑계를 대는 것 정도가.

"당신이 하고 싶대서 억지로 만든 공연이잖아. 그래놓고 안 오면 어떡해요?"

지민은 주위를 두리번거리며 민 실장을 찾았다. 일단 통화가 됐고, 무사한 것 같다는 말이라도 전해야 했다. 이 공연을 어떻게 뒷수습할 것인가는 그다음 문제였다. 물론 그 수습도 그리 쉽고 녹록한 일만은 아니겠지만.

"도대체 어딘데. 외국인 거 아니죠? 정 계장님이 음향 설비 핑계 대고 조금 시간 지체되는 건 양해해놨는데, 빨리 와요. 얼른."

"물어봐요."

지민은 손을 들어 땀도 나지 않은 얼굴을 쓸었다. 유진과 통화가 연결된 그 찰나의 순간 동안, 하늘 끝과 땅끝을 서너 번은 반복한 기분이었다. 지민은 저도 모르게 나직한 신음소리를 냈다.

"나 지금 어딨는지."

순간 머릿속을 때리고 지나가는 기억이 있었다. 지민은 꿀

껵 마른침을 삼켰다. 그녀는 후들거리기 시작한 다리를 간신히 움직여, 천천히 밖으로 나갔다. 이미 공연이 시작된 복도에는 아무도 없었다.

"어딘데요."

힘겹게 묻는 목소리는 떨려 나왔다. 제발, 저도 모르게 지민은 입속으로 그렇게 중얼거렸다. 제가 뭘 바라는지도 정확히 모르는 채로.

"여기?"

웃는 소리가 났다. 어이없게도 혹은 설레게도.

"개구멍 앞."

·11·
가장 완벽한 변주곡

거기서부터 뒷문까지 어떻게 갔는지, 지민은 기억하지 못했다. 그저 그녀가 기억하는 것은, 정신을 차려보니 첼로 케이스를 든 유진이 거짓말처럼 서 있었다는 것뿐이었다.

입을 벌렸으나 말이 나오지 않았다.

"많이 기다렸죠."

유진은 오른손에 든 첼로 케이스를 살짝 들어 보였다.

"얘 땜에."

"……."

"시간 맞춰 올랬는데, 얘 가지러 호텔까지 갔다 오느라고."

지민은 있는 힘껏 유진의 팔뚝을 때렸다. 미워서, 안타까워서, 고마워서, 다행이어서, 두 번 세 번 때렸다. 그렇게 몇 대나 때렸을까, 유진은 첼로 케이스를 들지 않은 왼손으로 지민의 손목을 잡았다.

"지민 씨 손 엄청 매운 거 모르죠."

"……."

"나머지는 이따가 맞을게요."

유진은 성큼성큼 회관 안으로 들어갔다.

대기실 문을 열고 들어가자 민 실장이 외마디 비명을 질렀다. 그녀의 수신호에 따라 대기하고 있던 스태프들이 의상이며 메이크업 박스를 일사불란하게 챙기기 시작했다.

"됐어요."

유진은 단호하게 고개를 저었다.

"시간 늦었잖아요. 그냥 나갈게요."

"미쳤어?"

민 실장이 언성을 높였다.

"너 지금 옷 입은 게…… 그러고 나가겠다고?"

도대체 어디 가서 뭘 하다가 온 건지, 오늘 유진의 복장은 평소보다 더 자유분방했다. 무릎이 훤하게 들여다보이다 못해 허벅지 라인까지 아슬아슬하게 보이는 찢어진 청바지에 한쪽 자락만 밖으로 빼낸 데님 셔츠, 목걸이며 반지며 팔찌, 귓불에 늘어진 십자가 모양 피어싱까지. 오늘의 그는 누가 봐도 클래식 첼리스트 같아 보이지 않았다.

"공연 시간 더 잘라먹는 거보다는 그게 나을 건데요."

유진은 이미 마음의 결심을 한 것 같았다.

"갈게요."

그 연주회는 저녁 일곱 시에 시작하기로 되어 있었다. 그러나 일곱 시가 되고도 정확히 21분이 더 지나도록 아무도 나타나지 않는 무대 위에는 조명만이 을씨년스레 떨어지고 있을 뿐이었다.

그래도 청중들은 인내심 있게 기다렸다. 다른 준비가 늦어지는 모양이겠거니, 하고.

오늘 무대의 주인공은 무려 3년 만에 고국 무대에 설 예정이었다. 3년을 기다려 어렵게 성사된 무대였다. 그까짓 21분쯤이, 이 자리에 모여든 사람들의 오랜 기다림을 막을 수는 없었다.

그리고 동요는 어느 한 사람에게서부터 시작되었다.

이거 뭔가 문제가 생긴 게 아닐까. 불온한 예측이 술렁술렁 퍼져나갔다. 오늘의 주인공은 평소에도 변덕스럽고 제멋대로인 것으로 유명한 사람이었다. 갑자기 마음이 바뀌어 어디로 잠적하거나 돌아가버린 것은 아닐까.

그런 말들이 눈에서 눈으로, 귓속말로, 수군수군 퍼져나가기 시작할 무렵이었다.

무대 뒤쪽에서 저벅거리는 발소리가 들렸다. 조명이 떨어지는 아래로, 사람의 그림자 하나가 모습을 드러냈다. 첼로 케이스를 손에 든 남자였다.

술렁거리던 좌중은, 잠시 고요를 되찾다가, 다시 술렁거리기 시작했다.

"안녕하세요, 이유진입니다."

낮고, 짙은 목소리로 이름을 밝힌 오늘의 주인공은 무릎이 훤하게 들여다보이다 못해 허벅지 라인까지 아슬아슬하게 보이는 찢어진 청바지에 한쪽 자락만 밖으로 빼낸 데님 셔츠를 입었고, 은발에 가까운 연한 회색으로 탈색한 머리가 이마 위로 드리워져 있었다.

손에 든 첼로 케이스를 조심스레 내려놓고 셔츠의 단추를 풀어 소매를 걷는 그 손가락과 손목에는 둔탁한 은빛 광채가 도는 팔찌며 반지가 빈틈없이 자리하고 있었다.

"많이 기다리셨죠."

표준말이라기에는 어딘가 매끄럽지 못한 그 목소리 끝에는, 연한 경상도 사투리의 억양이 슬쩍 배어 있었다. 관객석의 반응은, 의외로 나쁘지 않았다. 이유진의 첼로 소리가 아닌, 이유진의 육성을 들을 기회는 그리 많지 않았던 게 사실이니까.

"시작하기 전에, 한 가지 여러분께 죄송하다는 말씀을 드릴게요."

멘트가 길어질 것 같았다. 지민은 다급하게 무대 위로 올라가 유진에게 마이크를 건넸다. 바라보는 눈이 싱긋 웃었다. 지민은 그 눈길을 피한 채 다급하게 무대를 뛰어 내려갔다.

"오늘 이 공연은, 사실은 굉장히 사심이 많이 섞인 공연이었는데요."

도대체 무슨 말을 하려고. 지민은 흠칫 놀라 무대 위를 뚫어지게 바라보았다.

"그 사심을 채우려다가 조그만 문제가 생겨서, 시간도 늦었고 연주 의상도 못 갈아입고 일단 이렇게, 무대에 올라왔습니다. 아마 음악의 신이 있어서, 제가 별로 좋지 못한 마음으로 오늘 공연을 준비한 걸 아시고, 저한테 인생 그렇게 살지 말라고 따끔하게 야단을 좀 치신 거 같아요."

그렇게 그는 이 공간에 얽힌 자신의 상처를 몇 번이고 에둘러 털어냈다.

"그래서 오늘 공연에서, 당초 말씀드린 무반주 첼로 모음곡은 연주하지 않습니다."

좌중은 다시 술렁이기 시작했다. 그러나 그는 자신의 손끝으로 주의를 모으는 능숙한 마술사처럼 길고 큰 손을 펴 좌우로 흔들었다. 그 단순한 움직임만으로 좌중은 금세 다시 조용해졌다.

"대신 무반주 첼로 모음곡보다 더 재미있는 리사이틀이 될 겁니다."

말꼬리 끝으로 약간의 웃음이 섞였다.

"시간 많이 늦었으니까요. 빨리 시작할게요. 다시 한번 죄송합니다."

위잉, 하고 마이크가 쨍 울리는 소리를 냈다.

모두가 숨을 죽인 가운데, 그는 케이스를 열고 첼로를 꺼냈다.

의자에 앉아 엔드핀을 놓고 첼로의 하단 모서리를 왼쪽 무릎에 기댔다. 목을 어깨 앞으로 받치고, 페그박스를 귀 가까이 댄 후, 오른손으로 활을 쥐었다. 순간 좌중은 숨을 크게 쉬는 소리조차 들릴 만큼 고요해졌다.

둔탁한 첼로의 음률이 첫 음을 냈다. 중음부 현들이 가늘고 자잘하게 박자를 타는 위를, 묵직한 저음부의 현들이 느리게 뒤덮고 지나갔다.

첼로에는 제 음보다 낮고 어둡게 떨리는 음이 나는, 소위 울프톤이 자주 발생한다고 하는데, 유진은 그 울프톤을 굳이 줄이거나 없애지 않고 연주하는 사이사이 잘 섞어 넣어 거칠면서도 선이 굵은 소리를 즐겨 내곤 했다.

그 곡은 아스트로 피아졸라의 '리베르탱고'였다.

굵고 낮은 첼로의 음률은 정사를 나누는 연인의 몸짓처럼 서로 엉켰다 떨어지고, 뒤섞이고 뿌리치며 서로를 탐했다. 하나가 등을 돌리면 다른 하나가 등 뒤를 끌어안고, 손목을 잡아당기고, 입을 맞추고, 몸을 쓸어내리듯.

손끝이 닿는 피부 아래로 소름이 오르듯, 몸을 맞댄 사람의 체온에 가슴이 뛰듯, 그 팔에, 품에 몸을 맡기고 절정을 맞듯이.

젊은 첼리스트의 이마에는 땀이 비 오듯 맺혔다. 이마에 맺힌 땀은 핀 조명 아래 보석처럼 빛났고, 더러는 뺨을 타고, 턱 끝에 맺혀 아래로 떨어졌다. 활대를 움켜쥔 손등 위로, 대충 걷어 올린 소매 아래 드러난 팔뚝에는 퍼런 핏줄이 올랐다. 악기가 아니라 살아있는 연인을 달래고, 애무하고, 사랑하듯, 넥을 쥔 손이, 그 브리지를 기댄 어깨가 굳어졌다 풀릴 때마다 관객석은 함께 따라 숨을 죽였다.

괜히 얼굴이 달아올랐다. 핀 조명이 떨어지는 무대 위에서 품에 안은 첼로를 어루만지며 멜로디를 밟아가는 유진은, 어째서인지 그 몇 번의 밤을 지나는 동안 자신의 눈동자에 고스란히 박혀버린 그 순간을 떠올리게 했다.

도망치듯 돌아서는 등을 껴안듯이. 뺨을 붙잡고 입을 맞추듯이. 절정의 순간에 손가락 사이에 손가락을 얽어 깍지를 끼듯이. 껴안은 등에 손톱자국을 내듯이.

그 몸짓에, 그 입맞춤에 달뜬 숨을 내쉬고 신음을 흘리듯이. 그 곡의 흐름은, 완급은 함께 절정을 맞던 그 순간을 온전히 닮아 있었다.

곡이 끝나고 나서도, 수 초간의 침묵이 있었다. 그리고 그 침묵은 어떤 성급한 사람이 치기 시작한 박수로 화들짝 깨어졌다. 불이 번지듯 박수가 순식간에 타올랐다. 박수 소리가 무대를 가득 뒤덮은 후로도, 첼리스트는 한참이나 자리에서 일어나지 않았다. 그리고 또 한참이나 지난 후에야, 연인처럼 껴안았던 첼로를 잠시 옆으로 밀어두고, 그는 자리에서 일어나 오른손을 심장 앞에 대고 커튼콜을 받은 배우처럼 깊숙이 허리를 숙였다.

박수 소리에 휘파람 소리가 섞여들기 시작한 것은, 그때부터였다.

유진이 예고한 대로 그날의 연주곡 리스트는 그야말로 엉망이었다. 리베르탱고가 끝나고 회관이 떠나가라 울리던 박수 소리가 멎자, 유진은 걷어 올린 소매로 대충 땀을 닦고는 자리에 앉아 느리고 유유하게 멜로디를 타기 시작했다.

그 너무나 능청스럽고 여유만만한 멜로디가 흘러나오는 순간, 객석에서는 일제히 박수가 터졌다.

L´amour est un oiseau rebelle

Que nul ne peut apprivoiser

사랑은 다루기 어려운 새와 같아서 아무도 길들일 수 없네.

하바네라. 자신에게 추파를 던지는 남자들 앞을 지나가며,

정작 자신에게 관심이 없는 돈 호세를 유혹하며 카르멘이 부르는 아리아.

첼로의 점잖다면 점잖은 현 위에서 뽑혀 나오는 하바네라의 음률은, 갈라진 스커트 틈으로 흘끗 보이는 숙녀의 각선미 같은 느낌의 미묘한 매력이 있었다. 그다지 길지 않은 하바네라가 끝나고 나서도 박수 소리는 한참이나 울렸고, 유진은 그 박수에 답하기 위해 다시 자리에서 한 번 일어나야 했다. 그 얼굴 또한 창백한 조명 아래 누구나 알아볼 수 있을 만큼 발갛게 상기되어 달아올라 있었다.

박수 소리가 멎고, 유진은 다시 자리에 앉아 활을 현 위에 댄 채 생각에 잠겼다. 좌중에 모여든 모든 사람이 다음 곡이 무엇인지 온 신경을 곤두세우고 첫 음을 기다렸다. 그다음 유진이 켜기 시작한 곡은 바흐의 G선상의 아리아였다.

앞서 연주한 두 곡의 불경함을 사죄하기라도 하려는 듯, 그의 첼로는 더없이 경건하고 우아했으며, 동시에 단정했다. 그 자리에 모인 모든 사람은 숨을 쉬는 것조차 잊고 그의 첼로에 귀를 기울였다.

지민 역시 손톱을 물어뜯던 걸 멈추고, 숨조차 죽인 채 그 자리에 굳어 있었다.

바흐는요, 참 할수록 어려워요.

내가 첼로를 일곱 살 때부터 시작했는데 열 살 때 어렵다 생각한 게 스물일곱 먹은 지금까지도 똑같아요. 똑같이 어려워요. 내가 첼로를 20년을 했는데 그 어려운 게 하나도 안 줄어들어요. 바흐가 그래요. 아마 내가 마흔일곱이 돼도 바흐는 똑같이 어려울 거 같은, 그런 거.

지민은 느낄 수 있었다. 유진이 이미 하나의 답을 찾았다는 것을.

쇼스타코비치의 재즈 오케스트라를 위한 모음곡 2번과 하차투리안의 가면무도회까지를 연주한 후, 인터미션 타임이 되었다.

유진은 대기실로 돌아와, 첼로를 내려놓고 털썩 자리에 주저 앉았다. 그 얼굴에서는 땀이 비처럼 쏟아지고 있었다.

"알지?"

민 실장은 말없이 생수 한 병을 유진에게 건넸다.

"이 공연 끝나면 넌 아마 목숨이 10년은 늘어날 거야. 욕을 너무 많이 먹어서."

유진은 피식 웃었다. 그렇지 않아도 음악을 대하는 애티튜드가 불경하고 전통과 격식을 존중할 줄 모른다는 말을 어디 가나 듣고 있었다. 3년 만에 고국에서 연 리사이틀에서, 속살이 훤히 들여다보이는 찢어진 청바지 차림으로 리베르탱고 같은 곡을 연주했다는 것이 기사에 나기만 하면, 그야말로 득달같은 비난이 쏟아질 거라는 것은 유진도 알았다.

"근데."

민 실장은 가만히 한숨을 내쉬었다. 유진을 바라보는 그녀의 눈가에는 엷은 미소가 감돌고 있었다.

"잘하네."

"……."

"너 만나고 7년 만에 처음, 멋있단 생각 들더라. 잘했어."

유진이 민 실장을 보며 웃는 게 자연스러웠다. 민 실장도 그런 유진을 보고 웃었다. 두 사람은 한참이나 그렇게, 말없이 서로를 물끄러미 바라보았다.

"인터미션이 15분이죠?"

유진은 흘끗 고개를 돌려 시계를 보았다.

"메이크업은 됐고요. 땀 엄청 나네."

그는 민 실장이 집어다 주는 수건으로 콧등과 이마에 맺힌 땀을 닦았다.

"옷은 갈아입을게요."

"턱시도?"

"응."

"뭐 하러. 그 꼴로도 잘했잖아."

"이왕 인터미션 들어왔잖아요. 원래 하려던 거, 다는 못 해도 조금은 해야죠."

"그래, 뭐 맘대로 해. 언제는 네가 내 말 들었니."

민 실장은 어깨를 으쓱거렸다.

"나 잠깐 회사에 전화 좀 하고 올 테니까, 옷 갈아입을 거면 갈아입고 준비해."

민 실장은 핸드폰을 들어 보이고는 밖으로 나갔다. 그리고 그녀와 엇갈려 지민이 다리를 질질 끌며 안으로 들어왔다.

날마다 만나던 며칠 이후로 거의 만 이틀 만에 얼굴을 보는 건데도, 한동안 둘 다 아무 말도 하지 못했다.

"잘 들었어요?"

그래도 먼저 침묵을 깬 건 유진이었다.

"리베르탱고. 해주기로 했잖아요."

"그래서, 그거 한 거야? 나 때문에?"

"응."

"리스트 다 무시하고?"

"응."

"사람이 왜 그렇게 대책이 없어요?"

그래도 이렇게라도 다시 본 게 반가워서, 고마워서, 아무 말도 하지 않으려고 했다. 그런데도 저도 모르게 지민은 버럭 목소리를 높이고 말았다. 너무나 평온한 그 얼굴이, 좋으면서도 미워서.

"야단 좀 그만 쳐요. 그만 좀 때리고."

유진은 일부러 장난기 어린 미소를 지었다.

"아까 맞은 데 멍든 거 아닌가 싶던데, 그래도 멍은 안 들어서 다행이네. 팔 걸을 때 멍들었으면 이거 어떡하나 생각했는데."

엄살스레 소매를 걷고 팔뚝 중간을 살피는 유진을, 지민은 눈살을 찌푸리고 노려보았다.

"인터미션 마치고는, 뭐 할 거예요?"

"바흐."

지민은 천천히 고개를 끄덕였다. 어쩐지 그렇게 대답할 것 같았다.

"무반주 첼로 모음곡 6번."

"1번 아니고?"

"응 6번. 내가 6번을 제일 좋아해요. 사라방드 부분."

다행이었다. 유진은 이제 완연히 제 페이스를 찾은 것 같았다. 반쯤 남은 공연은, 그다지 큰 걱정은 하지 않아도 될 것 같았다.

그럼 이제 우리는, 어떻게 되는 건가요.

지민은 결국, 그 말을 물어보지 못한 채 대기실을 나오고 말았다.

앵콜을 포함해, 공연을 모두 마친 시간은 밤 10시 10분경이었다. 바흐의 무반주 첼로 모음곡 6번을 다 끝내고 인사를 한

다음 무대를 떠났던 유진은, 멈추지 않는 박수 소리에 끌려 다시 나왔다.

공연의 전반부와 달리 턱시도에 보타이까지 매고 있던 그는, 앵콜곡을 연주하기에 앞서 재킷을 벗고 소매를 걷었다. 관중석에서 짓궂은 박수가 터졌다.

유진의 앵콜곡은 쇼팽의 왈츠 7번 C♯ 마이너, 64-2였다.

회관이 조용해진 것은 밤 12시도 한참 지난 후였다.

관객들이 모두 돌아가고, WMC 아티스트의 직원들도 철수했다. 회관 측 직원들도 하나둘 퇴근해 돌아가고, 회관 안에는 지민만 남아 있었다.

혼자 안달을 내던 정 계장은 자리가 대충 정리되자마자 그간 고생 많았고 내일은 간만에 늦잠도 푹 자고 좀 쉬라는 말을 남기고는 잽싸게 자리를 빠져나갔다.

민 실장은 WMC 아티스츠 측 사람들 중에서는 가장 늦게 돌아갔다. 고생 정말 많으셨다는 인사를 정 계장에게 먼저 건네고, 그녀는 지민을 한참 동안이나 말없이 바라보았다. 그녀가 자신에게 무슨 말을 하려고 했던 건지, 지민은 궁금해졌다.

지민은 책상 정리를 마치고, 반쯤 열린 문틈으로 복도를 내다보았다. 아직 유진이 돌아가지 않은 것을 지민은 알고 있었다. 공연이 끝난 후, 그는 대기실에 틀어박혀 꼼짝도 하지 않고 있었다. 그 속에서 그가 무슨 생각을 하고 있는지는 아무도 몰랐다. 길다면 길고 짧다면 짧은 여정이 끝난 지금.

30분쯤 더 기다린 후에야, 첼로를 챙겨 들고 유진이 대기실에서 나왔다.

그는 천천히 회관의 복도를 한 번 둘러보았다. 마치 처음 와보는 곳처럼. 다시는 오지 않을 곳을 둘러보는 것처럼.

마지막으로 그는 대강당 안으로 들어갔다. 그리고 수 분 동안 그곳에 머물렀다. 그 짧은 시간 동안 그가 14년간 자신을 붙들고 있던 그 지독한 순간에 영원한 작별을 고했을 거라는 걸 지민은 느낄 수 있었다.

대강당에서 나온 유진은 입구를 향해 천천히 걸음을 옮겼다.

텅 빈 복도 위로 긴 그림자가 끼쳤다. 복도를 울리는 발소리는 낮고 투박했다. 그는 그렇게 소리 없이, 그녀 인생의 한순간을 스쳐 지나가고 있었다.

지민은 반쯤 열려 있던 문을 열고 밖으로 나왔다. 지민의 기척을 분명히 느꼈을 것이면서도, 유진은 멈추어 서지 않았다.

자신의 밑바닥을 다 드러내버린 상대에게 그는 더 이상 매달리지 않을 생각인 모양이었다. 일주일 엔조이라고 말해놓고, 그 시간조차 다 채우기 전에 미련 없이 일어나 대강당을 나갔듯이. 그리고 그것은 진심이었을 것임을, 지민은 믿었다.

"유진."

떨리는 목소리로 이름을 불렀다. 그러나 그는 돌아보지 않았다. 분명히 들었을 것이면서.

"유진!"

소리를 높였다. 텅 빈 복도 위로, 쨍하게 울리는 소리의 잔음이 군데군데 메아리치는 것이 느껴졌다. 그 어느 날 밤, 몇 년 만에 만졌던 피아노 건반의 첫 음처럼.

그제야 유진은 가만히 그 자리에 발을 멈추었다.

"……."

무엇을, 어떻게 해야 할까.

지민은 깨달았다. 자신은 이 상황에 대해, 아무런 준비도 해놓지 않은 상태였다. 어느 날 갑자기 들이닥친 다음 계절처럼 그는 유진을 떠나보낼 준비도, 붙잡을 준비도, 그 어느 것도 해놓지 않은 상태였다. 이대로 그를 보낼 수는 없다는 간절함만이 방금의 그 비명 같은 부름을 끌어냈을 뿐.

부른 사람도, 불린 사람도 아무 말 하지 않은 채 영원 같은 순간이, 순간 같은 영원이 흘러갔다.

"기다려."

지민의 입에서 나온 말은, 결국 그것이었다.

"기다려요."

무엇을 어떻게 해야 하는지 몰랐다. 무엇이 옳은지, 무엇이 그른지, 심지어 자신이 가장 원하는 것이 무엇인지도 지민은 몰랐다. 이 순간 그녀가 아는 건 오직 한 가지뿐이었다. 진심에 대한 대답은 언제나 진심이어야 했다. 어쩔 수 없는 일이었다.

"내가."

생각해보면 지금껏 늘 도망치기만 했다. 자신은 피아노에 버려진 적이 없었다. 피아노가 자신을 제대로 버리기도 전에 버려질 것을 두려워해 먼저 도망쳤다. 그래놓고 지금껏, 나는 피아노를 좋아했는데 피아노는 나를 별로 좋아하지 않더라는 푸념만 변명처럼 늘어놓으며 살아왔다. 바로 얼마 전까지. 이 사람을 만나기 전까지.

"당신을."

울컥, 목이 메었다.

버리고 싶지 않았던 것을 버리고, 포기하고 싶지 않았던 것을 포기하고, 제대로 힘들어해보지도 못했다. 힘들어하는 건 인정하는 것이었으므로. 그것이 그만큼 소중했다고, 간절했다고, 절실했다고 인정하는 것이었으므로. 내게 그것은 처음부터 아무것도 아니었다고, 애써 만든 심술궂은 얼굴로 손을 저으며 한 발 한 발 물러나고만 있었다. 이 사람을 만나기 전까지.

또다시 그럴 것인지 말 것인지를 결정해야 할 순간이 왔다.

"구하러 갈게."

유진은 천천히 몸을 돌려 지민을 돌아보았다.

모든 불이 꺼진 회관 안은 캄캄했다. 지민과 유진의 거리는 그리 멀지는 않았지만, 이 어두움 속에 그가 어떤 얼굴로 자신을 보고 있는지, 그것까지 알아볼 수 있을 정도의 거리는 아니었다. 이 어처구니없는 말에 유진이 어떤 얼굴을 하고 자신을 보고 있는 건지, 지민으로서는 알 방법이 없었다. 지민은 입술을 지그시 깨문 채, 유진의 대답을 기다렸다.

"그래요."

짙은 어둠 속을 건넌 그의 목소리는, 첼로의 낮은음처럼 달고 고요하게, 지민의 귀에 감겨왔다.

"기다릴게."

· 12 ·

내가 당신을 구하러 갈게

프랑스와 한국의 시차는 대략 8시간 정도다. 핸드폰에 내장된 세계 시계 앱에 의하면 그랬다. 예전엔 이런 건 도대체 왜 필요할까 싶었는데, 요즘은 가장 자주 들여다보는 앱이 되었다. 지민은 실제로 유럽 몇몇 주요 도시의 시차는 굳이 검색을 해보지 않아도 알 수 있을 정도가 되었다.

지금쯤이면 전화가 오지 않을까 생각했다. 그리고 마치 기다렸다는 듯 핸드폰 벨 소리가 울렸다. 리베르탱고의 도입부 멜로디였다. 이 벨 소리를 쓰는 사람은, 지민의 연락처에 한 명밖에 없었다.

"응, 자기."

쿨럭, 하고 핸드폰 너머 마른기침을 하는 소리가 들렸다.

"적응 안 된다."

"싫음 안 하구."

"울 자기 진짜 너무 매정하다. 나 상처 받았어."

저놈의 상처 운운하는 소리는 질리지도 않나 하고 지민은 생각했다. 조금만 정색을 할 때마다 나오는 그 말은, 처음엔 간질간질했지만 요즘은 지금 이건 사람을 놀리자는 건가 하는 생각이 가끔 들 때가 있었다.

"밥은 먹었어?"

그렇게 물으면서 지민은 대강 파리와의 시차를 어림해보았다. 지금 시간이 아홉 시니까, 거긴 아마도 오후 한 시쯤. 딱 점심 식사를 마쳤을 무렵이겠다고 생각했다.

"응, 대충."

"왜 대충 먹어. 밥 잘 먹어야 연습 열심히 하지."

"아, 진짜 그만 좀 하자. 내가 자기한테까지 잔소리 들어야 되냐?"

대번에 목소리의 옥타브가 뚝 떨어졌다. 유진이 정말로 언짢을 때 가끔 나오는 톤이었다. 여기서 더 하면 정말로 삐질지도 모르겠다는 생각이 들었다. 하기야 연습 닦달은 민 실장이 알아서 잘하고 있을 테니 굳이 한 다리 더 끼지 않아도 될 것 같았다.

"공부는 잘돼요?"

"그거, 복수야? 연습 열심히 하라고 잔소리 좀 했다고."

"응."

"끊는다."

"아 씨, 그런 거 아닌 거 잘 알면서."

엄살스레 잦아드는 목소리에, 지민은 흐뭇한 미소를 지으며 엎드렸던 몸을 돌려 침대에 드러누웠다.

"머리가 안 돌아가. 죽겠어요. 차라리 피아노를 다시 치는 게 낫겠다 싶기도 해."

"그 정도야?"

"응."

그 품에 얼굴을 파묻고 부비적대는 기분으로, 지민은 어리광 부리듯 투덜거렸다.

지금껏 지민은 그 누구에게도 그렇게 징징거려본 적이 없었다. 대놓고 투정 부릴 데가 생긴 지금은 좀 알 것도 같았다. 왜 사랑하는 사람들이 그날 하루 일어난 시시콜콜한 일들을 서로에게 일러바치며 투덜거리고 투정 부리는지를.

"공부 힘들죠."

"응. 한 몇 년간 놨던 거 다시 팔려니 죽겠어."

영어는 학교 다닐 때도 그리 잘하지 못했다. 그런 것을, 공부를 놓은 지 몇 년 만에 다시 시작하는 기분은 죽을 맛이었다. 문법이 아닌 회화 위주라고는 해도 마찬가지였다.

"그러게 그냥 민 실장님한테 말하면……."

"낙하산 같은 거 안 한댔지."

"그게 또 무슨 낙하산씩이나 되나. 그냥 나한테 필요한 사람 뽑는다는 건데."

"그니까 나더러 취업 비리 뭐 그 비슷한 걸 하라는 거지? 지금."

"회사 입장에서도 나쁠 일 아닌데. 지민 씨 있으면 내가 다른 회사로 도망은 못 갈 거 아니에요."

"내가 무슨 인질이나 볼모 되려고 그 회사 들어가겠다는 건 줄 알아요? 이 사람이 진짜."

핸드폰 너머 웃는 소리가 들렸다. 그 시원한 소리가 좋아서, 지민은 소리 없이 따라 웃었다. 예전엔 멀리 떨어져 겨우 전화 통화나 하는 연애를 미련스레 이어가는 사람들을 이해하지 못했다. 그러나 때아니게 걸려오는 전화 한 통에 웃기도 하고 울기도 하는 지금은, 역시 사람 일이란 닥치기 전까지는 함부로 말 보태는 게 아니라며 주억거리게 되었다.

"거긴 날씨 좋아?"

"좋아요, 덥지도 않고 춥지도 않고."

"여기는 미세먼지가 아주. 마스크 없이 밖에 나가면 무슨 화생방 받는 거 같아요."

"고생하네, 울 자기."

지민은 고개를 돌려 책상 앞에 붙여놓은 WMC 아티스츠 코리아의 직원 채용 요강을 바라보았다.

학력 및 성별 무관, 병역필 또는 면제자, 해외여행에 결격 사유가 없는 자.

여기까지는 괜찮았다. 걸리는 건 '외국어 가능자 우대'의 항목이었다. 그리고 굳이 요강을 자세히 살펴보지 않아도 알 수 있는 거였다. 온 세계를 돌아다니는 사람을 따라다니려면 최소한 영어 정도는 해야 했다. 그에게 도움 될 일을 하기 위해서 그것은 기본 중에서도 기본이었다.

1년이나 공부해 어렵게 들어간 회관을 그만두고 다시 공부를 시작하겠다는 말을 꺼냈을 때, 부모님의 일차적인 반응은 침묵이었다. 그러나 한참 만에야 입을 여는 엄마의 입에서는 그녀의 각오와는 조금 다른 말이 나왔다. 그래, 너한테도 무슨 생각이 있겠지. 그 좋아하던 피아노도 집안 사정 때문에 그만둔 네가 하는 말이면 그만큼 네게는 꼭 필요한 거라는 말이겠지. 열심히 해봐. 엄마는 우리 딸 응원해. 그리고 우습게도 엄마의 그 말을 듣고서야 지민은 지금의 이 결정이 자신이 피아노를 그만둔 후 처음으로 내린 자신만의 결정임을 깨달았다. 그리고 자신이 피아노와 결별한 것은 10년 전 그때가 아니라 하고 싶은 일을 스스로 찾아낸 지금이라는 사실도.

유진을 만나고 그와 엮이면서, 지민은 저도 모르는 사이 조금은 어른이 되어 있었다.

"유럽 쪽이 안 좋은 게 뭐냐면."

핸드폰의 감이 잠시 멀어지고, 유진이 옆에다 대고 뭐라고 말하는 음성이 흐릿하게 들렸다. 아니요, 그건 조금 이따가요. 저희 매니지먼트에 얘기하시는 게 좋겠어요. 그 말을 얼추 알아들을 수가 있었다.

"한국하고 시차가 애매해서."

분명히 밖인 것 같은데, 슬그머니 낮아지는 음성의 톤이 수상했다.

"자기랑 찐한 통화를 못 하니까."

"뭐래."

"보고 싶다."

"저기, 지금 바깥 아냐?"

"응."

"근데 왜 목소리가 수상해져?"

"한국말 아무도 못 알아들어."

하아, 하고 일부러 뱉는 것이 거친 숨소리로 들렸다.

그것만으로 등줄기를 타고 소름이 올랐다. 지민은 저도 모르게 눈을 질끈 감았다. 이 못된 버릇은 도대체 어떻게 고쳐주지.

"자기는 나 안 보고 싶어요?"

"응."

"진짜?"

"진짜."

눈을 감았다. 벌써 몇 달 전의 일인데, 지금은 아스라히 꿈만 같았다. 바로 이 침대 위에서, 서로 끌어안고, 입을 맞추고, 몸을 만지던 그 순간들이. 귓전에 끼치던 숨결과 바라보던 눈빛과 가만히 속삭이던 그 쓰고 달고 시리고 고운 말들이.

"아니야."

기다려.

내가, 당신을, 구하러 갈게.

"보고 싶어. 나도."

가장 밝은 곳

겉멋만 든 쓰레기……라고 했죠. 그때.

지민에게 작별을 고하고, 유진은 회관을 나왔다.

그 일이 있은 후, 단 한 번도 남들이 보는 앞에서 눈물을 흘린 적이 없었다.

화살처럼 내리꽂히는 카메라의 셔터 세례 속에 떠밀리듯 한국을 떠날 때도, 첼로의 현에 활을 대기만 해도 욕설을 퍼부어 대는 사람들과 함께 좁고 지저분한 집에서 함께 살 때도, 늦은 밤 집으로 돌아와 정신없이 쓰러져 잠든 어머니의 퉁퉁 부은 다리를 볼 때도, 유진은 운 적이 없었다.

우는 건 지는 거였다. 이까짓 걸로 상처를 받는 건 안 될 말이었다. 이까짓 일로 눈물이나 짜는 새가슴으로는 앞으로 아무것도 할 수 없었다. 그래서, 웃었다. 화가 날수록, 두려울수록, 우울할수록 웃었다. 그리고 그렇게 아무것도 아니라는 듯 웃어넘기자, 놀랍게도 정말 그 모든 것들은 아무것도 아닌 일이 되었다. 그래서 한동안은 정말로 그런 사람이 되었다고 생각했다. 그 어떤 일이 일어나도 아무렇지 않은 사람이 되었다고.

이 조그만 회관으로 돌아오기 전까지. 지민을 만나기 전까지. 그녀 앞에서 첼로를 켜기 전까지만 해도.

회관에 처음 왔을 때, 참 많이 달라졌다고 생각했다. 건물의 외양도, 내부 구조도, 사용되는 쓰임새까지도. 그러나 꼭 그렇지만은 않았다. 이 건물에 발을 딛는 순간, 유진은 완연히 과거의 그 열세 살짜리 어린애로 돌아가버리고 말았다. 겉멋만 든 쓰레기라는 욕설을 듣고도 아무런 대꾸도 하지 못하던 그날 그 순간으로.

그래서였다. 차가워야 마땅할 복수는 냉정을 잃었고, 때 이르게 터트린 샴페인은 끈적한 얼룩만을 남겼다. 정작 들어야 할 사람들에게 퍼붓고 싶은 말도 해주지 못한 채, 그런 모습을 보이고 싶지 않은 사람 앞에서 바닥만 드러내 보인 꼴이 되고 말았다.

이유진은 그래서는 안 되는 거였다. 그는 천재였으므로. 천재가 아닌 자신 따위, 아무 의미도 없는 것이므로.

순간 뺨으로 낯선 것이 흘러내렸다. 정말 최악이라고, 유진은 생각했다.

   단 한 번도 온전히 자신의 것이라고 생각해본 적 없는 첼로를 호텔 세이프티 박스에 가져다 두고, 유진은 무작정 호텔을 나섰다.

   택시를 탔다. 어디로 가야 할지 알지 못했다. 한참을 웅얼거리다, 그는 저도 모르게 부산이요, 하고 행선지를 댔다. 왜 그곳이 나왔는지는 유진 본인조차 몰랐다. 이제는 까마득히 멀어져버린 어린 시절의 기억 때문이기라도 한 걸까.

   흠칫 놀란 택시 기사가 돌아보았다.

   "부산? 부산이라고요? 손님 여기서 부산까지 미터기 찍고 가면 얼마 나오는지는 알아요?"

   "얼마 나오는데요?"

   "30만 원도 넘게 나와요. 한 40은 나올 건데?"

   40만 원. 택시비치고는 비싼 것 같기는 했다. 하지만 어차피 지민을 만나러 연주문화회관에 갈 때마다 3만 원 남짓한 택시비는 늘 쓰고 있으니까. 여기서 부산까지 거리를 가늠해본다면 이편이 어쩌면 싼 편인지도 몰랐다.

   "근데 말투가 부산 말툰데? 서울에서 부산까지 택시 타고 가자는 사람이 어딨어요."

   "아, 예."

유진은 겸연쩍게 고개를 끄덕였다.

"제가 저기, 어릴 때 외국 나가서 좀 오래 살아가지고요."

"아, 그랬어요? 그럼 부산은 고향?"

"예, 뭐."

어릴 때 외국에 나가 살다 오랜만에 고향에 가보려고 한다는 그 말은 기사에게 일종의 사명감 같은 걸 불러일으킨 모양이었다.

"부산까지면 나야 뭐 고맙긴 한데, 오랜만에 한국 온 사람 그렇게 등쳐먹으면 안 되지."

기사는 다짐이라도 받듯 고개를 끄덕였다.

"그럼 서울역으로 가면 되겠네."

유진은 서울역에 내렸다. 서울역은 그가 생각했던 것과는 많이 달랐다. 일단 지나치게 컸고, 뭐가 어디에 있는지가 명확하게 표시되어 있지 않았다.

도대체 여기가 어디며, 어디로 가야 매표소가 있는지 확인하기 위해 한참이나 주위를 살펴야 했다.

요행히 매표소를 찾았다. 그러나 목적지가 어디인가에 따라 매표소 창구는 제각각으로 나뉘어 있었다. 기차표 같은 걸 사본 적이 거의 없어, 유진은 일단 사람들을 지켜봤다. 그리고 조심스럽게 부산으로 가는 KTX 한 자리를 끊는 데 성공했다.

기차의 좌석은 좁고 불편했다. 게다가 뭘 모르고 끊은 탓인지, 기차가 달리는 역방향으로 앉는 자리였다. 처음에는 그럭저럭 괜찮았지만 몇 시간을 그렇게 달리다 보니 슬금슬금 속이 메스꺼워졌다. 설상가상으로 뒷자리에서는 부산으로 가는 내내 아이 우는 소리가 들려왔다.

결국 유진은 차디찬 유리창에 이마를 기대고 눈을 감았다. 이어폰을 가지고 나오지 못한 게 몹시 후회스러웠다.

겨우 한숨 자고 깨어나자, 기차는 어느새 부산에 도착해 있었다.

몹시 피곤한 것 같으면서도 전혀 피곤하지 않은 기묘한 기분이었다. 더없이 낯선 기분으로 플랫폼에 내려, 유진은 길게 기지개를 켰다. 이상한 일이었다. 한국을 떠난 게 그렇게까지 어린 나이도 아닌데, 10여 년 만에 돌아온 고향은 이 세상의 그 어떤 공간보다도 낯설게 느껴졌다.

버릇처럼 주머니를 뒤져 핸드폰을 꺼냈다. 이미 서울을 출발하기 전 꺼놓은 핸드폰 화면은 새까맣게 가라앉아 아무런 정보도 표시해주지 않았다. 꺼진 핸드폰 너머에서는, 민 실장이, 회사의 모든 직원들이, 안달이 나 자신에게 전화를 걸어대고 있을 것이다. 누구보다 지민도.

그러나 핸드폰을 켤 엄두는 나지 않았다. 미친 듯이 울리는 그 벨소리들을 감당할 자신이 없었다. 비겁하다는 건 알지만 사실이 그랬다. 예전처럼 그들 앞에서 웃고 떠들 자신이 없었다. 바닥을 보이고 말았다는 건 그런 거였다.

몇 번이고, 죽어버린 핸드폰의 액정 표면만을 매만지다가 유진은 고개를 내젓고는 역사 밖으로 나왔다.

손을 들어 택시를 잡았다. 어디로 갈 거냐고 묻는 기사의 음성에서는 자신의 말투와 비슷한 억양이 묻어 있었다. 그제야 실감이 났다. 아, 돌아왔다는 것이.

"바다요."

그래서, 그렇게 대답했다.

"바다 있는 데로."

지금껏 많은 바다를 봐왔다. 재미있는 것은, 세상의 모든 바다는 다 제각각 그 물의 색깔과 내음이 다르다는 것이었다. 오랜만에 오는 부산의 바다 또한 그러했다.

이보다 아름다운 바다도, 이보다 흥청대는 바다도 많이 보았지만, 백사장 너머 감감하게 출렁이는 광안리의 바다를 보는 순간 유진은 자신이 가진 모든 바다의 이미지가 결국 거기서부터 유래했다는 사실을 깨달을 수 있었다.

아직도 추운 바닷가는 인적이 드물었다. 유진은 바닷가 근처 편의점에 가서 맥주 두 캔과 담배 한 갑을 샀다. 물건을 계산해

주는 아르바이트생이 잠시 얼굴을 너무나 빤히 쳐다봐 긴장했지만 별다른 일은 일어나지 않았다.

유진은 백사장에 앉아 맥주를 마시며 검게 가라앉은 밤바다와 그 위를 지나가는 광안대교의 불빛을 한참이나 바라보고 있었다.

"원래는 저런 거 없었던 거 같은데."

고향이긴 해도 떠난 지 10여 년쯤 지나고 나니 부산의 교통이며 지리 같은 것은 오히려 외지 사람만도 모를 것 같았다. 그때 살았던 동네 이름은 어렴풋이 기억하고 있지만 거기서 여기가 먼지 가까운지, 거기를 가려면 어떻게 해야 하는지 하나도 알지 못했다.

"돌아왔네."

유진은 중얼거렸다.

"돌아는 왔는데, 영."

그때 한국을 떠나지 않고 계속 여기서 살았더라면.

그랬더라면, 지금의 자신은 어떤 사람이 되어 있을까.

으슬으슬 춥다는 기분이 들 때까지 백사장에 앉아 있다가, 유진은 자리를 털고 일어났다.

딱히 가고 싶은 곳은 없었고, 갈 만한 곳도 없었다. 아니, 알지 못했다는 것이 더 정확한 표현일 것이다.

한참 동안이나 밤 바닷가를 배회하던 그는 불이 켜진 한 만화 카페에 들어갔다. 어떤 내용인지도 모르면서, 그냥 제목이 끌리고 그림이 마음에 드는, 그러면서도 되도록 권수가 많고 내용이 긴 만화책을 한 질 들어다 자리 옆에 벽을 치듯 쌓아 놓았다. 만화책을 읽다가 꾸벅꾸벅 졸다가를 하루 종일 반복 했다.

건너건너 앉은 사람이 라면을 시켜 먹기에 따라서 시켰다. 만화책 보는 곳에서 라면도 끓여준다는 사실은 처음 알았다. 그리고 보니, 이곳은 말이 만화 카페지 자신처럼 밤을 새울 곳 이 마땅치 않은 사람들이 주로 이용하는 곳이구나 하는 것을 한나절이 거의 지나고 나서야 알았다.

가져온 만화책을 다 읽고 나니 만 하루가 지나 있었다. 어제 자신이 이곳으로 들어왔을 때와 거의 비슷한 시간이었다. 딱 히 눈치를 주는 사람이 있는 것도 아닌데, 유진은 자리에서 일 어났다. 그냥 이 공간의 효용은 딱 이 정도라는 느낌이었다. 이 렇게 빈둥거리며, 첼로를 한 번 쳐다보지도 않고 하루를 꼬박 보낸 게 언제였는지, 이젠 기억도 나지 않았다.

카페를 나오고 나서야, 그래도 날이라도 새고 나올걸 그랬나 하는 생각이었지만 이미 버스 정류장에는 몇몇 사람들이 나와 버스를 기다리고 있었다.

첫 버스는 이렇게나 일찍 운행을 시작하는구나. 유진은 저도 모르게 정류장 의자에 앉아 버스를 기다리는 사람들의 얼굴을 한 번 훑어보았다. 자신이 유별나게 부지런한 사람은 아니었지만 그렇다고 게으른 사람이라고 생각한 적은 없었다. 그러나 자신이 하루 일과를 시작하기 한참 전부터, 생업을 위해 길을 나서는 사람이 많다는 것은 신선한 충격이었다.

그 사람들 속에 섞여 유진은 버스를 기다렸다. 아니, 정확히는 버스를 기다리는 척했다. 이곳을 지나가는 버스가 어디로 가는지, 거기가 어딘지, 거기에 무엇이 있는지도 모르는 채 버스를 기다린다는 건 어불성설이므로.

그러다가 그의 눈에, 어떤 글귀가 와서 닿았다.

부전동.

악기 상가. 그 뒤로, 마치 자석에 엮인 듯, 그런 말이 떠올랐다.

유진은 자리에서 일어나 정류장에 붙은 노선 안내도에 부전동을 경유하는 버스들의 번호를 확인했다. 그중에는 한참이나 돌아가는 버스도 있었지만 그런 것 따위는 중요하지 않았다.

어떻게 왔는지, 왜 왔는지도 알 수 없는 이곳에서, 그는 드디어 가고 싶은 곳을 발견했다.

유진이 기억하기로, 그 상가는 예전엔 이렇지 않았다.

악기 상가라고 해봤자 서울의 낙원상가 같은 곳과는 규모도 구색도 다른 곳이었다. 피아노나 바이올린이 주종이었고 마치 구색이라도 맞추듯 기타나 신디사이저, 드럼을 취급하는 작은 가게들이 있었다. 그리고 그때는 이렇게 깔끔한 아케이드가 아니었다. 담배 냄새가 나는 나이 든 아저씨들이 영업하는 가게가 대부분이었고, 그 앞에서 어설프게 얼쩡거리다가는 장사에 방해되니 저리 가서 놀라는 불호령을 듣기가 일쑤였다.

유진의 첫 첼로도, 여기서 산 중고 첼로였다. 평생 첼로를 하며 살 줄 몰랐던 그때는 그냥 적당하게 싼 것을 사느라고 뒤판에 커다란 흠집이 나 있고 브리지 군데군데 칠이 벗겨진 싼 중고를 샀었다. 그래도 그 첼로, 뚝배기보다 장맛이라고 소리는 꽤 괜찮았었다. 첫 첼로를 떠올린 유진은 저도 모르게 엷은 미소를 지었다.

"뭐 찾는데요?"

등 뒤로 다가선 주인이 말을 걸어왔다. 부산말도 아니고 서울말도 아닌, 붙임성 없는 가게 주인 특유의 어색한 말투였다.

"아, 예. 그냥 구경 좀."

저절로 목소리가 기어들어갔다. 혹시나 알아보는 사람이라도 만나 귀찮은 일이 벌어지지 않을까 하는 우려 때문이었다. 이곳은 다름 아닌 악기 상가다. 아무래도 다른 곳보다는 자신을 알아볼 가능성이 높았으니까.

다행히 주인은 여상스레 고개를 한 번 끄덕이고는 자리로 돌아가버렸다. 유진은 제풀에 면구스러워졌다.

그 가게 또한 피아노와 바이올린 위주였다. 첼로는, 누가 봐도 구색에 가깝다 싶게 갖다 놓은 두 대 정도가 전부였다. 그래도 일단은 반가웠다. 유진은 손을 뻗어 첼로의 현을 살짝 만져보았다.

"그거는 꽤 상품이에요. 얼마 쓰지도 않은 거고."

주인이 묻지도 않은 말에 대답을 해왔다.

"나름 외국에서 주문해 만든 거라 하던데."

"아, 그래요."

유진은 첼로의 곳곳을 한참이나 들여다보았다. 주문생산품인 것은 맞는 것 같았고, 얼마 쓰지도 않은 물건이라는 말도 맞는 것 같았다. 그 첼로에는 주인의 흔적이 거의 묻어 있지 않았다.

"주문제작씩이나 한 걸 왜 팔았을까요."

"모르지 뭐."

주인은 대수롭지 않게 대답했다.

"집이 갑자기 어려워졌을 수도 있고, 그냥 하기 싫어졌을 수도 있고."

"집안 형편 때문에 악기 팔러 오는 사람 많습니까?"

"많지, 그럼."

주인은 뭘 당연한 걸 물어보느냐는 듯 유진을 흘끔 한 번 쳐다보았다.

"음악이 워낙 돈이 많이 드니까. 막상 팔러 와가지고는 그거를 못 놓고 몇 번을 들었다 놨다 들었다 놨다 하는 사람도 많고."

유진은 천천히 고개를 끄덕였다. 문득 지민이 생각났다. 피아노에 선택받지 못해서요, 하던 그 목소리가. 지민을 선택하지 않은 것은 정말로 피아노였을까. 피아노가 아닌 다른 것이, 피아노와 지민의 사이를 갈라놓은 건 아니었을까.

"아는 사람 하나가 피아노를 좀 쳤는데."

첼로의 G현을 가만히 손으로 퉁겨보며 유진은 중얼거렸다.

"처음에는 죽어도 아니라 하더라고요. 딱 보니까 분명히 피아노 좀 오래 쳤는데."

"……."

"한참을 졸라서, 겨우 왜 그만뒀는지를 물어봤는데."

"……."

"피아노에 선택을 못 받아서, 라고."

그 말을 들은 주인은 허허로이 웃었다.

"뭐 그거는 약도 없네."

유진은 슬며시 고개를 끄덕였다. 자신도 지민에게서 그 말을 들었을 때 분명 비슷한 말을 했었기 때문이다.

"그래도 그 사람은 똑똑한 사람이네요. 피아노가 저를 선택했는지 안 했는지도 딱 알고."

주인은 유쾌하게 대답했다.

"나는 뭐 음악을 직접 하지도 안 하고 해서. 장사나 하는 사람이지만은."

"……."

"가만 보면 그렇거든요. 무조건 돈 쓰고 애쓰면 다 되는 줄 아는 사람 억수로 많지요. 다른 것도 다 마찬가지지만은, 음악이 어디 뭐 사람이 용쓴다고 용쓴 만큼 됩니까. 우리 집에 악기 보러 오는 사람 중에 열심히 안 하는 사람은 한 명도 없어요. 다 보면 연습하다가 손에 물집 잡혀서 엉망이고. 그래도 뭐, 그 와중에 잘되는 사람은 잘되고, 못 되는 사람은 또 못 되고. 그 친구는 그거를 억수로 일찍 알았는갑네."

그 말 어디가 그렇게나 마음에 들었는지, 주인은 빙긋이 웃고 있었다.

"선택받는다. 뭐 그렇게도 말할 수 있겠네요. 우리 집에 오는 사람 중에 어떤 손님은, 사랑받는다, 이래 말하는 사람이 있대. 그 손님도 비슷한 말을 했어요. 내는 피아노한테 사랑받지를 못했다, 이카면서. 참 웃기지요. 사람이 만든 물건인데, 저거가 뭐라고 사람을 선택하고 말고 하는지. 맞지요."

"그러게요. 건방지게."

유진도 웃으며 맞장구를 쳤다. 문득, 호텔 세이프티 박스 안에 놓아두고 온 첼로가 생각났다. 400년이나 된 첼로. 자신은 죽어도 그것만은 지켜야 할 그런 첼로. 세상 모든 사람이 내 것이라고 알고 있지만, 정작 자신은 한 번도 내 것이라고 생각해 보지 못한 그 첼로가.

"그래도, 뭐 어쩌겠습니까. 그래가 선택받고 사랑받아가 남은 사람은, 못 그런 사람들 몫만큼 열심히 음악 하면서 살아야지요. 남들은 그래 애를 써도 안 되는 거를, 본인은 된 거니까."

"……."

유진은 지그시 입을 다물었다.

선택받았다. 그렇게만 말할 문제는 아니었다. 한 번도 자신이 첼로를 대충 하고 있다고 생각해본 적은 없었다. 그것은 자신의 의무이기도 한 것이었다. 첼로를 사랑했으나 첼로에게 선택받지 못한 많은 사람들에 대한. 그리고 어쩌면 지민에게도.

천재면 어떻고, 아니면 또 어떤가.

그런 생각은, 한참 만에야 유진의 입속에 말로 떠올랐다.

"그러네요."

유진은 중얼거리듯, 주인의 말에 대답했다.

"구경 잘했습니다."

수습하기에는 이미 너무 멀리 와버렸는지도 몰랐다. 오늘은 금요일, 연주회 당일이었다. 여기는 서울에서 물리적으로 500킬로미터나 떨어진 부산이었다. 이제야 정신을 차렸다 한들, 자신의 의지와는 상관없이 이미 모든 건 다 끝나버렸을지도 몰랐다.

그러나, 그렇더라도.

설령, 천재 같은 게 아니어도.

"저기, 가기 전에."

꾸벅 인사를 하고 돌아서려는 유진의 등 뒤에서 주인의 목소리가 들렸다.

"사인이나 한 장 해주고 가면 안 됩니까, 이유진 씨."

가게를 나와 유진이 가장 먼저 한 일은 핸드폰을 켜는 것이었다.

그럴 줄은 알았다지만, 정말 그 정도일 줄은 몰랐다. 백 통이넘는 부재중 전화와 문자 메시지가 쉴 새 없이 쏟아져 들어와손바닥이 저릿해 올 정도였다.

가장 전화를 많이 한 사람은 역시 민 실장이었다. 얼핏, 지금도대체 어디냐고, 내가 다 잘못했으니까 일단 돌아와서 얘기하자는 애원에 가까운 문자 메시지의 내용이 지나갔다.

밀린 알람이 다 뜨기를 기다렸다가 유진은 어지러운 문자 메시지 속을 뒤져 지민의 메시지를 찾았다. 그녀의 메시지는 생각보다 그리 많이 와 있지는 않았다.

— 도대체 어디 있는 거예요

— 올 거죠

— 와야 돼

— 약속했잖아 리베르탱고. 나한테 한 번은 해주기로

— 제발 전화 좀 받아요

순간 콧날이 시큰해졌다.

유진은 고개를 돌려 길가를 훑어보았다. 택시를 잡아야 했다. 부산역으로 갈 택시. 부산역에 가면, 창구 직원에게 혹시 역방향 좌석이 아닌지 물어봐야겠다고 유진은 생각했다.

이젠 좀 더 잘할 수 있을 것 같았다. 그것이 무엇이든. 처음보다는.

저쪽에서 캡에 불을 끈 택시 한 대가 깜빡이를 켜더니 유진의 앞으로 차를 댔다.

뒷문을 열고 올라타 확인한 시간은 오후 3시가 조금 지난 시간이었다. 부산역으로 가서, 운이 좋아 바로 출발하는 KTX가 있더라도, 호텔에 들러 첼로를 들고 연주문화회관까지, 과연 일곱 시 안에 갈 수 있을까.

"서울 갑시다."

그래서, 유진은 그렇게 말했다.

"일곱 시 안에 도착하면 한 장 드릴게요."

천재여도,

설령 천재가 아니어도.